Un traître

Du même auteur
aux Éditions J'ai lu

UN PETIT PARISIEN

N° 5950

NOTRE APRÈS-GUERRE

N° 7664

DOMINIQUE
JAMET

Un traître

ROMAN

J'AI LU

Ce roman est librement inspiré de faits réels.

Pour Marie-Madeleine

Il y a dans la vie de tout homme un instant qui décide de tout son avenir. Ce moment, si important qu'il soit, est rarement préparé par le calcul et dirigé par la volonté : c'est presque toujours le hasard qui prend l'homme, comme le vent fait d'une feuille, et qui le jette dans quelque voie nouvelle et inconnue où, une fois entré, il est contraint d'obéir à une force supérieure, et où, tout en croyant suivre son libre arbitre, il est l'esclave des circonstances ou le jouet des événements.

Alexandre DUMAS.

L'important n'est pas ce qu'on fait de nous, mais ce que nous faisons nous-mêmes de ce qu'on a fait de nous.

Jean-Paul SARTRE.

La force des choses nous conduit à des résultats auxquels peut-être nous n'aurions pas pensé.

Saint-Just.

I

L'histoire pourrait débuter ici. Sur la plage de Châtelaillon, le dimanche de Pentecôte, en 1925. La mer a commencé de se retirer. Le soleil, haut dans le ciel, tape dur. Il est pourtant cinq heures de l'après-midi, déjà. Le service est si lent aux « Flots bleus ». Pensez qu'on s'était mis à table à midi pile et qu'on y était encore à trois heures. Dommage parce que, pour ce qui est de la cuisine, il n'y a vraiment que des compliments à leur faire. Après le déjeuner, il aura encore fallu sacrifier à l'obligation sacro-sainte des deux heures de délai, le temps que le petit fasse sa digestion. L'opinion publique, dont la vigilance ne se relâche jamais, pas même sur le bord de mer – elle aurait plutôt tendance à y être particulièrement en éveil – condamnerait avec vigueur le moindre manquement à un principe de précaution transmis de génération en génération, relevant du sens commun et cautionné par la Faculté.

Les Deleau sont venus passer les trois jours de congé – la semaine anglaise plus le lundi férié – dans cette station familiale que fréquente la bonne bourgeoisie de Neuville-sur-Loire. C'est le point de la côte atlantique le plus proche de Neuville.

Yvonne Deleau a installé son pliant sur le sable sec, à la limite du sable mouillé. Elle tricote, évidemment, à l'ombre d'un parasol de location. Une femme comme il faut ne reste pas sans rien faire. Elle a gardé son chapeau, bien entendu, et même ses souliers. C'est une petite femme brune, plutôt fine, assez jolie et même piquante, dans sa robe légère, noire à gros pois blancs, qui laisse les bras nus et découvre timidement sa gorge. Elle n'a pas encore trente ans. Attentive à son ouvrage, elle ne peut s'empêcher de relever les yeux à tout instant sur son mari et sur son fils, qui ne sont qu'à quelques mètres d'elle, sur le platin où chaque pas creuse une empreinte humide qui se comble aussitôt.

La veste de M. Deleau, pliée avec soin, repose sur une chaise longue. Il a également quitté ses chaussures, ses chaussettes et retroussé jusqu'à mi-mollet le bas de son pantalon noir rayé de blanc. En manches de chemise, il a cependant gardé son canotier, sa cravate et son gilet gris où s'étale, croisée avec une chaîne d'argent, la chaîne en or de sa montre de gousset. Aux approches de la cinquantaine, M. Deleau passe pour un bel homme à Neuville où il est chef de bureau à la Banque de France. Les femmes, dit-on, ne sont pas insensibles aux pointes de sa moustache en crocs. Ces derniers temps, il aurait tendance à prendre peut-être un peu de ventre qu'en semaine il comprime dans un corset. Cet après-midi de vacances, il s'est laissé aller, sous le triple effet d'un repas bien arrosé, du col dur qu'il n'a pas desserré et d'un soleil généreux, son visage marqué d'une légère couperose est franchement congestionné. Un malveillant irait jusqu'à dire qu'il est tout rouge. Yvonne Deleau met sa main en visière sur son front et cherche à retrouver la fière silhouette de l'officier vêtu de bleu horizon, à la moustache conquérante, qui l'avait tant impressionnée au grand bal de la sous-préfecture, à Valenciennes, six ans plus tôt. Elle ne la retrouve pas. Elle y renonce. Elle soupire. « Attention de ne pas prendre de coups de soleil », le prévient-elle. Il hausse les épaules, en homme qui en a vu d'autres.

Aux pieds de M. Deleau, accroupi, un petit garçon en maillot de bain à bretelles, que le bob qui couvre ses cheveux blonds protège des ardeurs du soleil, s'amuse avec sérieux, tout seul. Une fois qu'il a rempli de sable mouillé son seau en fer blanc et les deux moules du même métal en forme de coquille Saint-Jacques, il en tasse le contenu avec sa pelle, et les renverse. À intervalles réguliers, le friselis d'une vaguelette vient lui chatouiller les pieds. Il se lève alors et recule effrayé. La mère partage les appréhensions de son fils : « Georges, tu surveilles bien le petit ? — La mer descend, il ne va pas se noyer dans dix centimètres d'eau, et je suis là, quand même ! réplique M. Deleau avec l'ombre d'un soupçon d'agacement. Qu'est-ce que tu veux qui lui arrive ? »

Ce qu'elle *veut* qu'il lui arrive ? Mais rien, surtout rien, mon Dieu ! Et elle esquisse furtivement un signe de croix. Mais ce qui *peut* lui arriver ? Tout. N'importe quoi, n'importe où, n'importe quand. Une grosse vague surgie du fond des océans. Un tsunami. La rougeole, la coqueluche, les oreillons, la scarlatine, la méningite, la grippe espagnole. Une mauvaise chute. S'étouffer avec un morceau de viande. Tomber par la fenêtre. Passer sous une voiture. L'insolation. Il est si fragile, si délicat, mon Jeannot. Que d'inquiétudes, que de veilles, que d'alarmes, depuis le premier jour. Mais que de bonheurs ! Cinq ans déjà, mon Dieu comme le temps passe ! Ah, si l'on pouvait arrêter le temps ! Il est ma joie, il est ma vie, il est mon tout…

Soudain, le gamin se lève, il plante là sa pelle, son seau, son père et ses pâtés, il court vers le parasol de toute la force de ses petites jambes. Mme Deleau abandonne son ouvrage. « Qu'y a-t-il, mon chéri ? » Il se jette dans ses bras, enfouit son visage dans le chaud giron maternel, se redresse. « Maman, maman, je t'aime plus que tout au monde, et même quand tu seras morte et que tu seras en poussière, je t'aimerai encore plus fort. Je t'aime je t'aime je t'aime… »

« Et moi ? » s'inquiète M. Deleau qui remonte, les bras tout encombrés des jouets abandonnés et du bob envolé. Il affecte un ton léger et même badin qui ne trompe aucun des deux autres acteurs de la scène. Pour toute réponse, l'enfant, à contre-jour, toise son père de bas en haut, mais aucun son ne franchit ses lèvres obstinément closes. M. Deleau a un rictus amer. « Bien sûr qu'il aime son papa, n'est-ce pas mon chéri ? intervient précipitamment Mme Deleau, qui ne veut pas la guerre. Un enfant ne doit faire aucune différence entre son papa et sa maman. » Elle le dit, et cependant son cœur de mère se gonfle de douceur, d'orgueil, de reconnaissance et d'amour.

II

Plus tard, beaucoup plus tard, lorsque, dispensée de serment, elle sera appelée à témoigner devant la Cour de sûreté de l'État, elle dira : « Jean était un petit garçon d'une délicatesse, je dirai même d'une sensibilité exceptionnelle, presque excessive. Quand il avait sept ans, nous avions gagné un lapin dans une fête foraine, vous savez, et nous l'avions ramené à la maison. Jean en a tout de suite été fou. Il jouait avec lui, il lui donnait à manger, il le faisait dormir dans son lit. Il l'avait appelé Aristide, à cause de Briand. Malheureusement, nous vivions en appartement et le bail nous interdisait de garder un animal. Il a bien fallu nous en séparer. Mon mari s'est chargé de tuer Aristide pendant que le petit était à l'école, et je l'ai accommodé en gibelotte. Le soir, il a bien fallu dire à Jean ce qu'était devenu son lapin. Non seulement il a refusé d'en manger, mais il nous a fait une véritable crise de désespoir. Il en a été malade, physiquement malade pendant des jours et des jours, et par la suite il lui en est resté un dégoût pour cette viande, qu'il n'a jamais pu surmonter.

« Pour ses quatorze ans, nous lui avions offert son premier costume d'homme, dont il était très fier. Quinze jours plus tard, nous étions invités à une cérémonie de baptême et je lui dis de mettre son costume neuf. Comme il reste les bras ballants, sans bouger, je m'étonne et je lui demande ce qu'il y a. Il devient tout rouge, puis il fond en larmes : “Maman, pardonne-moi, mais je ne l'ai plus...” Il y avait eu dans son collège une collecte de vêtements pour les enfants nécessiteux de Neuville et il avait donné son costume, sans m'en parler... »

L'avocat général ne paraît pas autrement ému par cette histoire édifiante :

« Tout ceci est fort intéressant, Madame, persifle-t-il, mais n'a, comme nous disons dans notre jargon, aucun rapport avec les faits de la cause. Cette Cour n'est pas réunie pour décider si votre fils, à l'époque où il usait ses fonds de culotte sur les bancs du collège, méritait ou non le prix de bonne camaraderie, mais pour des faits autrement plus graves... »

L'abbé Legrandier, grand vicaire de Neuville, et l'un des rares témoins à décharge, n'en tint pas moins à confirmer l'anecdote du costume donné et le portrait positif tracé par la mère de l'accusé :

« J'ai fort bien connu Jean Deleau, déclara-t-il, et je l'ai suivi de près pendant de longues années, puisque je lui ai enseigné le catéchisme, que je l'ai préparé à recevoir le sacrement de la communion et que j'ai été son aumônier et son confesseur quand il était élève au collège Saint-Joseph, jusqu'à son baccalauréat. Après quoi nous nous sommes un peu perdus de vue. C'était en tout cas un petit garçon puis un adolescent très sérieux, très réfléchi, très pieux, très serviable et surtout très doux. Je me souviens parfaitement de son extrême aversion pour la violence et d'une preuve qu'il m'en a donnée. Au lendemain de l'émeute sanglante du 6 février 1934 au cours de laquelle, vous vous en souvenez, treize manifestants étaient tombés place de la Concorde sous les balles de la police, Jean a pris l'initiative d'une veillée de prières avec quelques camarades en mémoire des victimes, mais surtout pour implorer le bon Dieu que plus jamais des Français n'en viennent à tirer sur d'autres Français. »

L'avocat général témoignait une grande déférence au prêtre, impressionné qu'il était tant par son statut dans l'Église, au point de lui donner à tout bout de champ du « Monseigneur », que par les décorations et distinctions glanées lors des deux guerres par l'abbé qui les avait énumérées sans forfanterie et sans fausse modestie à la barre : commandeur de la Légion d'honneur, médaille militaire, croix de guerre 14-18 avec palmes, médaille de la Résistance, compagnon de la Libération.

« Mais, s'enquit-il avec une perfide onctuosité, n'avez-vous pas eu vous-même, Monseigneur, maille à partir avec l'accusé à l'époque où celui-ci traquait les patriotes ?

— Oh, fit l'abbé, c'était un petit malentendu qui n'a pas eu de suite. Et précisément, puisque vous m'en parlez, j'ai eu le sentiment très net, ce jour-là, que Jean jouait un rôle qui n'était pas fait pour lui, ou pour lequel il n'était pas fait, qu'il était à contre-emploi. Je savais, hélas, qu'il y avait lieu de le prendre au tragique, et pourtant, je n'arrivais même pas à le prendre au sérieux. Je croyais alors, et je reste persuadé qu'au plus profond de lui, il était resté le même. »

Un peu timide, en tout cas réservé, mais toujours de bonne humeur, intelligent, aimable et même prévenant, doux, « éloigné de toute violence », ainsi le décrivit à son tour un ancien camarade de classe.

« Nous avons fait toute notre scolarité ensemble, vint dire le capitaine de frégate Michel Abonneau, dans la même classe, depuis la sixième jusqu'en sciences ex. Je peux même dire que nous étions mieux que des camarades, des amis. Et puis nos chemins ont bifurqué. Il a été admis à HEC. J'ai été reçu à Navale. J'ai quitté Neuville, où il est resté. Mais nous continuions à nous voir, de loin en loin, et même à nous écrire. Le Jean Deleau que j'ai connu est quelqu'un qui mérite mon estime et mon amitié.

— Et vous rappelez-vous quand vous avez rencontré l'accusé pour la dernière fois ?

— Parfaitement, c'était à Neuville, à la terrasse du buffet de la gare, en septembre 1940. J'étais déjà décidé à rejoindre la France libre, ce que j'ai d'ailleurs fait dix-huit mois plus tard. Nous avons discuté tout un après-midi, passionnément, comme les deux jeunes gens que nous étions. Jean voulait me démontrer que l'Allemagne avait gagné la guerre, en tout cas pourquoi elle ne pouvait que la gagner. Il faut reconnaître que ça se tenait à l'époque, et que j'avais du mal à répliquer à ses arguments. Le plus drôle, c'est que s'il y avait un point sur lequel nous nous rejoignions alors, c'était la détestation de l'Angleterre. J'étais peut-être même plus radical que lui : en tant que Français et que marin, Mers el-Kébir me restait en travers de la gorge. Quoi qu'il en soit, autant il exécrait l'Angleterre, autant il aimait, il admirait, je dirais même il chérissait l'Allemagne. D'ailleurs, au collège, il avait toujours été le premier en allemand. Malheureusement pour lui. »

III

On ne peut pas dire qu'il se le rappelle à proprement parler. Ce n'est pas le mot qui convient. Mais est-ce qu'il le sait, est-ce qu'il le sent ? C'est un mélange confus des deux. Comment le formuler, mais à quoi bon le formuler ? C'est comme une évidence consubstantielle à sa vie : du premier jour qu'il a ouvert les yeux, ils ont rencontré ces yeux-là, ce visage-là. Elle s'est penchée sur sa respiration, sur son sommeil, sur ses rêves et ses réveils, sur ses sourires et ses larmes, avant de veiller sur ses premiers pas, sur ses jeux, sur ses devoirs et ses leçons, sur ses soucis, sur ses chagrins, sur ses fréquentations, sur ses sorties. *Ô l'amour d'une mère…* Les premiers mots qui ont caressé son oreille étaient français ; françaises les premières berceuses, françaises les premières récitations apprises en classe et serinées en chœur avec ses petits camarades. *Dodo l'enfant do… Sur le pont d'Avignon… Il pleut, il pleut bergère… Brave marin… Maître Corbeau sur un arbre perché…*

Et pourtant d'autres mots émergent de sa plus ancienne mémoire, une autre mémoire concurrence sa mémoire française et lui dispute sans cesse le droit à la parole. Passe-t-il sous les tilleuls ou bien *unter den Linden* ? Les feuilles au printemps pour lui frémissent en allemand :

Am Brunnen vor dem Tore
Da steht ein Lindenbaum
Ich traümt in seinem Schatten
So manchen süssen Traum

Devant la porte auprès de la fontaine
Il est un arbre, un tilleul
J'ai tant de fois rêvé dans son ombre
Et ces rêves étaient doux

Aussi loin que remontent ses souvenirs, les vrais, ceux qui lui appartiennent en propre, son passé est également tissé de mots allemands, bercé de comptines allemandes, baigné d'une lumière, d'une tendresse, d'une chaleur venues d'Allemagne. L'Allemagne et l'enfance y sont indissolublement liées sous les traits d'une vieille dame aux cheveux blancs, toujours coiffée de nattes, éternellement vêtue de noir, mais dont le visage austère, à sa vue, s'éclaire d'un doux sourire. Sa grand-mère allemande.

Ainsi Jean Deleau grandira-t-il entre *Barbe-Bleue* et le roi des Aulnes, entre *Auprès de ma blonde* et *Heidenröslein*, entre *Trois jeunes tambours* et *Hänschen Klein*, entre *Stille Nacht* et *Douce nuit*, entre *Mon beau sapin* et *O Tannenbaum*, *Bruder Jakob* et *Frère Jacques*, alternant les *Lieder* de Schubert et le récit du Cid, passant de la *Lorelei* au *Lac*, des châteaux de la Loire aux burgs rhénans, des fables de La Fontaine aux contes de Grimm, de Schiller à Hugo, de *Wilhelm Meister* à *La Chartreuse de Parme*, et se partageant à l'amiable entre sa mère et sa grand-mère.

La vie n'avait guère été clémente pour Louisa Lechter. Fille d'auberge à Stuttgart, engrossée à la va-vite puis épousée à la sauvette par le fils du patron, elle avait mené pendant quinze ans l'existence humiliée et sans joie d'une servante-maîtresse, traitée en domestique plutôt qu'en égale, fréquemment rudoyée, constamment rabrouée, abondamment trompée, jusqu'au jour où elle avait été séduite et proprement enlevée par un client de passage, un aimable commis-voyageur français, placier en lingerie et dentelles, dont l'œil et la moustache frisaient à plaisir. Elle avait tout quitté sur un emballement, sans même prendre le temps d'embrasser son fils, que le gargotier vindicatif lui avait interdit de revoir par la suite. Yvonne Deleau était le fruit de cette aventure qui avait changé le morne cours de sa vie.

Le représentant s'était avéré volage, lui aussi, mais soucieux de sauver les apparences et de se conduire toujours en galant homme. La disparition de Franz Teuber, son prédécesseur germanique, mort en 1910 d'un coup de sang, lui permit de régulariser sa situation, à savoir d'épouser sa compagne et de légitimer leur fille Yvonne. Le ménage, stabilisé, connut alors quelques années paisibles. Hélas, mobilisé dans la territoriale, le grand-père de Jean était glorieusement mais bêtement tombé sous Verdun, dès le premier jour de l'offensive allemande, en février 1916.

Veuve pour la deuxième fois, la pauvre Louisa s'établit couturière en chambre à Valenciennes et put en vivre assez chichement une dizaine d'années. Cependant, avec l'âge, sa vue avait baissé, ses doigts s'engourdissaient, la pratique se faisait plus rare. La vogue croissante du prêt-à-porter l'acheva. Elle accepta avec reconnaissance, en 1926, l'offre de venir habiter chez son gendre à Neuville. Elle n'eut pas plutôt découvert son petit-fils qu'elle en fut et en demeura coiffée.

Sa fille eut le bon esprit de ne pas être jalouse de l'intimité qui régna très vite entre l'aïeule et l'enfant. Il lui semblait au contraire remonter le cours du temps et se retrouver elle-même petite fille lorsque, assise au bord du lit où s'endormait son fils, elle entendait sa mère lui chanter d'une voix un peu tremblée mais juste encore les vieilles ballades, lui réciter les poèmes ou lui lire les contes qui avaient accompagné sa propre enfance. Jean n'aimait rien tant que les histoires qui font peur, comme celle de Hansel et Gretel lorsqu'ils sont en danger d'être tués par l'horrible sorcière dont sa grand-mère contrefaisait à merveille la voix éraillée, tandis que la lampe dessinait des ombres inquiétantes sur le mur de la chambre, ou la fameuse histoire du joueur de flûte de Hamelin, tueur de rats puis tueur d'enfants. Mais il redemandait surtout, sans se lasser, qu'elle lui redise *Ein Friedhofbesuch*, « Visite au cimetière », œuvre d'un obscur poète du nom de Johannes-Nepomuk Vogl, qu'il n'avait pourtant pas tardé à connaître par cœur, et qui exerçait sur lui une véritable fascination. « Mais, *Schätzchen* (petit trésor), lui disait-elle, tu sais bien qu'elle te fait pleurer ! — Ça ne fait rien, je veux l'entendre encore, je t'en prie, je t'en supplie, grand-mère. » Il insistait tant et tant qu'elle finissait bien sûr par céder :

Beim Totengräber pocht es an
« Mach auf, mach auf, du greiser Mann !
Tu auf die Tür und nimm den Stab
Musst zeigen mir ein teures Grab ! »

Ein Fremder spricht's mit strupp'gem Bart
Verbrannt und rauh nach Kriegerart
« Wie heisst der Teure, der euch starb
Und sich ein Pfühl bei mir erwarb ? »

« Die Mutter ist es, kennt ihr nicht
Der Martha Sohn mehr am Gesicht ? »
« Hilf Gott, wie gross, wie braun gebrannt !
Hättun und nimmer euch erkannt.

Doch kommt und seht, hier ist der Ort
Nach dem gefragt mich Euer Wort.
Hier wohnt, verhüllt von Erd'und Stein
Nun Euer totes Mütterlein. »

Er steht und starrt zum teuren Grab
Mit tränenfeuchtem Blick hinab
Dann schüttelt er sein Haupt und spricht :
« Ihr irrt, hier wohnt die Tote nicht
Wie schlöss' ein Raum, so eng und klein
Die liebe einer Mutter ein ? »

On frappe à la porte du fossoyeur
« Ouvre, mais ouvre donc, vieil homme !
Ouvre ta porte et prends ton bâton
Tu dois me montrer une tombe qui m'est chère ! »

C'est un étranger qui parle. Avec sa barbe hirsute
Il a le visage tanné et marqué d'un homme de guerre.
« Comment s'appelle cet être cher qui est mort
Et a trouvé chez moi la paix et le repos ? »

« C'est ma mère qui est là, ne reconnais-tu pas
Le fils de Martha à son visage ? »
« Que Dieu me vienne en aide, qu'il est grand, qu'il est brûlé par le soleil !
Je ne vous aurais reconnu ni aujourd'hui ni jamais ;

Venez donc et voyez, car ceci est le lieu
Que vous m'avez demandé de vous indiquer
Ici repose désormais sous la terre et sous la pierre
Morte, votre chère Maman »

Le soldat reste immobile et, les yeux mouillés de larmes, contemple la chère tombe
Puis il secoue la tête et dit :
« Vous vous trompez, la morte n'est pas ici :
Comment un espace aussi petit, aussi étroit
Pourrait-il contenir l'amour d'une mère ? »

Arrivé à ce point, Jean éclatait en sanglots, la voix de la grand-mère s'étranglait ; la mère, alors, fondait en larmes. Puis ils éclataient de rire tous les trois, honteux et heureux d'avoir pleuré de concert.

Jean Deleau eut donc auprès de lui deux femmes pour lesquelles il était le centre du monde. M. Deleau qui, dans le fond, était assez bon homme, n'avait pas rechigné à recueillir sa belle-mère. Celle-ci, du reste, se faisait aussi discrète et, toujours occupée à quelque ouvrage, se rendait aussi utile que possible. Il ne conçut pas moins quelque humeur de se voir implicitement exclu du premier cercle de sa propre famille. En revanche, lorsque son fils, à la sortie de l'enseignement primaire qu'il avait suivi chez les Frères des Écoles chrétiennes, fut admis en sixième au collège Saint-Joseph, qui passait pour le meilleur établissement de Neuville, et prit naturellement l'option « allemand », il se félicita de ses résultats dans cette langue et s'enorgueillit de ce qu'il aimait présenter comme la conséquence de ses « choix éducatifs ».

« L'allemand, déclara-t-il dans l'allocution peut-être un tantinet grandiloquente qu'il eut l'honneur et l'avantage de prononcer lors de la distribution des prix de 1936, en tant que président de l'Association des parents d'élèves du collège, l'allemand, disais-je, hier langue de l'ennemi, langue de la haine et de la guerre, langue des ordres brutaux donnés d'une voix rauque par des reîtres arrogants, aujourd'hui langue de la réconciliation et de la paix, ne sera-t-il pas demain le véhicule de l'amitié, du commerce et des échanges de toute nature entre les deux grandes nations qui se font face de part et d'autre du fleuve majestueux qui, après les avoir si longtemps séparées, est désormais entre elles comme un gigantesque trait d'union ? »

« N'ai-je pas été trop lyrique ? » s'inquiéta-t-il lors du vin d'honneur qui suivit. Ses interlocuteurs lui assurèrent que non.

Louisa, « Grossmutti », mourut en novembre 1935. Cette mort fut l'occasion de renouer des liens singulièrement distendus par les querelles personnelles et les bisbilles nationales entre les deux branches de la famille. Lors des obsèques, Yvonne Deleau fit la connaissance de son demi-frère, Ernst Teuber, de douze ans son aîné. C'était un homme d'abord bourru, mais un cœur simple, et qui avait abandonné à sa femme la conduite du ménage, tandis qu'il assurait celle des convois ferroviaires en tant que chef de gare à Fribourg-en-Brisgau, son bâton de maréchal et le terme probable – le terminus, disait-il plaisamment – de son trajet professionnel. Pièce rapportée, « tante Rosa » – c'est ainsi qu'elle voulut d'emblée être appelée par Jean – n'avait aucun contentieux avec les voyageurs de commerce, quelle que fût leur nationalité, ni avec leur descendance. Elle trouvait d'ailleurs les Français si drôles et si charmeurs. Ce fut elle, en tout cas, lors du dîner de funérailles, qui proposa d'accueillir aux prochaines vacances scolaires son jeune neveu par alliance. Il pourrait ainsi, dit-elle, connaître ses cousins germains – c'est bien comme ça que l'on dit ? – et se perfectionner encore dans la langue de Goethe. Et de Hitler. Mais le nom de ce dernier, qui passait mal la frontière et déchaînait l'orage, ne fut pas prononcé ce jour-là.

À l'été de 1936, et de nouveau en 1937 et 1938, Jean Deleau alla donc passer un mois chez ses parents de l'autre rive du Rhin, dans la grande maison de fonction qu'occupait l'oncle Ernst, avec vue imprenable d'un côté sur les voies ferrées et le mouvement des trains, de l'autre sur des prairies et les contreforts de la Forêt-Noire. Il fut cordialement reçu par l'oncle, au demeurant peu présent, trop pris par son travail, et dorloté par sa tante. Il ne fit qu'entrevoir ses deux cousins, Horst et Manfred, deux jumeaux nés en 1915 qui, leur service militaire achevé, débutaient dans la vie active l'un chez Siemens, le second chez I.G. Farben. Il fit de longues balades à bicyclette avec Helga, sa jolie cousine, qui n'avait que deux ans de plus que lui, et en tomba évidemment amoureux, mais si discrètement, on peut même dire si secrètement, que personne, pas même elle, n'en soupçonna rien. Il s'en retourna à chaque fois plus impressionné et plus admiratif de l'Allemagne nouvelle, de ses autoroutes, de son ardeur au travail, de la propreté et de l'ordre qui prévalaient là-bas. Il s'y sentait comme chez lui.

À la veille de la rentrée des classes de 1938, la Grande-Bretagne et la France abandonnèrent à son sort, en l'espèce à la gloutonnerie hitlérienne, la Tchécoslovaquie, leur alliée. On avait bien failli avoir la guerre, si peu de temps après la fin de la précédente. Passé le soulagement, aussi naturel que « lâche », de millions d'hommes qui s'étaient vus replonger dans le cauchemar, plus que la honte, plus que la colère, les sentiments dominants étaient le pessimisme et la résignation. On n'avait reculé que pour mieux sauter. Chaque moment de paix était d'autant meilleur à savourer.

Les choses reprirent donc leur cours, les professeurs les leurs, et chacun fit comme si ce que tout le monde savait devoir arriver n'avait pas la moindre chance de se produire. C'est donc dans les formes habituelles, avec quelque solennité, qu'à la fin du troisième trimestre, le professeur d'allemand, M. Lescure, dont la tempe enfoncée et la manche vide attestaient qu'il avait déjà payé son tribut à Moloch, rendit leurs compositions à ses élèves de sciences expérimentales. L'exercice consistait en une traduction d'un court passage de *L'Étrange Histoire de Peter von Schlemihl*, de Chamisso et une dissertation en allemand : « *Sturm und Drang* : le sentiment contre la raison. »

« Messieurs, dit le professeur, je n'ignore pas qu'un certain nombre d'entre vous, qui se considèrent un peu prématurément comme des scientifiques de haut niveau, ont décidé depuis belle lurette de traiter par le mépris la discipline que j'ai l'honneur d'enseigner et par voie de conséquence la langue de Goethe et de Kant, qui le leur rendent bien. Ceux qui font l'impasse sur cette matière ont deux fois tort. *Primo* parce que l'allemand peut leur être de quelque utilité pour leurs travaux futurs, voire, qui sait, dans leur vie de tous les jours. *Secundo* parce que l'allemand, je le rappelle à ceux qui semblent l'avoir oublié, est affecté d'un coefficient important à un certain examen que vous aurez à passer d'ici à quelques semaines.

« En ce qui concerne la version, tout d'abord, j'ai constaté sans étonnement mais sans plaisir des contresens affligeants, des confusions plus que regrettables et des lacunes incroyables dans la traduction d'un texte pourtant écrit dans une langue aussi pure que limpide, *glasklar*. Passer de la version à la dissertation, c'est hélas tomber de Charybde en Scylla. J'ai relevé comme d'habitude dans la plupart des copies les mêmes fautes élémentaires de déclinaison, de genre, d'accord, la même ignorance de la syntaxe, la même consternante pauvreté du vocabulaire mise au service d'une pensée indigente, la même méconnaissance d'un mouvement intellectuel dont, si j'ai bonne mémoire, je crois pourtant vous avoir longuement entretenus il y a moins d'un mois. Si vous continuez sur cette lancée, la simple moyenne est pour la grande majorité d'entre vous un horizon encore plus inaccessible qu'il y a vingt-cinq ans la ligne bleue des Vosges. Après sept années d'allemand, la plupart d'entre vous sont totalement incapables d'écrire et même d'exprimer quoi que ce soit d'intelligible dans cette langue. S'il advenait que vous soyez amenés pour une raison ou pour une autre à vous rendre outre-Rhin, et les raisons ne manquent pas, les mauvaises comme les bonnes, vous ne sauriez même pas demander votre chemin ou l'heure à un autochtone.

Des ânes, et pas des ânes savants, voilà ce que vous êtes.

« Cela dit, je mets à part et je vous donne en exemple la composition de votre camarade Jean Deleau. Où est-il, Deleau ? Ah, Monsieur Deleau, vous nous avez habitués à d'excellentes copies, mais celle-ci est de tout premier ordre. Vous joignez à un rare niveau de perfection la maîtrise de la grammaire, la richesse du vocabulaire, la précision des connaissances et la maturité de la réflexion. J'ajouterai que c'était une très bonne idée de traiter votre sujet sous la forme d'un dialogue entre un encyclopédiste français et un étudiant allemand qui pourrait bien être Goethe lui-même. Il y a cependant quelque chose qui m'intrigue. J'ai noté dans votre rédaction certains idiotismes – ne riez pas, bande d'imbéciles ! –, disons des tournures et des expressions si typiquement germaniques qu'elles m'auraient donné à penser, je dirais même qu'elles m'auraient mis la puce à l'oreille s'il s'était agi d'un devoir fait à la maison et non sous mes yeux. Par pure curiosité, pourriez-vous me dire d'où vous tenez cela ?

— Ce n'est pas difficile, Monsieur. Ma grand-mère maternelle était badoise et j'ai passé mes dernières vacances chez des cousins badois. Alors, bien sûr… »

Au procès aussi lorsqu'on lui parlera de ses ascendances allemandes, il rectifiera : « Pas allemandes. Badoises. »

« Je comprends. Eh bien, tous mes compliments à Madame votre grand-mère. Et encore toutes mes félicitations. Vous avez là un bagage qui vous mènera loin, si les petits cochons ne vous mangent pas en chemin. »

C'est ainsi qu'en toute innocence un professeur répand à pleines mains les semences de la jalousie et de la haine.

À la sortie des cours, Jean vole plutôt qu'il ne court vers sa maison, les oreilles encore toutes roses des compliments de M. Lescure. Il doit ralentir le pas derrière deux camarades qui ne l'ont pas remarqué. À moins au contraire...

« T'as entendu le prof ? dit l'un d'eux. Ma parole, il a le béguin pour ce con de Deleau. — Deleau, j'ai jamais pu le sacquer. Maintenant, je sais pourquoi. C'est un Boche ! »

Ils se retournent, le reconnaissent et se taisent. Il pourrait, non, il devrait les interpeller, demander des explications, des excuses, être prêt à se battre, au besoin. Au lieu de quoi, il baisse piteusement la tête et les dépasse, arrêtés sur le trottoir. Il sent leur regard sur sa nuque. Il n'ose imaginer leurs commentaires et leurs rires. Il en pleurerait.

Arrivé chez lui, il se jette dans les bras de sa mère. Il ne dit rien. Elle lui caresse les cheveux. On est le 6 juin 1939.

IV

Hector Deleau n'avait pas poursuivi ses études au-delà du brevet élémentaire. Entré à la Banque de France dès dix-huit ans comme agent surnuméraire, tout en bas de l'échelle, il en avait gravi un à un les barreaux jusqu'à ce poste de caissier principal à l'agence de Neuville qui devait être à la fois le couronnement de sa carrière et le plafond indépassable de son ascension sociale. Ayant atteint en 1937 l'âge de la retraite, il reporta les ambitions auxquelles il avait dû renoncer sur la tête de son fils, qui lui paraissait en mesure et sembla bientôt en passe de les réaliser. De fait, reçu bachelier en sciences expérimentales avec la mention « bien » à la session de juin 1939, Jean put se présenter directement au concours d'entrée en 2e année de HEC, option « commerce et banque », et fut reçu à la prestigieuse école de la rue de Tocqueville avec le vingt-troisième rang sur six cents candidats et cent trente-neuf admis. Dès lors, ses deux parents communièrent dans la même admiration béate pour leur unique et incomparable rejeton. Ils projetaient de s'installer avec lui à Paris, au moins le temps qu'y dureraient ses études. La guerre qui survint bouscula leurs plans et quelques millions d'autres.

En effet, tandis que M. Deleau, qui, pour reprendre sa plaisante expression, *s'ennuyait comme un remords* depuis qu'il était son maître, était rappelé à l'activité en remplacement de son successeur mobilisé sur la ligne

Maginot, les Hautes études commerciales se repliaient sur Caen. Yvonne Deleau, avant de regagner Neuville et le domicile conjugal où le devoir la requérait et la retiendrait contre son gré, accompagna son fils dans la préfecture du Calvados, pleine comme un œuf, hors saison. À force de recherches et d'obstination, elle parvint à lui dénicher une petite chambre avec vue sur mer dans une modeste pension de famille de Ouistreham. Elle y sympathisa avec des réfugiés lorrains en provenance de Metz. Les Weiss, un couple de rentiers, avaient un fils du même âge que Jean, lui aussi élève de HEC et qui, de surcroît, portait le même prénom – que de coïncidences ! Cela faisait deux camarades tout trouvés. Ils avaient inscrit Cécile, leur grande fille de dix-huit ans, dans un cours privé. Leur ferme intention était de demeurer en Normandie tant que Metz resterait incluse dans la zone des armées. Mme Deleau, entre femmes, entre mères, fit promettre à Mme Weiss de veiller sur son garçon, sa santé, ses repas et bien sûr ses sorties et ses fréquentations. M. Weiss, en tant que père, s'associa bien volontiers à cette mission délicate. Il s'engagea à faire en sorte que le jeune homme n'abusât point de la situation. Il lui trouverait des occupations et des distractions honnêtes. Jean, enfin, jura à sa mère qu'il ne ferait pas de bêtises et qu'il lui écrirait tous les jours. Elle repartit assez rassurée.

À peine déclarée, la guerre, drôle de guerre, s'était figée dans l'inaction. L'immobilité avait immédiatement suivi la mobilisation. Certes, il eût été difficile d'oublier qu'on était « en temps de guerre », tant la guerre était présente, jusqu'à l'obsession, dans les conversations, les supputations, les commentaires, les lamentations, les informations et davantage les fausses nouvelles – offensive imminente, négociations secrètes, médiation italienne, intervention américaine, complot contre Hitler, crise de *delirium tremens* et internement du Führer, renversement d'alliances et retournement général contre l'URSS – à la une des quotidiens et des magazines, sur toutes les radios, dans l'affiche et la réclame, dans les incessants exercices d'alerte, dans les verrières peintes en bleu, dans les vitres renforcées par des croisillons de papier kraft, dans les minces pinceaux de lumière qui précédaient les voitures avançant à tâtons dans le noir, dans les remparts de sacs de sable censés protéger les monuments, dans les masques à gaz obligatoires, tant elle était visible, si l'on ose dire, dans la troublante absence des hommes. Mais à mesure que s'égrenaient les jours, puis les semaines, puis les mois, la Gorgone tournait à l'épouvantail, l'état de guerre se transformait peu à peu en une sorte de fond de tableau aussi convenu et aussi peu crédible que les toiles peintes qui, à l'époque, étaient encore utilisées dans les studios de cinéma, tant les éléments habituellement constitutifs du genre – le front, les lignes, la bataille, les actions d'éclat, les décombres, les blessés et les morts manquaient à l'appel. Alors, on s'installait, aussi confortablement que possible, dans cette sorte d'apesanteur historique, dans ce sursis pas si désagréable, ma foi, probablement provisoire, mais dont nul ne se hasardait plus à prévoir la fin.

Au reste, nulle inquiétude. On ne mettait pas en doute la supériorité des deux grandes démocraties occidentales dont la cause juste, soutenue par la première flotte et la première armée du monde – *l'armée française !* –, étayée sur deux immenses empires aux ressources illimitées, ne pouvait que triompher des entreprises insensées du caporal-peintre en bâtiment autrichien, ce qui ne manquerait pas de calmer son ami, le matamore braillard de l'autre côté des Alpes. Le rapport des forces n'était pas douteux en dépit du pacte germano-soviétique, de la défection de l'URSS, de la trahison et des actes de sabotage des communistes, désormais alliés objectifs du IIIe Reich. Pour ceux-là, Philippe Henriot, le député nationaliste de la Gironde, leur avait cloué le bec dans *Gringoire* d'une formule lapidaire et définitive : « Quiconque est stalinien est hitlérien. »

Des esprits chagrins, des pessimistes invétérés s'alarmaient de la facilité et de la rapidité avec lesquelles le Reich avait écrasé la Pologne. Les experts – c'est-à-dire tout le monde – souriaient ou haussaient les épaules. D'accord, les Polonais s'étaient battus avec courage, mais vous n'allez quand même pas comparer l'armée polonaise et l'armée française, renforcée du corps expéditionnaire britannique, non ? Des millions d'hommes, retranchés derrière une ligne de fortifications continue, la plus puissante jamais édifiée dans l'histoire, veillaient sur nos frontières et mettaient la France à l'abri de toute surprise. La disette régnait déjà en Allemagne où des émeutes avaient éclaté tandis que les deux grandes puissances alliées ne cessaient de resserrer leur blocus et de renforcer leur arsenal dans la perspective de la grande offensive à venir. Le temps travaillait pour nous.

Travaillait-il partout et à temps complet ? Lycéen ou étudiant, on pouvait en douter. Les vides creusés dans les rangs du corps enseignant par l'appel sous les drapeaux d'un grand nombre de professeurs, les difficultés de transport et de logement dont il fallait bien tenir compte, l'insuffisance de locaux qui entraînait constamment des reports ou des annulations de cours concouraient à créer le climat, assez plaisant, d'une désorganisation au moins aussi générale que la mobilisation. Les programmes furent allégés et il fut officieusement convenu que les examinateurs sauraient, vu les circonstances, faire preuve d'indulgence.

Les deux Jean, devenus en effet bons amis, multiplièrent les promenades à bicyclette, en fin de semaine, poussant au-delà de Bayeux jusqu'aux futures plages du Débarquement et même, une fois, jusqu'au Mont-Saint-Michel. Quand revint la belle saison, Cécile fut autorisée à se joindre à eux, toujours en troisième : Mme Weiss était persuadée, à juste titre, qu'un frère est le plus vigilant, le plus jaloux et donc le plus sûr des chaperons.

Jean Deleau et Cécile ne se déplaisaient manifestement pas. Rien de plus convenable, cependant, et de plus épuré que leur relation. Mme Deleau, venue passer quelques jours à Ouistreham aux vacances de Pâques, put constater par elle-même les progrès de cette intimité et sa parfaite innocence.

Quand il faisait beau, les deux garçons et la jeune fille jouaient au croquet ou, sur la plage, au ballon, aux cartes et au jeu du couteau. Quand il pleuvait et après le dîner, ils jouaient au bridge, si M. Weiss se mettait de la partie, sinon au nain jaune, aux petits chevaux et au petit baccalauréat. Ils eurent une toquade pour le Monopoly, alors tout nouveau. Les deux mères restaient à coudre sous l'abat-jour et, penchant doucement la tête sur le côté, échangeaient des regards attendris. Ces enfants s'entendaient que c'en était un plaisir. Jean était promis à un bel avenir. Cécile faisait mieux que se débrouiller au piano. Ils étaient faits l'un pour l'autre.

C'est Jean Weiss qui, le premier, mi par plaisanterie, mi-sérieusement, prononça le mot fatidique que chacun avait en tête. Dès ce moment, il fut admis que l'autre Jean et Cécile étaient *fiancés*, ce qui leur conféra le droit de marcher en se tenant la main et de s'embrasser sur la joue le matin et le soir.

Le 13 mai 1940, les Allemands percèrent à Sedan. Le 25, les élèves de HEC furent avisés que l'établissement fermait ses portes. La date et le lieu de la rentrée leur seraient indiqués ultérieurement. Le 27, Mme Deleau vint chercher son fils à Ouistreham pour le ramener à Neuville. Au moins là-bas, on ne risquait rien. Les deux fiancés se promirent de s'écrire. Leur correspondance, d'abord régulière, s'espaça puis se tarit dans l'année qui suivit. Lors du procès, Cécile Weiss, citée par la défense, produisit un témoignage empreint de bienveillance et parfaitement anodin.

V

17-18 juin 1940

À mi-journée – il pouvait être deux heures de relevée –, en ce fatal mois de juin, si insolemment pareil, vu de très haut, à n'importe quel mois de juin, Neuville, sous le baiser de feu d'un soleil sans pitié, paraissait une ville morte. Les grandes avenues qui, tels des fleuves puissants, traversaient les beaux quartiers et leurs alignements d'hôtels particuliers aux toits d'ardoise fine, aux façades éclatantes de blancheur, aux grands jardins ombreux bien cachés derrière de hauts murs recrépis de frais, étaient vides. Désertes aussi les petites rues tortueuses du centre, aux vieilles maisons à pans de bois, frileusement pelotonnées depuis des siècles dans l'ombre de la cathédrale. Déserts les faubourgs grisâtres, leurs ateliers, leurs maisons basses, leurs pavillons de meulière, à perte de vue. Toutes les portes étaient closes, et les volets tirés. L'exode n'était pourtant pas allé dans la région, comme dans l'Est, le Nord ou à Paris, jusqu'à jeter sur les routes la quasi-totalité ni même une fraction notable de la population. La plupart des Neuvillois étaient là, calfeutrés derrière leurs persiennes. Plus tard, dans les discours officiels, on rendrait hommage au sang-froid exceptionnel qu'ils avaient su garder durant ces jours tragiques, certains même n'hésiteraient pas à parler de « dignité exemplaire dans l'épreuve ». De bien grands mots, comme des habits taillés trop grand, comme un masque mal ajusté, pour envelopper et déguiser une réalité moins glorieuse : dix mois après l'ouverture des hostilités, Neuville se voyait brutalement rattrapée par la guerre, un cas de figure que nul n'avait sérieusement envisagé, un risque auquel nul ne s'était préparé, et dont soudain chacun prenait la mesure. Dans l'attente anxieuse de l'orage d'acier dont la menace, dans les têtes, plombait déjà le ciel d'un bleu encore inaltéré, Neuville faisait le dos rond. Neuville crevait de trouille.

La scandaleuse éventualité d'un drame, d'une extension incongrue du domaine de la lutte à une paisible cité traditionnellement épargnée par les conflits depuis l'époque des guerres de Religion, s'était brutalement matérialisée la veille en fin d'après-midi lorsqu'un détachement français d'un peu plus d'une centaine d'hommes avait pris position sur la rive sud de la Loire, au débouché du vénérable pont Henri-IV, le seul encore intact entre Nevers et l'embouchure du fleuve. Sitôt arrivés, les soldats, apparemment rompus par une longue marche, avaient formé les faisceaux et avaient été autorisés à prendre une pause sur le mail planté de platanes trois fois centenaires, orgueil et but de promenade dominicale des Neuvillois, qui longeait la rivière de part et d'autre du pont. Après une demi-heure de détente, ils s'occupèrent de remettre de l'ordre dans leur tenue, puis les uns s'affairèrent à la préparation du repas, les autres à la mise en défense du site.

Une petite foule étonnée et curieuse n'avait pas tardé à s'amasser sur le quai, tenue par un cordon de sentinelles, baïonnette au canon, à bonne distance de la petite troupe dont les uniformes impeccables, les armes et les cuirs bien astiqués, le calme et la résolution affichés, et par-dessus tout l'obéissance immédiate et silencieuse aux diverses consignes, impressionnaient et surprenaient plus encore. D'autant qu'à l'évidence, s'il fallait en croire les nombreux spécialistes de la chose militaire présents sur place, il ne s'agissait pas d'une unité constituée, mais d'un regroupement de circonstance, amalgame apparemment improvisé, constitué d'un tabor marocain, d'une section de cadets de Saumur, selon les uns, de saint-cyriens, voire de « cornichons » du prytanée de La Flèche selon les autres, et d'un peloton d'artilleurs pourvus de deux pièces de 75 attelées.

Le commandant de cette formation de rencontre qui, à l'écart, étudiait en compagnie de deux autres officiers une carte déployée à même le sol attirait tous les regards. C'était un homme jeune – une trentaine d'années – svelte, en culotte de cheval et bottes de cuir fauve, bien pris dans sa veste de toile grège qu'un ceinturon serrait à la taille. Un capitaine de spahis, affirmèrent ceux qui savaient – ou peut-être de méharistes, suggérèrent quelques audacieux qui furent vertement renvoyés à leur ignorance et invités à faire amende honorable –, au vu de son képi à fond bleu ciel, crânement incliné sur l'oreille, et du chèche kaki artistement enroulé à son cou. Tel quel, avec sa peau hâlée, ses yeux clairs et sa fine moustache à la Clark Gable, un vrai personnage de cinéma qu'on n'aurait pas été surpris de voir au générique de *La Bandera*, *Morocco* ou *Trois de Saint-Cyr*, une réclame vivante pour notre belle armée d'Afrique.

L'armée française, ce n'était donc pas ce ramassis de lâches, de dégonflés, de pétochards, ce troupeau de vagabonds dépenaillés, hirsutes, assoiffés, avinés et geignards, sans armes et sans courage, dont le lamentable défilé, depuis trois jours, affligeait, indignait et démoralisait les spectateurs impuissants. L'antique vertu guerrière de la race n'avait donc pas entièrement dégénéré. Il y avait donc encore des Français prêts à se battre, à en découdre, à mourir pour la patrie. Cela faisait chaud au cœur. Bien décidés à ne pas laisser passer cette rare occasion de se réjouir, de s'enthousiasmer, de s'enorgueillir enfin de quelque chose, vieillards chenus, glorieux anciens de 14-18, encore dans la force de l'âge, mais trop cabossés pour avoir été rappelés, femmes, adolescents, enfants, rien qu'à voir cette petite phalange déterminée, se sentaient tout requinqués. Il y eut des cris étranglés de : « Vive l'armée ! », « Vive la France ! » et, spontanée, une ébauche de *Marseillaise*. À la nuit tombée, des gens des faubourgs et même quelques messieurs et dames bien mis apportèrent du pain, du vin, du pâté, du saucisson et du fromage, qui furent distribués aux soldats avec l'accord de l'encadrement. On se disputait le privilège de loger les officiers chez l'habitant, en premier lieu le capitaine, mais celui-ci déclina la proposition. Il préférait, dit-il, rester au milieu de ses hommes. Il se faisait tard. Il invita les derniers Neuvillois encore debout à rentrer chez eux. Lui-même s'enroula dans une couverture, s'allongea sur l'herbe et s'endormit aussitôt.

Toute la nuit, des réfugiés et des soldats, seuls ou plus souvent par petits paquets, regroupés au hasard de la débâcle, se présentèrent à l'entrée nord du pont. La consigne donnée aux hommes placés là en sonnette était de les laisser passer et, si possible – généralement, ça ne l'était pas –, de les aider à localiser leur régiment, leur division ou au moins leur armée. Une vingtaine d'isolés, qui avaient conservé leur arme et leur paquetage, se portèrent volontaires pour être incorporés au groupement. Le flot se tarit avec le lever du soleil, qui ramenait les premiers badauds, mais ceux-ci bien moins nombreux que la veille au soir, et comme dégrisés. Ils avaient eu tout le temps d'écouter les conseils dont la nuit, dit-on, est porteuse, d'entendre les dernières informations et de méditer les paroles démobilisatrices du Maréchal. De leur côté, les militaires opposaient un mutisme absolu à toutes les questions des civils, si naturelles qu'elles fussent, et même animées des meilleures intentions. Les officiers, allant plus loin, rembarrèrent sans ménagement ceux qui s'enhardissaient à les entreprendre sur la demande d'armistice et ses conséquences sur le terrain.

Armistice ou pas, il n'était pas nécessaire d'être grand clerc pour interpréter le parti pris par le capitaine. Le dispositif adopté était parfaitement parlant, c'est-à-dire très clairement guerrier. L'avant-poste replié sur la rive sud, des chevaux de frise et divers obstacles barraient désormais le pont que les deux canons, camouflés sous les frondaisons, prenaient en enfilade ; des charges explosives avaient été placées sur les deux piliers de l'arche centrale ; une série de fusils-mitrailleurs, utilisant les créneaux opportunément aménagés dans le vieux parapet de pierre grise, battaient l'autre rive ; les hommes avaient rejoint leurs emplacements de tir. Le doute n'était plus permis : il y aurait bataille pour Neuville, devant Neuville, peut-être dans Neuville, et cette perspective, à la lumière crue du grand jour, loin de déchaîner les mêmes ardeurs que quelques heures plus tôt, assombrissait les patriotes les plus exaltés et les faisait pour ainsi dire rentrer à vue d'œil dans leur coquille. L'heure n'était plus aux beaux discours ni aux poses avantageuses. L'air sentait trop la poudre.

La rumeur du carnage imminent se répandit à travers la ville avec la rapidité de l'éclair. Les gens sérieux, les gens raisonnables – Dieu merci, ils ne manquaient pas à Neuville – comprirent qu'il leur revenait de se concerter et d'agir sans perdre une minute. On convenait volontiers que ce petit capitaine avait de l'allure, on pouvait même parler de panache, il faisait honneur à son uniforme, si tous les officiers subalternes avaient été de cette trempe on n'en serait peut-être pas là, mais il ne semblait pas avoir pris une vue d'ensemble de la situation. Comptait-il à lui seul endiguer la ruée allemande ?

Inverser le cours des événements, avec ses deux canons, ses huit fusils-mitrailleurs et sa poignée de Marocains ? S'il rêvait d'une citation dans le communiqué, d'une médaille à titre posthume et d'une plaque commémorative, grand bien lui fasse, mais tout ce qui pouvait en résulter, c'étaient quelques morts de plus, désormais inutiles, et la certitude de voir Neuville et sa population, avant tout les femmes et les enfants, livrées aux dévastations et aux horreurs de la guerre. Il fallait tout faire pour éviter à la ville le sort de Guernica ou de Varsovie, pour sauver des vies innocentes, etc.

On se mit en quête du préfet. Il était introuvable, mais le sénateur-maire, un ancien de Verdun, et l'archevêque de Neuville s'associèrent volontiers à une démarche dictée par la seule humanité. Les quelques conseillers municipaux que l'on put rameuter ceignirent leur écharpe tricolore et arborèrent des brochettes de décorations gagnées au feu, ce qui acheva de conférer une allure non seulement respectable mais légitime à la délégation. Au demeurant, on venait d'apprendre qu'à la prière instante de son maire, le président Herriot, les forces affectées à la défense de Lyon avaient évacué la capitale des Gaules, déclarée ville ouverte. Lyon après Paris... Ce qui était bon sur les rives de la Seine et du Rhône ne l'était-il pas tout autant sur les bords de la Loire ?

Le capitaine sut ce qui l'attendait dès qu'il vit s'avancer vers lui ce groupe de messieurs importants. Ne pouvant se dispenser de les accueillir, il prit son temps pour achever sa toilette et se présenter à eux rasé de frais, dans une tenue soigneusement repassée par son ordonnance. Il refusa d'emblée la proposition, avancée par le maire, d'entrer dans une des maisons du quai pour s'y asseoir autour d'une table et discuter « plus librement », loin des oreilles indiscrètes, et c'est debout, entouré de ses officiers, qu'il reçut ses visiteurs. Après avoir écouté leur argumentation sans rien témoigner, il leur répondit à haute et intelligible voix, de façon à être entendu du plus grand nombre :

« Monsieur le maire, Monseigneur, Messieurs,

« J'ai tenu à ce que notre entrevue fût publique car, n'ayant rien à négocier, je n'avais rien non plus à cacher. Je comprends votre préoccupation et vos inquiétudes, je ne peux les faire miennes. Vous avez vos responsabilités, j'ai mes devoirs. Vous obéissez à des considérations que je respecte, j'obéis à des ordres que je n'ai pas à discuter. J'ai reçu mission de tenir ce pont ouvert aussi longtemps qu'il offrira un passage à nos éléments en retraite, puis de le faire sauter plutôt que de le laisser tomber aux mains de l'ennemi, enfin d'empêcher ou de retarder par tout moyen à ma disposition et à tout prix, fût-ce en allant jusqu'au sacrifice suprême, le franchissement de la Loire par les forces allemandes. Cette mission, je la remplirai jusqu'au bout. Messieurs… »

Une sorte de roulement, ou de grondement continu, en fond sonore, accompagnait et ponctuait en quelque sorte le propos du capitaine.

« Qu'est-ce que c'est, grand-père, c'est le tonnerre ? s'étonna un petit garçon en montant du doigt, perplexe, le ciel toujours bleu. — Ce n'est pas le tonnerre, mon chéri, c'est le canon. »

Il était onze heures du matin. La délégation se retira, vexée, déçue et consternée. Il n'y avait décidément rien à tirer de ce furieux, de cet enragé, grommelaient les notables sur le chemin du retour. L'un d'entre eux avança l'idée de lancer la population éplorée, les femmes et les enfants en tête, à l'assaut du capitaine.

« J'ai peut-être une meilleure solution, dit mystérieusement le maire », à qui l'on venait d'apporter un pli.

Le capitaine, cependant, intimait à tous les civils présents l'ordre d'évacuer maintenant des lieux où ils n'avaient rien à faire, où ils ne pouvaient qu'être une gêne pour les combattants et où, d'un moment à l'autre il n'y aurait plus que des mauvais coups à prendre. La plupart se retirèrent sans discuter. Quelques jeunes gens – des étudiants surtout –, chez qui la curiosité, l'inconscience ou une irrésistible attirance pour la bagarre l'emportaient sur la plus élémentaire prudence, s'obstinèrent. On les chassait, ils s'égaillaient comme une volée de moineaux, l'instant d'après ils étaient revenus. Jean Deleau était du nombre. On finit par ne plus y prendre garde.

« Qu'ils restent après tout, s'ils tiennent tellement à voir comment c'est, la guerre, ricanaient les soldats mi-goguenards mi-agacés. Un peu plus tôt, un peu plus tard, ils comprendront leur douleur. »

Le capitaine ne s'en occupait plus, persuadé qu'au premier coup de feu toute cette jeunesse prendrait la poudre d'escampette.

À midi juste, la canonnade cessa pour ne plus reprendre, sans que l'on sût pourquoi. Tous les regards étaient à présent tournés, anxieux ou impatients, vers la grande route qui filait au-delà du pont, en direction du nord. Mais on n'y décelait aucun mouvement, ni ami ni hostile. Il n'y avait plus qu'à attendre.

L'événement survint deux heures plus tard, mais du côté où on ne l'attendait pas. Les soldats qui avaient cassé la croûte par roulement, venaient de reprendre leur faction lorsque déboucha, venant du sud, un convoi de trois limousines noires encadrées de motocyclistes casqués, en pantalon kaki et veste de cuir. Le toit de la première voiture était recouvert d'un drap blanc, et deux serviettes damassées, également blanches, empruntées à quelque restaurant gastronomique ou à la table d'une maison de maître, étaient tant bien que mal fixées à l'avant du véhicule. Sur l'aile droite de la deuxième voiture, une grosse

Delahaye décapotable, flottait un fanion tricolore, frappé de cinq étoiles d'or...

Et cinq étoiles brillaient en effet sur la manche d'uniforme du général qui apparut après que son aide de camp lui eut ouvert la portière de la Delahaye, et demeura quelques instants perché sur le marchepied comme un oiseau sur une branche, avant de se poser assez légèrement sur le sol. Droit comme un if, sec et cassant comme un sarment, la peau parcheminée et le visage ratatiné d'un vieillard, mais la silhouette d'un sous-lieutenant, et toujours tiré à quatre épingles, on prenait régulièrement le général Zurlinden pour le général Weygand, le nouveau généralissime, nommé un mois plus tôt à la tête d'armées déjà en pleine déroute. Il voulait bien ne pas prendre ombrage de cette ressemblance et de cette confusion.

« Eh bien, que se passe-t-il encore ? Pourquoi nous arrêtons-nous ? » questionna-t-il sans aménité, mais il vit le pont barré, les préparatifs de combat, les soldats à l'affût, et il reprit aussitôt, d'une voix brève et haut perchée : « Qui commande ici ? »

Le capitaine accourait. Il s'immobilisa à trois pas, claqua des talons, et salua :

« Capitaine Franchard, 4e armée, 84e DIA, 5e régiment. Mes respects, mon général.

— C'est bon, repos, capitaine... Franchard, m'avez-vous dit. Est-ce que par hasard vous seriez parent du général ?

— C'est mon père, mon général.

— Votre père, ah très bien. Magnifique soldat, oui, magnifique. Vous savez que nous sommes de la même année, lui et moi. Eh oui, promotion Jeanne d'Arc, ça ne nous rajeunit pas, hein ? Nous sommes des vieux de la vieille, maintenant, mais je vois que la relève est assurée, c'est l'essentiel. Vous n'aurez qu'à marcher sur ses traces pour bien faire. Au fait, je compte sur vous pour lui transmettre mes amitiés.

— Ce serait avec plaisir, mon général, mais je suis sans nouvelles de lui depuis quinze jours. La dernière chose que j'ai sue de lui, c'est qu'il était enfermé avec sa brigade dans la poche de Dunkerque. J'ignore s'il a pu embarquer pour l'Angleterre, s'il y est resté ou s'il a regagné la France, s'il a été fait prisonnier, s'il a été blessé…

— Je pense que nous l'aurions su s'il lui était arrivé malheur. Ayez confiance. Il s'en est toujours tiré, il s'en tirera encore. Voyez-vous, votre père a toujours eu la baraka, et quand on a la baraka, il ne peut rien nous arriver de fâcheux. J'aimerais pouvoir en dire autant de notre malheureux pays. » Il baissa la voix : « Qui nous aurait dit, à nous les vainqueurs de la Grande Guerre, que la France tomberait si bas, oui, plus bas encore qu'en 1870, que notre ligne de front serait sur la Loire, en attendant que nous nous retrouvions sur la Garonne, puis le dos aux Pyrénées si cette folie continue, mais nous lui aurions ri au nez, et nous l'aurions traité de fou, et nous vivons ce cauchemar. » Il se tut, puis d'une voix normale : « À propos, que faites-vous ici, exactement ?

— Eh bien, mon général, comme vous pouvez le constater, j'ai reçu l'ordre d'organiser ici une position de recueil et de la mettre en défense de façon à interdire le passage de la Loire, quitte à me faire tuer sur place, et c'est bien mon intention…

— Vous faire tuer sur place, vous faire tuer sur place, comme vous y allez, jeune homme ! En attendant, montrez-moi un peu comment vous avez organisé votre affaire. J'ai besoin de me dégourdir les jambes. Pas bougé de la banquette arrière depuis que nous avons quitté Bordeaux ce matin, sauf le temps de déjeuner. Passez devant, je vous suis. »

Le capitaine précédant le général, les deux hommes arpentèrent le mail sur toute sa longueur. Sur leur passage, les soldats jaillissaient successivement de leurs trous individuels comme des grenouilles ou des sauterelles sous les pas d'un promeneur, comme des perdreaux que débusque un chasseur, et se figeaient au garde-à-vous. Le général, énigmatique, tantôt affichait l'air blasé du grand chef qui raisonne et agit à l'échelon de la centaine de milliers ou du million d'hommes, tantôt avait la coquetterie de montrer, en s'intéressant à un détail insignifiant mais précis que, parvenu au rang le plus élevé, l'œil du maître n'avait rien perdu de son acuité et qu'il se rappelait le sous-lieutenant qu'il avait été à la fin du siècle précédent.

Parvenus au bout de la promenade, ils rebroussèrent chemin. Le général, de temps à autre, indiquait d'un geste paternel aux soldats qui faisaient mine de bondir à nouveau de leur trou, comme mus par le ressort de la discipline, qu'il les dispensait de ce signe extérieur du respect.

« Eh bien, ce n'est pas mal du tout, capitaine. Je dirais même que c'est très bien. Rien à reprendre. J'aurais pris exactement les mêmes dispositions que vous. Avec un officier comme vous et de tels gaillards, les Boches n'ont qu'à bien se tenir. Vous transmettrez mes félicitations à vos subordonnés et à vos hommes. Beaux soldats, belle tenue, bon esprit. Où il se vérifie une fois de plus qu'une troupe vaut d'abord par celui qui la commande. Ah, si tout le monde avait été à la hauteur. Enfin… »

Ils firent quelques pas en silence. Le général ne semblait préoccupé que de repérer et de pousser, sur le côté, du bout ferré de sa canne, les cailloux intempestifs qui avaient roulé sur l'allée sablée. Comme ils se retrouvaient à l'entrée du pont, il tira sa montre et dit seulement : « Fichtre ! » Aussitôt, il saisit le capitaine par le bras et l'entraîna vivement à l'écart.

« Maintenant, mon petit vieux, dit-il, vous allez m'écouter attentivement, sans rien témoigner et surtout sans m'interrompre, même si ce que vous entendez ne vous fait pas plaisir... Ce que je vais vous dire doit demeurer strictement confidentiel, quelques heures encore.

— Vous avez ma parole, mon général.

— Bien... Sachez donc que j'ai été désigné par le nouveau gouvernement que préside le maréchal Pétain pour conduire la délégation chargée de négocier les conditions d'un cessez-le-feu. Neuville était notre point de passage obligé puisque, les choses étant ce qu'elles sont, c'est le seul endroit où la Loire est franchissable par des voitures civiles. Vous n'aurez pas été sans remarquer que ce matin même les Allemands ont suspendu toutes leurs activités et toute opération militaire dans le secteur que vous tenez. L'avis du ministre de la Guerre, du haut commandement et le mien est qu'il y a lieu de voir dans cette décision, au-delà d'un simple geste de courtoisie, une preuve de bonne volonté et l'assurance que les négociations se dérouleront dans l'honneur et entre soldats, pour reprendre la belle formule du Maréchal. De surcroît, j'ai été informé que passé Neuville, une fois franchies les lignes allemandes, la route a été neutralisée et balisée de façon que nous puissions atteindre dans les meilleurs délais notre destination finale, vraisemblablement Paris ou Versailles. Vous sentez bien que dans ces conditions le haut commandement allemand pourrait être tenté de considérer comme une provocation, un acte déloyal, voire une sorte de sabotage, la destruction d'un pont dont il aurait pu prendre le contrôle hier encore sans coup férir et qu'il ne s'attend guère à devoir livrer bataille pour emporter une position qu'il n'a laissée entre nos mains jusqu'à présent que pour des raisons diplomatiques. Il serait plus que fâcheux, irresponsable, de faire quoi que ce soit qui compromette ou détériore le climat de bonne coopération qui semble prévaloir.

« Il se trouve d'autre part que j'ai dû faire halte tout à l'heure, en l'absence du préfet, à la mairie de Neuville pour y recueillir les dernières instructions du gouvernement. Le sénateur-maire, un homme de grande valeur qui n'a aucunement perdu la tête, au contraire de tant d'autres, s'est débrouillé pour nous faire servir un en-cas. Tout en me restaurant, j'ai eu une conversation tout à fait intéressante avec lui et quelques élus locaux qui étaient présents et qui, je crois bien, venaient de vous rendre visite. Je suis tombé d'accord avec ces messieurs pour estimer que, dans le contexte actuel, Neuville ne présente plus aucun intérêt stratégique.

« Enfin, et pour faire bonne mesure, je vous interdis absolument de vous faire descendre bêtement. Vous êtes un peu jeune pour donner déjà votre nom à une rue. Votre sacrifice ne serait d'aucune utilité et n'aurait aucun sens. D'ailleurs, dans le grand merdier où nous sommes, il passerait totalement inaperçu. Ça ne vaut pas la peine, croyez-moi, de mourir pour des gens qui ne veulent pas être défendus. Gardez-vous pour des temps meilleurs. Nous aurons besoin d'hommes de votre valeur pour préparer la revanche.

« En conséquence et tout bien pesé, j'ai pris les deux décisions suivantes : *primo*, vous allez me dégager *fissa* ce foutu pont. *Secundo* : aussitôt après mon passage vous opèrerez votre décrochage sans procéder à aucune destruction, je dis bien aucune. En contrepartie vous êtes assuré que l'ennemi vous permettra de retraiter en bon ordre. Vous suivrez l'axe général Nevers-Vichy-Clermont-Ferrand. Arrivé à Clermont, vous vous mettrez à la disposition de l'autorité compétente, probablement le général commandant la Région, qui vous prendra en subsistance. D'ici là, j'espère que les pourparlers auront abouti à la signature d'un armistice en bonne et due forme. Voilà. Ai-je été clair ?

— Parfaitement clair, mon général. Pourtant, je ne comprends pas...

— Je ne vous demande pas de comprendre, Franchard, mais d'exécuter. Qu'est-ce que vous ne comprenez pas ?

— Eh bien, mon général... Tant que l'armistice n'a pas été signé, le combat continue, nous sommes toujours en guerre, n'est-ce pas ? Dès lors, comment pourrais-je sans faillir contrevenir aux ordres que j'ai reçus, et qui n'ont pas été annulés ? Mes ordres sont formels : ne pas céder un pouce de terrain. Tenir coûte que coûte la ligne de la Loire.

— La ligne de la Loire ! » Le général émit un ricanement désespéré qui ressemblait à un hoquet. « Mais elle est enfoncée de toutes parts, votre ligne ! Sachez-le, au moment où nous parlons, il n'y a plus aucune résistance organisée, aucun obstacle à l'avance ennemie entre la ligne Maginot et les Pyrénées. Rien, vous m'entendez ! Si le gouvernement siège toujours à Bordeaux, c'est parce que les Allemands le veulent bien ! Mais au fait, de qui tenez-vous ces fameux ordres et à quand remontent-ils ?

— Directement du général Humbert, mon général, à Gien, il y a deux jours.

— Deux jours, autant dire deux siècles ! Et depuis avant-hier ?

— J'ai perdu le contact avec le général Humbert, mon général. Il a été impossible d'obtenir la moindre liaison téléphonique. J'ai envoyé deux motocyclistes qui ne sont pas revenus. À vrai dire, je me sens un peu en l'air. À ma connaissance, je n'ai personne ni sur ma droite ni sur ma gauche. J'ai donc décidé, en l'absence de tout contrordre, de m'en tenir strictement aux dernières instructions reçues.

— Eh bien, vous n'êtes pas près d'en recevoir de nouvelles. Humbert a été fait aux pattes hier matin avec tout son état-major, du côté de Montrichard.

La 4e armée n'existe plus. Votre division n'existe plus. Vos ordres sont par là-même caducs.

— En somme, mon général, vous me demandez de fuir sans avoir combattu. Ce serait une lâcheté, ce serait une forfaiture. Je peux accepter la défaite, mais pas le déshonneur. »

La fureur contracta le visage du général :

« Franchard, je ne vous permets pas. Je ne vous demande ni de vous rendre ni de déposer les armes. Votre premier devoir, votre seul devoir est de vous soustraire à la captivité. Me croyez-vous moins navré que vous de ce qui nous tombe dessus ? Êtes-vous meilleur juge en matière d'honneur que moi-même ou le vainqueur de Verdun ? Et maintenant, ça suffit. Je n'ai perdu que trop de temps ici alors que se prolongent des combats désormais sans espoir et sans signification, que le sang français coule, que les Boches ramassent les prisonniers par centaines de milliers. Vous allez me dégager ce pont. C'est un ordre. Puis vous évacuerez Neuville. C'est un ordre. Vous savez encore ce que c'est qu'un ordre ? Garde à vous, capitaine. »

Le capitaine rectifia la position.

« À vos ordres, mon général », dit-il d'une voix blanche.

Le général se dirigeait déjà vers la Delahaye dont son aide de camp se précipitait pour lui ouvrir la portière quand, se ravisant, il fit demi-tour. Le capitaine s'était remis au garde-à-vous, la tête haute, le bras d'équerre porté à la visière du képi, le regard vide.

« Bonne chance, mon petit vieux, dit le général en lui tapotant affectueusement le bras gauche de sa main gantée. » En regagnant sa voiture, il murmura pour lui-même : « Si j'avais trente ans de moins, je réagirais comme lui.

— Qu'y a-t-il, mon général ? s'enquit l'aide de camp.

— Rien, commandant. Il y a des jours qu'on aimerait pouvoir rayer du calendrier. »

Quelques minutes plus tard, tous suivaient du regard les trois voitures qui s'éloignaient en direction de Paris. Les nouveaux ordres furent exécutés en silence, sans fièvre et sans étonnement apparent, les charges explosives retirées, les pièces attelées, les hommes alignés en colonne par trois. Il était deux heures quand le lieutenant commandant en second vint rendre compte :

« Et maintenant, que faisons-nous ?

— Départ immédiat.

— Direction ?

— Vichy, Clermont, Marseille, Tombouctou, Madagascar, les Kerguelen, le pôle Sud...

— Mais sérieusement ?

— Sans nous être battus, Boisgontier, tu te rends compte, sans avoir tiré même un coup de feu. Même des Italiens n'auraient pas fait pire ! »

Il poursuivit plus calmement :

« Tu vas prendre la tête de la colonne. Tu contournes Neuville. Nationale 11 puis D 29 jusqu'à Saint-Sever, où vous ferez halte pour la nuit. Là, tu ouvriras ce pli, il contient les instructions pour les prochains jours.

— Mon capitaine, vous n'allez pas...

— C'est mon affaire, et pas la tienne. Tu te souviens peut-être de la devise du régiment, du temps qu'il y avait un régiment.

— Oui, "Fais ce que dois..."

— Eh bien, je vais faire ce que je dois faire. C'est la seule liberté qui m'est laissée mais celle-là, rien ni personne ne pourra me l'enlever. Et maintenant, marche, Boisgontier, c'est un ordre.

— Je suppose qu'il n'y a rien à dire...

— Tu supposes bien.

— Alors, au revoir, mon capitaine.

— Adieu, Boisgontier. Je t'aimais bien, tu sais. Tu leur diras, à tous, que je les aimais bien. »

Les deux officiers se donnèrent l'accolade. Le capitaine suivit du regard la petite troupe jusqu'à ce qu'elle eût disparu au détour du quai. Puis il se dirigea à pas lents vers l'entrée du pont.

« Mon capitaine, fit derrière lui une voix timide que d'abord il n'entendit pas, perdu dans de sombres pensées. Mon capitaine », répéta la voix, un ton plus haut.

Il se retourna et toisa un petit jeune homme bien mis, cravaté, en culotte de golf et veston prince-de-galles, les cheveux sagement coiffés, avec la raie au milieu, plutôt avenant en somme, et qui levait vers lui un regard où se lisaient à livre ouvert le respect et l'espoir.

La peur est contagieuse. Il paraît que le courage peut l'être aussi. Comme la limaille est attirée par l'aimant, Jean Deleau n'avait pu résister à la force qui l'entraînait vers le capitaine. Il fut glacé par ce visage d'où le sang et l'existence même semblaient s'être retirés, où seuls mettaient de la couleur les yeux d'un bleu délavé qui le fixaient sans le voir. Le capitaine demeura ainsi un moment, puis il secoua la tête comme quand on chasse un mauvais rêve.

« Qu'est-ce que tu veux, mon garçon ? dit-il enfin avec brusquerie.

— Mon capitaine, excusez-moi, mais j'ai tout entendu... je veux dire, votre conversation avec le général. J'étais là, caché derrière le gros arbre... Je me demandais si je pouvais faire quelque chose, je ne sais pas quoi, me rendre utile. »

Les traits du capitaine se radoucirent. Il envisagea le gringalet :

« Être utile... Est-ce que tu as au moins une instruction militaire ? Tu sais te servir d'une arme ?

— Non.

— Quel âge as-tu ?

— Dix-neuf ans.
— Et tu es encore au lycée ?
— Non. HEC deuxième année.
— Alors, commence par terminer tes études. Marie-toi. Fais des enfants. Des hommes, il en faut toujours. Mais pas maintenant. La France veut qu'on la laisse dormir. La France veut reposer en paix. La France ne demande qu'une chose, c'est qu'on lui fiche la paix. La France, c'est fini, c'est foutu. Alors, ne pense qu'à toi. Tu comprends ça ? Maintenant, laisse-moi, petit. Il n'est pas question que je t'emmène là où je vais. »

L'exaltation du jeune homme était retombée comme un soufflé.

Déjà, il ne comprenait plus le grand élan patriotique qui lui ressemblait si peu. Déjà, il n'était plus celui qu'il avait été un instant, l'instant d'avant, et qu'il ne serait plus jamais.

Le capitaine a enlevé son képi et le dépose sur le vieux parapet de pierre grise moussu par les ans. D'un bond, il saute sur le muret. Tête nue, les jambes écartées, il respire une dernière fois l'air de Loire, il contemple l'eau et le ciel de Loire, il savoure la douceur et le bonheur de Loire. Puis il porte la main à l'étui qui bat le long de sa hanche, en sort son pistolet, le plaque contre sa tempe. Il vacille, le corps tournoie sur lui-même, le cadavre va s'écraser quelques mètres plus bas, sur la berge.

Yvonne Deleau débouchait sur le mail lorsque le coup de feu claqua. À midi sonné, elle avait dû se rendre à l'évidence. Son fils, son Jeannot était sorti sans lui dire où il allait, et sans prévenir il n'était pas rentré à l'heure du repas. Elle avait retardé le déjeuner le plus possible, mais M. Deleau s'impatientait. Il avait faim. Il avait bien fallu se mettre à table devant le couvert vide du petit. Elle n'avait touché à rien, l'appétit coupé. Son mari cependant mangeait et buvait comme si de rien n'était. « Mais comment peux-tu ? s'était-elle emportée, exaspérée. Je suis sûre qu'il est retourné là-bas. » Elle indiquait du bras la direction du fleuve et, comme elle fondait en larmes, « Ne te mets pas dans cet état-là », avait-il dit paisiblement, mais avec un soupçon d'humeur. « On ne se bat pas, que je sache. La ville n'est pas à feu et à sang. Et quand bien même on se battrait, ton précieux fils n'est pas en sucre. Le feu, j'ai connu ça de près pendant quatre ans, et je suis toujours là ! » Elle le regardait qui buvait tranquillement son café, à petites lampées. Elle se jura de ne jamais lui pardonner ces moments-là.

Enfin repu, M. Deleau monta à l'étage. C'était l'heure de sa sieste. Une prescription médicale, assurait-il. Bientôt sa respiration, comme si de rien n'était, ébranlerait l'immeuble. Elle se contraignit à débarrasser, à faire la vaisselle, guettant à chaque instant le bruit de la sonnette, mais sitôt la dernière assiette essuyée, elle n'y tint plus, elle sortit comme une folle, sans même avoir mis un chapeau. M. Deleau avait entendu claquer la porte du rez-de-chaussée, il se montra à la fenêtre de sa chambre. « Mais où vas-tu, Bibiche ? — Pas le temps, je t'expliquerai », cria-t-elle.

Elle allait maintenant aussi vite qu'elle pouvait, par les larges boulevards écrasés de lumière, sans souci de la sueur qui, après avoir perlé à son front, lui coulait dans les yeux, courant plutôt qu'elle ne marchait malgré le point douloureux qui lui était venu au côté, insolite et un peu démodée dans son inusable robe noire à gros pois blancs. En d'autres circonstances, le spectacle de cette femme visiblement « comme il faut », courant seule les rues, en cheveux, eût passé pour comique ou scandaleux. Mais il n'y avait pas de spectateurs, ou préoccupés de bien autre chose, et elle n'avait pas la tête à s'inquiéter du qu'en-dira-t-on.

Après l'avenue de la République, elle prit le boulevard Georges-Clemenceau. Un instinct sûr la conduisait vers le pont. Il ne pouvait être que là. Elle emprunta la rue Thiers, coupa par la rue du 7e-Chasseur, traversa la place du Maréchal-Sebastiani, longea le quai du 11-novembre-1918...

Au bruit de la détonation, elle s'était arrêtée, saisie. Mais du plus loin, elle reconnut son fils dans le petit groupe qui se formait sur le quai et commentait l'événement. Elle rassembla ses dernières forces et se jeta impétueusement à son cou. Elle le couvrait maintenant de caresses et de baisers passionnés, dans un flot de paroles précipitées : « Mon Jeannot ! Mon petit garçon ! Mon chéri ! Dieu merci, tu es vivant ! Comment as-tu pu me faire cela ?

— Mais, Maman, murmura-t-il, un peu gêné, je ne suis plus un enfant, j'ai vingt ans dans trois mois.

— Justement, triompha-t-elle, tu es encore mineur. Et que deviendrais-je s'il t'arrivait quelque chose ? Sais-tu que je n'ai que toi dans la vie ?

— Et Papa.

— Oh, ton père... Tu as failli me faire mourir d'inquiétude. Tiens, dit-elle en lui prenant la main et en la mettant sur sa poitrine, sens mon cœur comme il bat. »

Deux brancardiers arrivaient avec une civière, mais ils n'y prirent garde ni l'un ni l'autre.

« Maintenant, nous allons rentrer, dit-elle. Je n'en peux plus. Donne-moi le bras, s'il te plaît. Ça ne t'ennuie pas au moins qu'on te voie au bras de ta vieille mère ? » s'enquit-elle avec un petit rire de gorge.

À présent, elle rayonnait.

« J'ai entendu les dernières informations. Nous allons avoir la paix, c'est sûr. Tu n'iras pas te faire trouer la peau pour tous ces imbéciles. » Elle s'arrêta soudain, s'écarta et, le regardant droit dans les yeux : « Maintenant, promets-moi que tu ne feras jamais rien, je veux dire rien d'important, sans m'en avoir parlé d'abord.

— Je te le promets, dit-il docilement.

— Non, mieux que cela, jure sur ce que tu as de plus cher, jure sur la tête de ta mère.

— Je te le jure, Maman.

— C'est bien. Je suis rassurée. Tu m'as fait tellement peur. »

Ils rentrèrent à petits pas, appuyés l'un sur l'autre, épuisés par trop d'émotions.

À la fin de l'après-midi, un side-car allemand s'immobilisa à l'entrée nord du pont, comme un gros insecte méfiant qui tâte de ses antennes un chemin inconnu. Les deux occupants de l'engin, vêtus de longs manteaux de cuir, scrutèrent longuement à la jumelle les arches et les culées du vieux pont de pierre et la rive sud, totalement déserte, puis ils firent demi-tour. La voie était bien libre.

Le lendemain à trois heures, les Allemands paradaient dans les rues de Neuville. M. Deleau n'avait pas dérogé à sa sieste. Perdus dans la foule, la mère et le fils virent défiler les jeunes hommes au visage bronzé sous le casque d'acier, les tankistes vêtus de noir, des grenades à manche passées dans la ceinture, les artilleurs assis dos à dos sur les caissons attelés. Ils admirèrent en silence la force et la beauté des vainqueurs.

VI

La chose s'était faite le plus simplement du monde.

Le 28 juin, en fin de matinée, l'abbé Legrandier, qui se hâtait en direction du palais archiépiscopal – Monseigneur Flocard l'avait prié à déjeuner avec les desservants de toutes les paroisses de Neuville –, croisa, rue des Fossés-Saint-Éleuthère, le sénateur-maire qui, lui aussi, marchait d'un bon pas. Dix jours s'étaient écoulés depuis que les Allemands étaient entrés dans Neuville. La population, encore sous le choc, comme un homme étourdi par le coup qu'il a reçu sur la tête, s'habituait doucement à l'Occupation ; l'armée vêtue de vert et de gris, comme un corps étranger, proliférait dans la ville qu'envahissaient méthodiquement ses pancartes, ses oriflammes et ses uniformes. Les deux hommes se saluèrent et chacun allait poursuivre sa route lorsque le maire, se ravisant, rebroussa chemin et prit familièrement le prêtre par le bras :

« Ah, l'abbé, dit-il d'une voix précipitée, je suis bien content de vous rencontrer, j'avais justement un service à vous demander, et j'ai bien failli l'oublier. Cela fait une semaine que je mène une vie de fou. Je ne sais plus où donner de la tête. Ah, il ne faudrait jamais perdre la guerre ! Les exigences de ces messieurs sont inimaginables, i-ni-ma-gi-na-bles. En huit jours, ils ont jeté leur dévolu sur les deux casernes, le lycée de jeunes filles, la moitié des bâtiments de l'hôpital Sainte-Marthe, le Majestic, l'hôtel de France, le Rex, et j'en passe. Il a fallu que je leur désigne les plus beaux hôtels particuliers, qu'ils ont réquisitionnés pour loger leurs officiers supérieurs. Tenez, pas plus tard que ce matin, ils ont réservé la maison, vous voyez ce que je veux dire, de la rue Neuve-des-Remparts pour l'usage de la troupe. Je ne vous choque pas, au moins ?

— Mais non, mais non.

— Et à chaque moment ce sont des demandes nouvelles, à satisfaire dans l'heure, que dis-je, dans la minute, il faut fournir pour le couchage draps, literie, couvertures, prévoir le blanchissage, répondre aux réquisitions de nourriture, de boisson. C'est comme une nuée de sauterelles qui se serait abattue sur le pays. Il a fallu que j'invite les commerçants à étiqueter tous leurs prix en marks d'occupation, que je dégote une imprimerie en état de marche pour faire imprimer et diffuser les règles de comportement à suivre avec les troupes allemandes. Et ce n'est qu'un début. J'ai appris que le haut commandement militaire pour la France – le Befehlshaber – a décidé que Neuville serait le siège de l'administration militaire allemande pour tout le Centre et le grand Ouest. À court terme, nous devrions recevoir et supporter une garnison de huit mille hommes au moins ! En temps normal, je pourrais me défausser d'un tas de problèmes sur la préfecture, nous nous partagerions les charges, mais depuis que Monsieur le préfet et ses principaux directeurs ont cru devoir prendre la poudre d'escampette, leurs services sont complètement désorganisés, et c'est comme ça que tout me retombe dessus. Un enfer, je vous dis, un enfer. »

Il s'épongea le front et reprit plus calmement :

« Où en étais-je, moi ? Ah oui, et c'est de ça que je voulais vous parler : comme si les Fritz ne suffisaient pas à mon bonheur, j'ai sur le dos des centaines, que dis-je, des milliers de pauvres gens, d'abord les réfugiés bien sûr, mais aussi des Neuvillois et des gens des environs qui assiègent mes bureaux matin et soir pour solliciter des aides en espèces ou en nature, des bons d'essence, mais aussi des laissez-passer, des autorisations de toutes sortes, des informations que personne n'est en mesure de leur donner. Alors, on les envoie à la Kommandantur. Personne là-bas ne comprend rien à ce qu'ils disent, et eux-mêmes ne comprennent rien à ce qu'on leur répond, hormis naturellement les Alsaciens qui sont traités aux petits oignons. Alors, ils se tournent de nouveau vers la mairie, et ce petit jeu peut durer indéfiniment. Par bonheur, le commandant de la place, le colonel von Beckendorff, entre parenthèses un homme tout à fait fréquentable et même absolument délicieux – la vieille aristocratie rhénane, vous voyez – et qui en plus parle admirablement notre langue, ce qui ne gâche rien, est pleinement conscient de nos difficultés et de l'urgence d'y porter remède. Bien sûr, ce n'est pas à lui de s'occuper personnellement de ces choses-là, mais il est tout à fait disposé à ouvrir un bureau d'accueil à la Kommandantur pour peu que nous lui trouvions un interprète français, vous voyez, qui pourrait servir d'intermédiaire entre ses propres services et la population. J'ai aussitôt pensé à des professeurs d'allemand. À cette période de l'année, les professeurs n'ont pas grand-chose à faire, n'est-ce pas ? J'ai eu la chance de trouver chez lui le proviseur du lycée Victor-Hugo, qui m'a procuré trois adresses. J'ai donc pris mon bâton de pèlerin, et j'en reviens à l'instant. Eh bien, vous ne le croiriez pas, j'ai fait chou blanc ! Le premier de ces messieurs a été mobilisé sur la ligne Maginot. Sa femme est sans nouvelles de lui depuis la fin mai. Elle espère qu'il a été fait prisonnier. Bon, jusque-là, rien à dire, je vous l'accorde. Mais le deuxième est parti en vacances sans laisser d'adresse. Il est quelque part dans le Midi, paraît-il, et injoignable. Vous vous rendez compte, dans les circonstances que nous traversons, quel je-m'en-fichisme, je dirais même quel incivisme. Étonnez-vous après cela que nous soyons où nous en sommes. Ah, qui dira le mal que nous a fait le Front populaire ? Quant au troisième, je vous le donne en mille. Il est là, en parfaite santé, je l'ai même trouvé dans son jardin, qui arrosait ses tomates, mais Monsieur ne veut rien avoir à faire avec les chleuhs. Un professeur d'allemand ! Cela alors que nous n'avons jamais eu plus besoin les uns des autres et que le Maréchal lui-même invite tous les Français à se serrer les coudes ! Alors, vous comprenez, en vous voyant, je me suis dit que c'était la Providence qui vous envoyait et que ce serait bien le diable si vous n'aviez pas quelqu'un dans votre manche...

— Ma foi, dit l'abbé, j'ai peut-être ce qu'il vous faut. C'est un tout jeune homme, mais il est plus mûr que son âge et il est parfaitement bilingue. J'irai le voir cet après-midi et je vous l'enverrai.

— Ah, mon père, je vous bénis.

— N'inversons pas nos rôles », dit l'abbé en souriant.

Jean Deleau fut enchanté de trouver à employer ses compétences. M. Deleau grogna pour la forme. Mme Deleau était plutôt réticente à l'idée que, suivant ses propres termes, elle ne profiterait plus de son fils qui serait loin d'elle toute la journée. Mais l'abbé emporta l'affaire en faisant valoir qu'après tout il ne s'agissait que d'un coup de main provisoire et qu'en ces temps difficiles le devoir de chacun était de rendre service, autant qu'il se pouvait, à ses compatriotes dans le malheur.

Quarante-huit heures plus tard, Jean Deleau officiait au bureau d'accueil de la Kommandantur, confortablement installée dans les meubles du tribunal de commerce, en bord de Loire, à l'ombre du majestueux château des ducs de Bourbon.

Le maire n'avait nullement exagéré. De neuf heures du matin à six heures du soir, un flot ininterrompu de sollicitations, de récriminations, de supplications, de jérémiades, de plaintes et de larmes se déversait dans l'antichambre puis s'infiltrait dans la vaste pièce au dallage noir et blanc, aux murs revêtus de boiseries foncées, où le jeune homme siégeait à une grande table, flanqué de deux soldats allemands. Derrière lui, sur la cheminée de marbre blanc, une pendule ancienne sommée d'une statuette en bronze doré de la Justice aux yeux bandés, tenant le glaive et la balance, sonnait imperturbablement les quarts d'heure.

C'étaient des réfugiés qui souhaitaient à présent regagner leur maison abandonnée pendant l'exode, des transporteurs, des déménageurs, des garagistes, des médecins, des croque-morts, des chauffeurs de taxi, des fonctionnaires, qui réclamaient avec la reconnaissance de leur utilité publique des permis de circuler et des bons de carburant, des cultivateurs qui ne pouvaient plus travailler leurs champs, porter leur récolte au silo, livrer leur lait, se rendre à la coopérative, des ouvriers qui ne pouvaient accéder à leur usine et des bourgeois à leur maison de campagne. La ligne de démarcation qui, de Moulins à Neuville, épousait le cours de l'Allier puis celui de la Loire, coupait la ville de ses faubourgs industriels, séparait les familles, divisait les cantons, les villages, les terres, était cause de mille drames, grands et petits. Il y avait aussi des propriétaires venus demander l'indemnisation de dégâts causés par la troupe ou la restitution d'une partie de leur maison touchée par la réquisition, des gens qui sollicitaient simplement l'autorisation de visiter un parent malade, d'assister à un baptême, une communion, un mariage, des ahuris ou des désespérés qui avaient perdu ou disaient avoir perdu tous leurs papiers et ne savoir que faire, d'autres qui, sans nouvelles des leurs, d'un frère, d'un fils, d'un père porté disparu, de maris, de femmes et d'enfants égarés dans le prodigieux tourbillon de la grande transhumance de tout un peuple, frappaient à cette porte comme ils les essayaient toutes. Certains, dans l'impossibilité d'obtenir les renseignements les plus élémentaires, quémandaient des informations claires sur les modalités de la correspondance inter-zones ou de l'envoi de colis aux prisonniers.

Seul permanent – ses assesseurs allemands, que ce fût par nécessité de service ou pour d'autres raisons qui lui échappaient, tournaient constamment –, Jean Deleau fut bientôt plus au fait que quiconque des dispositions induites par les conventions d'armistice, des mystères et de la complexité des réglementations allemande et française, aggravées par la division du pays en cinq zones : libre, occupée, militaire, interdite et, annexée de fait, l'Alsace-Moselle. Il lui revint bientôt, en sa qualité d'interprète, d'assurer l'accueil des visiteurs et d'instruire en quelques minutes leur dossier. Il mit un point d'honneur à débrouiller au mieux des histoires qui ne brillaient pas toujours par la clarté, à accélérer les récits interminables, à diriger et à orienter le dialogue – « vous n'êtes pas le seul », « il y a d'autres gens qui attendent », « vous l'avez déjà dit », « au fait », « marié ou concubin ? » « juif ou non-juif ? », « réformé ou démobilisé ? », « ceci ne relève pas de nos services », « adressez-vous à la mairie, à la préfecture, à votre commune d'origine, à votre perception, à votre patron », « avez-vous un certificat de travail, des bulletins de salaire, votre livret militaire, un extrait de casier judiciaire, votre livret de famille, un certificat de domicile, une quittance de loyer, au moins un certificat de vie, un certificat de notoriété, un certificat de bonnes mœurs ? » Il apprit à démêler et à éventer les ruses, les micmacs, les combines, les petits et les gros mensonges de paysans roublards, d'adeptes du système D, de professionnels de la resquille.

Il tirait une synthèse, aussi claire que possible, de son petit interrogatoire et ne tarda pas à constater que sa façon de présenter l'affaire et de l'agrémenter ou non d'un avis favorable, influait sur des décisions qui ne lui revenaient évidemment pas. Il en tira une satisfaction et, disons-le, un sentiment de sa propre importance qui l'incitèrent à redoubler de zèle et de rigueur. Il appréciait du reste la rapidité et la netteté des réponses données. Avec les Allemands, c'était « non » – le plus souvent – ou c'était « oui », mais dans les deux cas c'était carré, c'était précis, c'était net, c'était définitif. Quel contraste avec la confusion, l'incohérence, l'aboulie dont l'administration française, civile ou militaire, en pleine déliquescence, ne cessait de donner le consternant et contagieux exemple ! Comment ne pas se sentir un peu honteux, en tant que Français, et un peu dégoûté devant le spectacle chaque jour renouvelé qu'offrait le petit troupeau bruyant, désordonné, geignard, hargneux et mal lavé qui s'entassait chaque matin dans la salle d'attente et semblait l'image en réduction de tout un peuple ? Bien loin de l'attendrir, tout cet étalage de malheurs, de souffrances et de misères, lui endurcit le cœur.

Quand le vacarme devenait trop insupportable dans la pièce à côté, un de ses acolytes se levait, ouvrait brutalement la porte de communication et poussait un grand coup de gueule : « *Ruhe !* », obtenant pour quelques minutes un silence terrifié. Le soldat revenait s'asseoir en riant, faraud, les pouces passés dans son ceinturon, les jambes écartées. Deleau se sentait à la fois gêné d'appartenir à la race des vaincus et soulagé d'être passé du côté des dominants. Il se surprit à désigner de plus en plus fréquemment ses concitoyens, dans sa tête ou à haute voix, comme « les Français », comme s'il n'avait pas été du nombre. Cela se faisait beaucoup dans ces années-là.

Dès le deuxième jour, il avait été admis à manger au réfectoire de la Kommandantur. Il devint assez bon camarade de plusieurs soldats. Il se plaisait avec ces garçons de son âge ou à peu près, gais et simples, qui le traitaient comme un des leurs. Il connaissait et reprenait leurs chants, il riait de leurs plaisanteries, ils tiraient de leur portefeuille et lui montraient des photos ensoleillées : leur mère, leur sœur, leur petite amie, eux-mêmes dans un camp de jeunesse. Il se levait comme eux et se mettait au garde-à-vous lorsqu'un officier passait. Le colonel von Beckendorff le fit venir dans son bureau et lui dit à quel point il était satisfait de son travail. Il se sentait utile.

Toute peine méritant salaire, le maire de Neuville l'informa des conditions convenues pour sa rémunération. Il serait pris en charge pour moitié par la municipalité pour moitié par la Kommandantur, pour un montant total de deux mille francs par mois. Un salaire qui n'avait rien de négligeable.

Un soir que Jean Deleau rentrait de son travail, il rencontra une petite bande d'étudiants qu'il connaissait de vue. Une jeune fille se détacha du petit groupe et l'aborda. Il ne se rappelait pas son nom mais savait qu'elle avait perdu son fiancé sur la Dyle. « Alors, lui dit-elle, c'est vrai qu'ils t'ont *emboché* ? », et elle leva la main sur lui. Ses amis l'entourèrent et, après avoir bredouillé de vagues excuses, l'entraînèrent. Seul, il resta un moment, stupide, à frotter sa joue endolorie.

VII

« Et maintenant, ça commence à bien faire. Je ne vais tout de même pas attendre tous les soirs que ce petit blanc-bec daigne rentrer de son travail pour commencer à dîner ! On va voir qui est le maître ici, nom de Dieu ! »

M. Deleau abattit violemment son poing sur la table, les assiettes tressautèrent, les couverts s'entrechoquèrent et la louche d'argent en trembla dans la soupière du potage. La mère et le fils échangèrent par en dessous un regard interrogateur. Le père ne les avait pas accoutumés à de telles sorties. Mme Deleau avait cependant observé dans les derniers temps qu'il ramenait de plus en plus souvent une humeur querelleuse de ses promenades hygiéniques de fin d'après-midi. Elle s'était même posé la question de savoir si la faute n'en incombait pas au Byrrh que, l'ayant décrété meilleur pour sa santé, il préférait depuis peu au Cinzano. Elle lui trouvait en tout cas la démarche bien hésitante et le souffle court lorsqu'il montait les escaliers.

On était en automne depuis quelques jours mais les soirées restaient douces et l'on dînait fenêtres ouvertes. Mme Deleau alla fermer, de peur que les voisins entendissent, et se mit en devoir de servir la soupe.

En tant qu'ancien de 14-18, et passé par Verdun, comme presque tous ses camarades, M. Deleau avait vu dans l'arrivée du Maréchal aux affaires et l'avènement du nouveau régime la contrepartie inespérée et pour ainsi dire miraculeuse d'une défaite qui marquait d'abord la faillite de la démocrassouille. Ce faisant, il se conformait à l'opinion générale dans laquelle le confortait la lecture des journaux. Retraité, définitivement cette fois, depuis début septembre, il n'avait plus à se cacher de ses choix. Privé de *La Croix*, de *L'Action française* et de *Gringoire* qui n'étaient diffusés qu'en zone libre, il s'était habitué, en plus de *Centre-Éclair*, à acheter quotidiennement *L'Œuvre* et avait pris un abonnement à *La Gerbe* dont le style noble et quelque peu désuet, si bien assorti à la barbe fluviale de M. Alphonse de Châteaubriant, lui avait paru un gage de qualité. Il faillit se laisser tenter par *Au pilori*, qu'il avait eu l'occasion de feuilleter chez le coiffeur, mais le ton ordurier et surtout les échos délateurs dont ce journal avait fait son fonds de commerce l'emplirent d'un profond malaise. Antisémite, soit, mais d'un antisémitisme de bon aloi, à la française, par raison, comme Maurras, et non en vertu des fumeuses théories raciales de ce fou de Hitler. Il ne voulait pas la mort des Juifs mais simplement qu'on les mît une bonne fois hors d'état de nuire.

Il vouait en revanche à un même opprobre et aux pires châtiments les Blum, les Daladier, les Reynaud, Mandel, Gamelin, Jean Zay, Pierre Cot, Mendès France… « et toute la clique… », dont les noms honnis revenaient en boucle dans sa bouche, automatiquement associés au désastre et à « ces mensonges qui nous ont fait tant de mal… »

« Ah, ricanait-il, ils nous ont bien mis dans le pétrin avec leurs occupations d'usines, leurs quarante heures, leurs congés payés et tout le bazar, et ceux qui sont venus derrière ne valaient pas mieux. La route du fer, tu parles, c'est sûrement parce que nous étions les plus forts que nous avons été vaincus ! »

Les radicaux, les francs-maçons, les socialistes enjuivés, la haute banque inféodée à la City, les synarques, les fugitifs du *Massilia*, tous ceux qui avaient trempé dans le complot d'où était issue cette guerre imbécile pour le couloir de Dantzig et les beaux yeux de la comtesse de Portes, tous des « salopards » à mettre dans le même sac et à jeter à la rivière, la palme revenant indiscutablement aux communistes « pardon, aux bolcheviks, ils ne sont plus français ceux qui, sur l'ordre du Kremlin, ont saboté nos fabrications de guerre et ont envoyé nos artilleurs, nos tankistes et nos aviateurs à la mort ». Entre Thorez et ce de Gaulle qui pérorait tous les jours à la radio anglaise, entre le militant déserteur et le militaire félon, M. Deleau ne faisait pas plus de différence qu'entre la peste et le choléra, avec peut-être, quand même, néanmoins, à la réflexion, une nuance de sévérité moindre pour le premier, dont on ne pouvait qu'attendre une trahison qui était dans la logique de ses idées, tandis que le second, un ambitieux dévoyé, avait forfait à l'honneur. Quoi qu'il en soit, pour l'un comme pour l'autre, « douze balles dans la peau, et encore par derrière, comme les traîtres qu'ils sont – et il faisait mine d'épauler un fusil –, c'est tout ce qu'ils méritent, pan pan et on n'en parle plus ! »

La France n'était ni à Londres, ni à Moscou, ni sur aucun sol étranger ; elle était là où vivent les Français. *La terre ne ment pas.* Le Maréchal ne s'y était pas trompé, qui avait choisi de rester au milieu des siens et de partager leur malheur. Homme d'ordre et patriote, M. Deleau faisait aveuglément confiance au Maréchal. Il avait accepté sans hésiter la charge de trésorier de la Légion française des combattants et retrouvé au bureau départemental plusieurs de ses compagnons Croix-de-Feu. Tous communiaient comme jadis sur la ligne de front dans la même foi et la même espérance. « Le Vieux saura *les* rouler dans la farine », se plaisait-il à répéter en clignant finement de l'œil. « Il *les* a eus, il *les* aura. » Là encore, il ne faisait qu'exprimer le sentiment général, fin septembre 1940. Un mois avant Montoire.

On aura compris que M. Deleau n'appréciait guère les activités présentes de son fils. D'abord parce qu'il n'aimait pas les Allemands et que tout ce qui venait des Allemands lui était suspect ou odieux. Ensuite parce qu'il n'était pas indifférent au qu'en-dira-t-on et que certains airs entendus, certaines fines allusions, certains visages détournés lui donnaient à penser. Mais surtout parce que tout cela ne menait à rien et n'était au mieux que du temps perdu.

Jean et sa mère mangeaient en silence, la tête basse, peu désireux de déchaîner par quelque maladresse l'orage redouté. Constatant que nul ne cherchait à lui disputer ses prérogatives patriarcales, le chef de famille promena sur la soumission des siens, à la dérobée, un regard empreint de bienveillance puis, repoussant son assiette vide d'un geste à dessein un peu théâtral afin que chacun comprît bien qu'à tout moment il pouvait à nouveau s'exprimer en maître irrité, il reprit la parole d'une voix posée :

« Voilà. Il y avait ce matin au courrier une enveloppe à l'en-tête de HEC, libellée à ton nom, Jean, mais que j'ai cru devoir ouvrir sans t'attendre, car elle portait le cachet "Très urgent". La direction de l'école nous informe que la situation est redevenue normale à Paris et qu'en accord avec les autorités d'occupation les cours reprendront comme prévu, rue de Prony, à compter du 15 octobre, autant dire demain. Nous allons donc prendre toutes les dispositions pour te permettre de poursuivre et d'achever tes études dans les meilleures conditions.

« Pour ce qui te concerne, tu vas donc me faire le plaisir de prendre au plus vite congé de tes... tes employeurs. Tu t'es bien amusé pendant trois mois, tu t'es fait de l'argent de poche, c'est parfait, mais il n'est que temps de revenir aux choses sérieuses et de mettre fin à une situation qui, les choses et les gens étant ce qu'ils sont, pourrait prêter à équivoque. Nous ne nous sommes pas saignés aux quatre veines, ta mère et moi, pour que tu finisses comme truchement dans une Kommandantur. Tu mérites mieux que cela. Qu'en penses-tu, Yvonne ?

— Mais que tu as tout à fait raison, mon ami. N'est-ce pas, Jeannot ? »

Le garçon acquiesça. Surpris de ne se heurter à aucune résistance, M. Deleau fut pris de court. Certes, il avait pleine satisfaction et s'applaudissait en son for intérieur d'avoir fait preuve d'une détermination qu'il ne se connaissait pas, mais il se sentait frustré d'une discussion qui, même tendue, prolongée, violente, lui eût permis, pensa-t-il avec regret, de faire reconnaître son autorité dans tous les domaines. Car l'homme n'est jamais content de son sort.

« Du reste, poursuivit Mme Deleau, comme je me doutais que Jean allait bientôt devoir nous quitter, je m'étais déjà préoccupée de ses bagages. On m'a justement indiqué un soldat qui voulait se débarrasser de sa cantine. Je l'ai rencontré et il est d'accord pour l'échanger contre ta raquette et tes balles. Je pense qu'après toutes ces années il y a peu de chances maintenant que tu te remettes au tennis. C'était une bonne occasion, non ? »

Elle ne précisa pas que le soldat en question portait un uniforme feldgrau. M. Deleau sourit sans répondre, le cœur lourd. Même chez lui, sous son propre toit, on le traitait en quantité négligeable. Les choses sérieuses se passaient derrière son dos. On n'attendait même pas sa disparition pour disposer de ses affaires. Sa bonne vieille raquette ! Il choisit, stoïque, de se taire.

Jean Deleau prévint la mairie de son prochain départ, qu'il fêta avec ses camarades allemands de la Kommandantur. Tandis qu'il se contentait d'un verre de limonade, la bière coulait à flots dans le gosier des soldats. Ceux-ci ne tardèrent pas à entrechoquer leurs chopes de faïence en alternant des hymnes martiaux qui chantaient la gloire des combats victorieux et des *Lieder* sentimentaux qui disaient les beautés de la nature, la blondeur des fiancées aux longues tresses et le mal du pays. Le colonel von Beckendorff en personne apparut quelques instants. « Je comprends très bien, dit-il, que vous voulez terminer vos études. C'est la même sagesse. Mais vous devez savoir que nous vous regretterons. Je ne sais si nous vous reverrons, mais je tenais à vous dire que la porte pour vous est toujours ouverte. »

L'irremplaçable abbé Legrandier, qui avait des relations partout, fut mis à contribution et parvint en effet, bien que prévenu au dernier moment, à dénicher une chambre pour Jean au 104 de la rue de Vaugirard, siège de la fameuse institution où les pères maristes accueillaient les jeunes étudiants provinciaux de bonne famille que leurs parents redoutaient de voir livrés à eux-mêmes au milieu des tentations de la moderne Babylone.

M. Deleau, qui répugnait aux effusions, salua son rejeton d'un « Bon courage ! » qui paraissait sortir avec difficulté de sa moustache et le gratifia d'une poignée de main virile. Mme Deleau accompagna son fils à la gare. Elle l'étreignit et le fit monter dans le wagon. Le sifflet du chef de gare et le halètement de la locomotive déchiraient l'air. Après avoir disputé sa place réservée à des voyageurs qui se disaient prioritaires, il fit descendre la vitre de son compartiment et se pencha vers sa mère tandis que le train s'ébranlait si lentement qu'elle pouvait sans effort rester à sa hauteur : « Prends bien soin de toi, mon chéri, lui ditelle. Tu sais que tu me manques déjà. Mais même si j'avais les moyens de venir te voir, je ne saurais pas où loger. Enfin, il n'y en a que pour quelques mois. Surtout, souviens-toi que tu m'as promis d'être sage, tu vois ce que je veux dire. Tu me promets ? — Je te promets, maman. » Le convoi prenait de la vitesse. Elle s'arrêta, sortit son mouchoir pour se tamponner les yeux et resta immobile sur le quai même après que le train fut hors de vue.

M. Gondre, le portier du « 104 » – mais tout le monde disait « le père Gondre » –, aida le nouveau pensionnaire à monter sa cantine au deuxième étage. Un lit étroit et dur comme une banquette de 3e classe, une petite table de bois blanc, une seule chaise, une penderie et un lavabo masqué par un rideau, une fenêtre étroite donnant sur la cour cimentée plantée d'arbres étiques, la chambre d'étudiant avait plutôt l'air d'une cellule de moine ou de prisonnier. Jean Deleau ne put retenir une grimace de déception. « Oui, ça ne paie pas de mine », reconnut le père Gondre, mais vous vous habituerez très vite, vous verrez. Et puis, vous savez – sa voix se teinta de révérence –, quand il avait votre âge, M. François Mauriac a occupé cette chambre. Et maintenant, voyez où il en est… » Jean Deleau apprit par la suite que toutes les chambres du « 104 » avaient eu l'honneur, si l'on en croyait le concierge, d'abriter l'illustre romancier catholique et bordelais.

Vingt-cinq ans plus tard, et bien qu'il eût depuis longtemps dépassé l'âge de la retraite, le père Gondre officiait toujours au « 104 ». Toujours aussi attaché à l'établissement – « Songez, disait-il que j'ai vu passer ici M. Mitterrand, oui, le ministre, M. Bettencourt, M. Claude Roy, sans oublier M. Mauriac. » Toujours bon pied, bon œil et bonne mémoire. Il se rappelait parfaitement « le petit Deleau », ainsi qu'en attestent les réponses qu'il fit au policier qui l'interrogeait pour les besoins de l'enquête de personnalité : « Je m'en souviens très bien, ah ça oui on peut dire qu'c'était un jeune homme bien convenable, toujours propre sur lui, et même soigné, bien poli, toujours aimable, toujours souriant. Figurez-vous, Monsieur l'inspecteur, pas une fois de toute l'année, c'était en 1940, 1941, pas une fois il n'est rentré après le couvre-feu, enfin celui de l'institution, à 21 heures, pas une fois il n'a demandé une permission de sortie, pas une fois il n'a découché. Il était si sérieux que c'en était presque inquiétant. C'était au point que ses camarades, vous savez ce que c'est, les jeunes aiment blaguer, l'avaient surnommé "le sixième continent" ! Il n'a rien fait de mal, au moins ? »

Le docteur Brutelle, le psychiatre qui, à la même époque, fut commis à l'examiner, aborda naturellement la question :

« Monsieur Deleau, je vais être direct, et même cru, mais j'y suis bien obligé. Mon seul but est de mieux cerner votre personnalité. Voyons, vous étiez à Paris, la ville de toutes les tentations, de toutes les facilités, de toutes les aventures. Vous étiez libre de vous-même, loin de la surveillance de vos parents. Vous aviez forcément des camarades qui faisaient la bringue, qui n'auraient pas demandé mieux que de vous entraîner avec eux. Vous étiez très jeune, vous aviez vingt ans. À cet âge, on a des besoins, de gros besoins, qu'ils soient d'ordre physiologique ou affectif. Vous n'êtes pas repoussant, vous êtes normalement constitué, vous dites être normal à tout point de vue. Et... rien ?

— Non.

— Aucune liaison, même pas une simple passade ?

— Non.

— Vous n'avez jamais recouru à des prostituées ?

— Non.

— Vous pratiquiez la masturbation ?

— Permettez-moi de ne pas répondre.

— Ça n'aurait rien de répréhensible ni d'anormal, bien au contraire. Il importe que vous sachiez que tout ceci demeurera entre nous. Tous les détails qui seraient de nature à vous gêner resteront couverts, si vous le désirez, par le secret professionnel... Vous est-il arrivé de ressentir une attirance pour les hommes, ou pour un homme en particulier, je veux dire une attirance de nature sexuelle ?

— Non.

— Alors ?

— J'avais promis à ma mère de ne pas avoir de relations féminines en dehors du mariage et sans son accord. Je ne voulais pas lui faire de peine. Ça lui faisait tellement plaisir que je me tienne tranquille. »

Il n'ajouta pas que chacune des lettres qu'il adressait alors à sa mère – et il lui écrivait tous les jours – s'achevait sur une formule destinée à la rassurer : « Maman, tu n'as pas à rougir de moi », « Tu peux être fière de ton grand fils »... Ou encore, plus recherché : « *Semper fidelis.* » Et même une fois, citation empruntée au *corpus* maréchalesque et détournée : « Je tiens les promesses, même celles des autres. »

Le fait est que, durant les neuf mois de son séjour parisien, en dehors d'une visite aux grands monuments, Louvre, Notre-Dame, Sacré-Cœur, Invalides où il se rendit juste après le retour des cendres de l'Aiglon, un geste généreux qui l'avait beaucoup plus frappé que la provisoire éviction de Laval, il ne vit guère de la capitale que ce que lui en montraient ses trajets quotidiens, à pied, de la rue de Vaugirard à la rue de Prony, et retour. La ville lui paraissait lugubre, avec ses boutiques aux vitrines vides, ses foules misérables et hargneuses, ses grandes avenues mal éclairées et mal tenues et les hautes façades grises de ses immeubles haussmanniens où seule l'oriflamme noir-blanc-rouge mettait de çà de là une tache de couleur vive. Il ne se mêlait pas aux exercices spirituels qui, le soir et le dimanche, rassemblaient une majorité de pensionnaires et ne s'intéressait pas davantage aux conciliabules chuchotés dans les couloirs où certains, qui prenaient des airs de mystère, parlaient un peu plus haut qu'il n'eût fallu de politique, d'engagement, d'action, et regardaient de travers, après avoir tout fait pour attirer l'attention, quiconque semblait prêter l'oreille. Il étudiait, il lisait, il rêvait. Il ne voyait plus la laideur mesquine de sa chambre.

Un samedi après-midi pourtant, juste après les examens, il se laissa entraîner à force d'insistance par un voisin d'étage, originaire de Neuville, à un meeting du Parti franciste. Chemin faisant, son camarade lui parla avec enthousiasme de Marcel Bucard, qu'il appelait plus simplement « le Chef ». « Un type formidable, enfin tu verras. » C'était, comme Darnand, un authentique héros de la Première Guerre mondiale. Engagé volontaire à dix-neuf ans, cinq fois blessé, Légion d'honneur, médaille militaire, croix de guerre, dix citations. Parce qu'il avait vu juste avant tout le monde, son mouvement avait été interdit, il avait fait de la taule, on avait prétendu qu'il était à la solde de l'étranger. Un homme comme lui ! Et même si l'Italie, comme on le disait, lui avait donné un coup de main, quoi de plus normal, est-ce que les communistes se gênent pour recevoir leur or et leurs ordres de Moscou, ils appellent ça la solidarité internationale, alors pourquoi les autres n'en feraient-ils pas autant. Il faudra bien qu'un jour les fascistes de tous les pays s'unissent. Mais c'est bien parce que Bucard était d'abord un patriote qu'il s'était élevé contre la guerre, quand les juifs et les bolchos hurlaient au loup contre Hitler. Lui savait ce que c'était que la guerre, il savait qu'on ne pouvait pas la gagner, il ne voulait pas voir des Français mourir pour la Pologne. Il n'avait été autorisé que depuis quelques semaines à reprendre ses activités politiques, et le Parti, rien que pour la zone Nord, avait déjà vingt mille adhérents !

La réunion se tenait aux Horticulteurs, rue de Grenelle. Les organisateurs avaient astucieusement prévu un local de dimensions modestes, pouvant accueillir tout au plus huit cents personnes. Aussi la foule débordait-elle sur le trottoir. Jean Deleau et son ami eurent toutes les peines du monde à se frayer un chemin à l'intérieur de la salle surchauffée et restèrent debout contre un mur.

Quand Bucard fit son entrée, l'assistance entière éclata en clameurs frénétiques, se leva et salua à la romaine. Chemise bleu ciel, cravate noire, pantalon noir, le Chef s'assit derrière des tréteaux recouverts d'une étoffe beige entre deux beaux jeunes gens, comme lui en uniforme. Un emblème compliqué, composé d'une roue dentée, d'un épi et d'une francisque, flanqué de drapeaux tricolores, était accroché au rideau de scène. « C'est le symbole de l'union des ouvriers, des paysans et des soldats », souffla son mentor à Jean. Une dizaine de militants taillés en athlète, portant eux aussi la tenue bleu et noir, mais chaussés de bottes, coiffés d'un béret noir et ceints d'un baudrier, se tenaient devant la tribune, face au public, bras croisés et jambes écartées. « C'est le service d'ordre. Rien que des bons, triés sur le volet. Ils sont tous champions de boxe française ou de lutte gréco-romaine. Mais les meilleurs des meilleurs, c'est la Main bleue, une organisation secrète à l'intérieur du Parti, en réserve pour les coups durs. Personne ne sait qui ils sont... »

Les orateurs se succédèrent, maladroits et grandiloquents : conscients de leur insuffisance et de l'ennui qui gagnait, ils cherchaient par la surenchère verbale à déchaîner les applaudissements et à faire monter la température. Enfin, Bucard se leva. Une énorme ovation monta de la salle qui de nouveau se dressa et derechef salua tandis que des jeunes gens agitaient les fanions tricolores des sections francistes. Le Chef savourait l'instant. Il se tenait très droit et ses décorations qu'il portait pendantes scintillaient dans le faisceau de lumière blanche des projecteurs :

« Mes amis, mes camarades, commença-t-il, déclenchant une nouvelle ovation, debout. Oui, vous êtes la France debout, la France de demain, celle qui surgira plus belle, plus forte et plus grande du gouffre où des criminels l'ont abîmée.

« Certains prétendent que nous devons garder la tête basse et que la France est un pays humilié. Et moi, je vous dis : gardez la tête haute et regardez en face le soleil de notre avenir. Ce n'est pas la France qui a été battue, c'est leur France, celle des combines, de la pourriture, de la démocrassouille. Ce n'est pas l'armée française qui a été battue, mais le troupeau que des chefs incapables ou vendus ont mené à l'abattoir. Si nous avons perdu cette guerre, c'est qu'elle n'était pas la nôtre mais la leur, celles des ploutocrates de la City, des juifs, des maçons et des communistes unis dans une alliance contre nature. Si je condamne le régime déchu, comme les bons Français l'ont condamné, si je réclame un châtiment exemplaire pour les dirigeants d'hier, c'est pour ce qu'ils ont fait de notre belle France. Si j'admire le chancelier Hitler – et je ne crains pas de dire que j'admire ce grand homme – c'est pour ce qu'il a fait de l'Allemagne. C'est une France dégénérée qui a subi la loi d'une Allemagne régénérée. Il nous incombe de tirer la leçon des errements du passé, il nous revient de régénérer la France. Je le ferai avec vous. Nous le ferons avec vous, jeunesse de France, unis dans le combat comme l'étaient vos pères il y a vingt ans dans la boue des tranchées... »

Affligé d'une surdité partielle – l'explosion d'une grenade, en 1917, aux Éparges, lui avait crevé les deux tympans –, Bucard posait mal sa voix. Le geste rare et saccadé, à l'imitation des grands tribuns populaires du moment, Hitler, Goebbels, Mussolini, il ponctuait son discours de silences à contretemps que la salle interprétait aussitôt comme le signal qu'il fallait applaudir. La fièvre montait avec les acclamations.

« Nos pères ont voulu la liberté, poursuivit l'orateur. Nous réclamons l'ordre. Ils ont professé l'égalité, nous affirmons la hiérarchie des valeurs et des talents. Ils ont parlé de fraternité, nous pratiquons la solidarité. Ils nous ont appris à aimer, ils ont oublié de nous apprendre à combattre. Nous n'ignorons pas les obstacles qui se dressent en travers de notre route : ils s'appellent routine, égoïsme, intérêts, nous les combattons depuis vingt ans, nous les balaierons. C'est à ce prix que nous bâtirons une France nouvelle, qui aura toute sa place dans la nouvelle Europe qui s'édifie sous nos yeux par le fer et par le feu. Cette Europe, elle ne se fera pas sans nous, ou alors nous serions aussi coupables envers les générations à venir que ceux qui nous ont précédés. Mais nous, nous les francistes, nous ne resterons pas des spectateurs passifs et indifférents de l'épopée qui s'écrit en ce moment même dans les steppes de la Russie en lettres de sang. Nous réclamons notre part aujourd'hui du combat, demain de la victoire. Mais pour être admis à égalité au banquet des vainqueurs, il nous faut d'abord réussir la deuxième Révolution française, et nous savons que cette Révolution ne sera vraiment nationale que si elle est vraiment socialiste. Les exemples que nous avons autour de nous nous montrent la marche à suivre.

« Dans le monde tel qu'il est, dans le monde tel qu'il sera, il n'y aura plus de place pour les tièdes, pour les mous, pour les faibles. Pour être forts, il faudra être durs. C'est la mode aujourd'hui d'être ou plutôt de se dire fascistes. Fascistes, nous l'étions quand ce n'était pas à la mode, fascistes nous resterons, pas seulement dans les mots, mais dans les actes. Le francisme sera à la France ce qu'a été le fascisme à l'Italie et le nazisme au Reich. Vive la Révolution nationale et socialiste ! Vive le francisme ! Vive la France ! »

Jean Deleau n'avait pas été insensible à la mise en scène du meeting – les uniformes, les bras tendus, les bannières. Il se laissa gagner par la ferveur ambiante. Les paroles du Chef correspondaient exactement à son état d'esprit. Lui aussi aimait la France, lui non plus n'aimait pas les Français. Lui aussi ressentait vaguement et fortement le besoin d'une France métamorphosée par la Révolution. Il se sentit ému lorsque l'assistance entière entonna *Le Baudrier*, l'hymne franciste :

Les Parlements sont en détresse
Et la victoire est au bout du chemin
Apporte-nous ta force et ta jeunesse
Pour obtenir du travail et du pain...

Et il se surprit à reprendre avec les autres le refrain :

Viens avec nous, mon camarade
Viens avec nous, ta place est dans nos rangs
La route est longue et le parcours maussade
Viens avec nous, nous la ferons en chantant...

« C'était une belle réunion, n'est-ce pas », lui dit son camarade, qui lui confia appartenir aux « équipes spéciales », des groupes d'action en voie de constitution. Rentrés au « 104 », ils parlèrent politique, tard dans la nuit, avec passion, Jean assis, tout raide, sur sa chaise, l'autre adossé aux coussins, sur le lit-banquette où il lui proposa à plusieurs reprises de le rejoindre. « Tu serais plus à ton aise. » Et d'évoquer la fraternité virile des feux de camp, des veillées sous les étoiles, la communion de la jeunesse, la mâle beauté des garçons en chemise bleue. L'homosexualité, de notoriété publique, était plus répandue chez les francistes, et notamment dans le proche entourage du

Chef que le francisme chez les homosexuels. Deleau ne comprit rien, ou ne voulut rien comprendre aux prudentes mais insistantes avances de son interlocuteur. En revanche, il se laissa aisément persuader de prendre sa carte du Parti. Chaque nouvel adhérent s'engageait à recruter cinq nouveaux membres, et ceux-ci à leur tour… À ce rythme, le pays tout entier, et bientôt la planète, ne tarderait pas à être entièrement franciste. De retour à Neuville à la mi-juillet 1941, Jean Deleau enrôla sa mère qui paya sa cotisation et se hâta d'oublier sa carte au fond d'un tiroir. Son prosélytisme s'arrêta là.

Son application avait porté ses fruits. Entré à HEC avec le vingt-troisième rang, il en sortait douzième de sa promotion. M. Deleau ouvrit et vida une bouteille de champagne.

VIII

Son fils absent et lointain à tous égards, sa femme présente, ô combien, sans pour autant lui être proche, M. Deleau, retraité, n'avait pas tardé à s'ennuyer ferme. La maison lui semblait vide, l'existence pesante, le temps long. Au moins Mme Deleau avait-elle de quoi s'occuper. Elle faisait les courses, préparait les repas, vaquait aux tâches ménagères. Elle recevait pour le thé des dames qui lui rendaient ses invitations. Elle avait ses bonnes œuvres. Lui, inapte au bricolage et au jardinage, tournait en rond dans l'appartement avec le sentiment d'être pire qu'inutile, gênant. Le soir, sous la lampe, après le dîner et la vaisselle, elle tricotait tandis qu'il lisait et relisait le journal. Ils ne se disputaient pas, ils n'échangeaient ni souvenirs ni projets. Ils ne se parlaient pas pour l'excellente raison qu'ils n'avaient rien à se dire. Elle ne lui montrait pas les lettres qu'elle recevait quotidiennement de leur fils. Ils passaient les soirées l'un à côté de l'autre, étrangers l'un à l'autre. À dix heures et demie, la pendule de bronze et de faux marbre noir surmontée d'un sujet mythologique non identifié sonnait deux coups. Les époux se levaient, se souhaitaient le bonsoir et se séparaient pour la nuit. Depuis quelques années ils faisaient chambre et désormais lit à part.

Ça pouvait durer mais si ça devait durer rien ne garantissait que ça durerait encore longtemps.

M. Deleau était un homme d'ordre et d'habitudes. Du jour au lendemain, il décida de profiter de la vie autant qu'il lui serait donné et s'organisa un emploi du temps avec la même méthode, la même régularité, la même ponctualité qu'il avait déployées au long de sa vie professionnelle. Il eut ses habitudes quatre fois par semaine dans un café du quartier, deux fois dans une maison accueillante de la rue Neuve-des-Remparts. Il ne se lassait pas des interminables parties de belote, de manille, de coinchée ou de dominos, ponctuées de grands coups frappés sur les tables de marbre, de disputes homériques, d'histoires drôles et de tournées à répétition. Il puisait un grand réconfort auprès des petites femmes sans chichis qui l'appelaient « mon bichon » ou « mon gros loup », lui agaçaient les moustaches et entouraient son cou de leurs bras câlins.

Donc, le lundi, le mardi, le jeudi et le vendredi, après sa sieste, il décrochait son chapeau de la patère et reparaissait quelques heures plus tard, fleurant bon l'alcool et le tabac froid. Mme Deleau fronçait les sourcils mais ne disait rien. Le mercredi et le samedi, renonçant à sa chère méridienne, il prenait le temps de se faire beau et s'esquivait avec une ostensible discrétion. À son retour, l'eau de toilette dont il s'était abondamment aspergé en début d'après-midi menait un combat d'arrière-garde, inégal et perdu d'avance, contre les parfums capiteux de ces dames. Mme Deleau pinçait les lèvres mais ne posait pas de questions. Il veillait scrupuleusement à ne jamais rentrer passé huit heures.

Le dimanche matin, le couple ne manquait pas la grand-messe. Pendant que son épouse recevait la sainte communion, M. Deleau l'attendait sur le parvis de la cathédrale. Son éclatante joie de vivre lui valait maints compliments. Après dix mois de ce régime, il accusait cependant, sans se l'avouer, des coups de fatigue bien compréhensibles chez un homme de son âge. « Je suis inquiète, ton père décline », confia Mme Deleau à son fils lorsque celui-ci rentra à Neuville. Jean trouva d'abord le propos exagéré, mais reconnut à l'usage que M. Deleau avait bien changé en son absence.

Le retour de son fils, auréolé d'un diplôme prestigieux, ne fut pas le seul sujet de satisfaction de M. Deleau, cet été-là. Le 22 juin, il avait applaudi des deux mains, il n'était pas le seul, au déclenchement de l'opération Barbarossa, l'invasion de la Russie par les forces armées du IIIe Reich. Il suivit avec passion les premiers développements de l'offensive allemande. L'effondrement et la dislocation de l'Armée rouge sous les coups de boutoir des Panzer et des Stuka, l'étendue du territoire conquis en quelques semaines, la capture de millions de soldats hagards et dépenaillés semblaient la répétition, sur une plus grande échelle, de notre propre débâcle qui en devenait rétrospectivement un peu moins humiliante. La déculottée soviétique et la perspective de la chute imminente du régime comblaient les vœux de l'anticommuniste primaire qu'avait toujours été M. Deleau. Pourtant lorsque, fin octobre, les Russes, contre toute attente, s'accrochèrent à leurs positions et qu'il apparut entre les lignes des communiqués que l'avance de l'invincible Wehrmacht était stoppée aussi bien devant Leningrad que devant Moscou, il se surprit à s'en réjouir. Au fond, quelle que dût être l'issue, étant entendu qu'une défaite allemande paraissait exclue, son anticommunisme et sa germanophobie pouvaient y trouver également leur compte. « Laissons, disait-il, les loups se dévorer entre eux. » Et de se frotter les mains. Il eut à ce sujet quelques discussions un peu vives avec Jean qui souhaitait sans réserves et sans nuances l'anéantissement complet des hordes bolcheviques.

En dépit de ce dissentiment, il était fier de son fils mais n'entendait pas pour autant laisser celui-ci s'endormir sur ses lauriers. La Banque de France organisait un concours de recrutement. Jean voulut bien s'y présenter, bien qu'il n'en eût aucune envie. Ce fut une grande joie pour M. Deleau – la dernière. Confiant dans les capacités de son rejeton, il ne doutait pas de son succès et le voyait déjà, en imagination, débutant dans le prestigieux établissement où lui-même avait fait toute sa carrière, marchant sur ses traces puis le dépassant. *Où le père a passé le fils repassera*. Oui, mais le fils commencerait à un niveau où lui-même n'avait atteint qu'après des années. Jean était sur des rails qui le mèneraient loin. *Ce sera ma revanche posthume.* Il répéta « posthume » et le mot, dans sa bouche, lui fit un drôle d'effet. Rassuré sur son fils, qui seul lui importait, considérant en somme qu'il avait fait son devoir et son temps, le moment lui semblait venu de tirer sa révérence. Il prit en effet congé des siens et de ce monde huit jours avant la Noël 1941, avec moins de discrétion cependant que ne l'eût souhaité cet homme soucieux de respectabilité.

Une ambulance terriblement voyante et bruyante l'avait ramené à son domicile plus tard qu'à l'heure accoutumée. Son mari avait fait une mauvaise chute dans un escalier, expliqua-t-on à Mme Deleau, à qui l'on ne put cacher que la chose s'était produite dans une « maison » de la rue Neuve-des-Remparts. Elle n'en parut pas autrement surprise. Un médecin qui, par chance, s'était trouvé sur place, n'avait pu ranimer le malade et avait jugé inutile de le faire hospitaliser. De fait, M. Deleau mourut dans la nuit sans avoir repris connaissance.

Les pensionnaires de la maison close, impressionnées par le drame, disputèrent longtemps entre elles si leur gentil client avait été victime d'une apoplexie foudroyante qui avait entraîné sa chute ou si le traumatisme crânien consécutif à cette chute en vérité spectaculaire était la cause de sa mort. Elles n'en eurent pas le fin mot. En revanche, l'autopsie révéla une cirrhose fort avancée, avec pronostic fatal à très court terme.

Les obsèques furent célébrées à la cathédrale. « Hector Deleau, fit observer l'officiant, n'aura survécu que dix-huit mois au malheur de nos armes. » Nul ne songeait à mettre en doute les sentiments patriotiques du défunt, mais lorsque le prêtre crut pouvoir imputer le décès « prématuré » de cet homme encore dans la force de l'âge au chagrin que lui donnait l'épreuve traversée par le pays, il y eut quelques sourires entendus et même un début de fou rire qui se transforma dans un mouchoir complice en un sanglot convulsif plus décent.

Chacun retrouva son sérieux lorsque l'orateur sacré, après avoir promené un regard sévère sur l'assistance, éleva la voix, indiquant ainsi qu'il allait prendre de la hauteur :

« Mes frères, dit-il, le malheur frappe aujourd'hui dans ses plus chères affections une famille connue et estimée de tous, comme il frappait l'an dernier notre grande famille, la France. Dieu a rappelé à lui son fils Hector Deleau. Il l'a cité à comparaître devant le tribunal suprême qui nous jugera tous au jour qu'Il aura décidé. Quelques fautes qu'ait pu commettre notre frère – et lequel parmi nous pourrait se lever et dire : "Je suis l'agneau de Dieu, exempt de tout péché, indemne de toute souillure" ? –, il peut compter sur l'infinie miséricorde du Seigneur. Et la France, elle aussi, expie aujourd'hui ses péchés. La colère de Dieu s'est abattue sur notre pays quand Il a vu les berceaux vides et les lieux de débauche remplis de foule. Il a vu l'esprit de jouissance, l'esprit de luxure, l'esprit de lucre s'emparer des âmes et le troupeau des fidèles se détourner de ses autels pour rendre un vain culte à de fausses idoles. On brocardait la chasteté, on raillait le sacrifice, on reniait la foi. On voulait tout avoir sans avoir rien mérité, on prétendait avoir tous les droits et refuser tous les devoirs. La main de Dieu s'est appesantie sur la France. Seigneur, ta droite est terrible. Mais la bonté de Dieu est comme sa puissance, sans limites. En même temps qu'Il nous envoyait l'épreuve que nous subissons, Il nous donnait avec le Maréchal la force de la traverser et l'espoir de la surmonter. Il est des châtiments mérités, il est des contritions salutaires. Le Maréchal nous a fait, comme le Christ, le don de sa personne. Il prend sur lui le fardeau de nos fautes comme Jésus le poids de nos péchés. C'est du fond du gouffre qu'on lève les yeux vers la lumière, c'est au sein du deuil que renaît l'espérance. Repentez-vous ! Ouvrez vos cœurs desséchés à la douce parole du Sauveur, pliez vos esprits orgueilleux à la crainte de Dieu ! Aidez le Maréchal, suivez le Maréchal, obéissez au Maréchal ! Priez pour notre frère Hector Deleau, priez pour le Maréchal, priez pour la France ! »

L'impression fut profonde, et vite effacée.

Dans la pénombre de la sacristie, les collègues de M. Deleau à la banque, au moins les plus âgés, semblaient surtout frappés du fait qu'il n'avait pas profité longtemps de sa retraite. Les plus inventifs prenaient la main de Mme Deleau, la pressaient vigoureusement puis, lui montrant Jean à ses côtés : « Heureusement, vous n'êtes pas seule, vous pouvez compter sur votre grand fils. » Passant à celui-ci, ils lui mettaient gravement la main sur l'épaule puis, les yeux dans les yeux, désignant sa mère d'un hochement de tête : « Prends bien soin d'elle ! Elle n'a plus que toi... »

Bien que Jean Deleau produisît tous les signes convenus d'un chagrin approprié aux circonstances, il était dans son for intérieur moins attristé que réprobateur. La découverte de l'inconduite paternelle, dont il n'avait rien soupçonné, ne le choquait pas moins que s'il avait surpris ses parents en plein rapport amoureux. Si pour Mme Deleau la révélation des frasques de son mari n'en était pas tout à fait une, en revanche, elle se fût bien passée des relents de scandale et des commérages qui accompagnèrent la disparition et pour ainsi dire escortèrent le cercueil de M. Deleau. De bonnes âmes ne manquèrent pas de l'informer dans le détail de l'ancienneté, de la diversité, de l'ampleur, de la nature et du cadre des innombrables manquements du mort, réels ou supposés, à la foi conjugale. On lui donna même des noms. Elle n'en demandait pas tant. Au demeurant, elle ne s'exonérait pas, comme le lui reprocha durement son confesseur, de porter pour une part la responsabilité de ces écarts et dans le fond de son cœur elle ne nourrissait pas de rancune envers celui qui, en lui donnant Jean, avait donné un sens, un but et un centre à sa vie.

Quoi qu'il en soit, la mort du père, qui n'avait jamais vraiment accepté d'être exclu de leur intimité, resserra encore les liens entre la mère et le fils, devenu le seul homme d'une famille réduite à sa plus simple expression : un couple. C'est à peine, très vite, s'ils se souvinrent, elle qu'elle n'avait pas toujours été veuve, lui qu'il n'était pas né orphelin.

Elle cessa de recevoir, on cessa de l'inviter. Ils se suffisaient l'un à l'autre. Après le déjeuner, ils se promenaient. « Ça te distraira », disait-il. « Ça te fera du bien », disait-elle. En attendant le dîner, assis dans le fauteuil de son père, il lisait les journaux auxquels celui-ci était abonné. À table, ils évoquaient les multiples et minuscules problèmes domestiques, les difficultés du ravitaillement, de l'approvisionnement en charbon, les tickets honorés, périmés, valides, le cadenas à poser à la cave, une ampoule à remplacer, un fermier des environs qui vendait sous le manteau du beurre et des œufs. Elle ne se lassait pas de le questionner sur son séjour parisien, ses projets, ses rêves. Elle faisait appel à ses lumières pour mieux suivre les événements, elle l'interrogeait sur ses travaux. Le soir, sous la lampe, il lisait des traités d'économie, des manuels de droit commercial, se livrait à de complexes calculs mathématiques ou à de savantes études de linguistique comparée, sa marotte. Elle détricotait un vieux chandail, tricotait une écharpe ou un pull-over, reprisait des chaussettes. Elle se trouvait toujours quelque chose à faire. C'était un tête-à-tête paisible et doux. La photo coloriée de M. Deleau, dans son bel uniforme bleu horizon, trônait sur la cheminée, dans un cadre doré, entre les deux bougeoirs d'argent. « Tu es sûre ? avait demandé Jean qui avait du mal à pardonner au père mort mais indigne. — Mais oui, mon grand. » De temps à autre, elle posait ses aiguilles, levait la tête vers le portrait et lui souriait avec une douceur à peine ironique. *Merci de nous avoir laissés seuls.*

Il fallut régler la succession. M. Deleau était copropriétaire à Valenciennes d'une petite maison à un étage qu'habitait sa sœur, plus âgée que lui, et sans enfants. Il fut convenu que celle-ci en garderait la jouissance, sa vie durant, et verserait en contrepartie un petit loyer. La Banque de France, par égard pour un collaborateur dévoué et compte tenu des circonstances qui réduisaient considérablement l'activité, accepta le maintien de sa veuve dans les lieux – l'appartement de fonction de la place du Pélican – « en tant qu'occupante à titre exceptionnel et provisoire, étant convenu que cette dérogation ne confère aucun droit », moyennant une redevance symbolique. Entre la pension de réversion, la contribution de la tante et une prime d'assurance assez coquette, on pouvait voir venir en attendant que Jean trouve un emploi sérieux, en rapport avec ses diplômes et ses capacités.

Le 15 mars 1942, le facteur remit à Jean une lettre recommandée à en-tête de la Banque de France.

« Qu'est-ce que c'est ? lui demanda sa mère en portant ses mains à son cœur. — Une bonne nouvelle. Tiens, regarde. » Elle prit connaissance du courrier et fondit en larmes. La direction du personnel avait le plaisir d'informer M. Jean Deleau qu'il avait été reçu au concours de recrutement et qu'en conséquence il était affecté à compter du 1er avril à la succursale de Saint-Omer (Pas-de-Calais). « Alors, dit-elle, tu vas me quitter ? Qu'est-ce que je vais devenir toute seule, à mon âge ? (Elle avait quarante-cinq ans.) Tu sais pourtant que je n'ai que toi. » Elle redoubla de sanglots. Il se jeta à ses genoux, effrayé, et, lui prenant les mains : « Mais non, maman, quelle idée, tu viendras avec moi, bien sûr, et nous nous ferons une bonne petite vie là-bas. — Non, mon chéri, s'écria-t-elle. Je ne pourrai pas. C'est audessus de mes forces. Tu sais que j'ai passé toute mon enfance là-bas, et que j'y ai vécu jusqu'à mon mariage… » Et elle énuméra toutes les bonnes raisons qui militaient contre une installation dans le Nord. C'était un pays où il pleuvait tout le temps. Les hivers y étaient terriblement froids. Elle n'aimait pas la mentalité des gens, frustes, arriérés. Entre eux, ils ne parlaient même pas français. Sans compter les Polonais. En dehors de la mine et de l'estaminet, il n'y avait rien. Avant la guerre, ils votaient tous socialiste ou communiste. Surtout, elle avait appris par des amis qui avaient des parents en zone interdite que toute la région était sous administration militaire. L'année précédente, c'était là que les Allemands préparaient leur débarquement outre-Manche. S'il devait maintenant y avoir une invasion anglo-américaine, c'est là qu'elle se produirait. Forcément, c'est la partie de la France la plus proche de l'Angleterre. « Ici, en revanche, il ne se passera rien. Les gens sont ouverts. Le climat est doux. Et puis nous sommes logés dans des conditions idéales, au moins jusqu'à la fin de la guerre. Tu imagines un déménagement, dans les conditions actuelles ? Est-ce qu'on retrouvera aussi grand qu'ici ? Et à quel prix ? Qu'est-ce que nous allons faire de tous les meubles ? Le garde-meubles est ruineux. Si nous réussissons à trouver un déménageur et que là-bas il n'y a pas de place, que ferons-nous ? Si au moins ils nous laissaient le temps de nous retourner, mais ils te mettent le couteau sous la gorge. En plus, il paraît que là-bas il y a de terribles problèmes de ravitaillement. Ici, je connais tous les commerçants. Les paysans ne demandent qu'à vendre au marché noir. Nous nous débrouillerons toujours. Si je te laisse t'en aller tout seul dans une ville inconnue, toi qui es tellement au-dessus de tout ça, toujours dans tes nuages, dans tes grandes idées, tu seras complètement perdu sans personne pour t'aider à faire face à tous les petits problèmes de la vie. Tu seras toute la journée à ton bureau. Qui te fera tes courses, qui te fera à manger, qui te préparera de bons petits plats, qui s'occupera de toi, de ton linge ? »

Elle s'était ressaisie en parlant. Elle acheva de sécher ses larmes et trouva la force de lui adresser un pauvre sourire encore un peu mouillé. « Maintenant, dit-elle, je ne veux surtout pas t'influencer. C'est ta vie, c'est toi qui décides. Ne pense qu'à toi. Vis ta vie sans t'encombrer de ta vieille maman. »

Il se récria violemment, à son tour ému aux larmes. Quel fils s'imaginait-elle donc qu'il était ? Le croyait-elle vraiment capable d'abandonner sa petite maman chérie ? Mais s'il faisait ça, il n'oserait même plus se regarder dans une glace. « Je ne veux plus jamais te voir pleurer. » On trouverait bien une solution. Elle souriait franchement à présent, certaine de l'avoir emporté, tandis qu'il s'enflammait et se liait par des serments irrévocables, heureux de la voir rassurée et cherchant à la rassurer davantage, parlant de plus en plus fort comme pour couvrir une toute petite voix au fond de lui, qui lui chuchotait : « Arrête, attends, prends le temps de réfléchir, es-tu sûr de ne pas commettre une bêtise ? » Mais il fit taire la petite voix, qu'il n'avait pas envie d'entendre.

Tard dans la soirée, à tête reposée, la mère et le fils examinèrent la situation et les pistes possibles. Ils ne pouvaient puiser indéfiniment dans leur petit capital, dont il ne resterait bientôt plus rien. Quant à lui, il n'avait nullement l'intention de vivre aux crochets de sa mère. *C'est à moi maintenant de subvenir aux besoins de la famille.* Supposé qu'il refuse le premier poste que lui proposait la Banque de France, il était à peu près exclu qu'on lui offre un second choix. Mais si c'était le cas, il se grillerait définitivement en déclinant une autre affectation. Mieux valait invoquer une disposition qui prévoyait que pour des motifs exceptionnels – mais la mort d'un père n'entrait-elle pas dans cette catégorie – un candidat admis au concours pouvait obtenir un sursis et demander à être inclus lors du prochain mouvement de postes. Démarcher d'autres établissements bancaires ? Ils prendraient des renseignements et s'étonneraient que, pouvant entrer à la Banque de France, il aille postuler ailleurs. S'enquérir à la conserverie, auprès de la fabrique de matériels agricoles ou chez Renault – c'étaient les trois plus grosses entreprises de Neuville – s'il y avait des emplois vacants à la direction du personnel ou à la direction commerciale ? Il ne se voyait pas dans une usine. Quant au commerce, en ce moment, du moins le commerce licite, c'était peu dire qu'il se portait mal. Entrer à la SNCF, aux PTT, à la préfecture, dans une administration quelconque ? Sans relations, sans piston, on le mettrait à gratter du papier dans un bureau sans lumière et sans espoir d'avancement. Il valait mieux que cela. Il n'était pas question qu'il accepte quoi que ce soit qui ne soit ni dans ses cordes, ni dans ses goûts, ni trop au-dessous de lui. Alors ? Ils tournaient en rond.

« Il y aurait bien une solution, hasarda-t-elle enfin. Seulement…

— J'y pensais justement. Mais… »

Ils se comprenaient mieux qu'à demi-mot. C'était bien la même idée qu'ils avaient eue simultanément, comme par télépathie.

« Et si on consultait l'abbé Legrandier ? »

L'abbé Legrandier, dont il a déjà été question plusieurs fois, était alors âgé de quarante-sept ans. Il n'avait été ordonné prêtre qu'après la guerre. Lorsqu'il avait reçu, en 1928, à trente-trois ans, la charge de l'église Sainte-Marie-Madeleine et de la paroisse du même nom, qui couvrait une partie du centre bourgeois et les faubourgs ouvriers du sud de Neuville, la bonne société locale avait vu venir avec circonspection ce prêtre jeune, sportif, « moderne », qui préférait un simple béret au traditionnel chapeau à larges bords, passait un blouson par-dessus sa soutane, ne refusait pas de trinquer sur le zinc d'un bistrot avec des syndicalistes CGT et jouait au football avec les garçons du patronage.

La rectitude de ses mœurs, la simplicité et la cordialité de son accueil et, il faut bien le dire, la fleur de lys qu'il lui arrivait d'arborer à la boutonnière à côté des rubans de ses médailles gagnées au front, avaient triomphé des préventions bourgeoises. On avait su qu'il avait décliné une nomination flatteuse, avec la perspective d'une promotion ultérieure, auprès de l'archevêque. « Si je voulais faire carrière, avait-il dit, j'aurais sans doute intérêt à être proche de Monseigneur. Mais si je veux simplement remplir mon office, je préfère ne pas m'éloigner de mes paroissiens. »

Il connaissait parfaitement la famille Deleau, tant pour avoir catéchisé et préparé Jean à la communion que pour avoir été élu par Mme Deleau comme son directeur de conscience. Dès avant la mort de son mari, il était le seul homme dont elle sollicitât souvent l'avis et suivît parfois les conseils. Il était normal qu'elle se tournât vers lui au moment de faire un choix qui engageait l'avenir de son fils. Après qu'elle lui eut exposé le problème et la solution envisagée, il resta un long moment silencieux. Il prit enfin une profonde inspiration et dit : « Qu'il veille de près à ne pas se laisser prendre dans un engrenage qui pourrait le mener trop loin. Mais il ne faut jamais refuser l'occasion d'être utile. Là où il sera, Jean peut rendre d'immenses services. »

Le lendemain, Jean Deleau se présentait à la Kommandantur de Neuville.

IX

Le colonel von Beckendorff reçut Jean Deleau avec son affabilité coutumière qu'altérait pourtant une sorte de distraction, un air, qui ne lui était pas habituel, d'être ailleurs.

« Je garde, lui dit-il, le meilleur souvenir de votre trop bref passage chez nous, et je vous aurais bien repris dans les mêmes fonctions. Malheureusement, deux raisons s'y opposent. La première est que d'aujourd'hui en quinze j'aurai quitté cette ville et votre beau pays où j'aurai eu la très grande chance de passer près de deux années inoubliables. Je suis appelé à prendre le commandement d'une brigade d'infanterie sur le front de l'Est où la vie, m'a-t-on dit, n'est pas tout à fait aussi douce que sur les bords de votre belle Loire. Eh oui, on m'a jugé encore assez bon pour le service actif, malgré mon grand âge et mes infirmités, ce qui flatte ma vieille vanité, mais ne va pas sans une certaine, comment dites-vous, ah oui, une certaine mélancolie. Mélancolie, j'aime ce mot. Je laisserai ici des affections très chères... La deuxième raison est qu'il n'y a plus de travail pour quelqu'un comme vous à la Kommandantur. Nos rapports avec les administrations françaises sont maintenant tout à fait bien organisés. La préfecture et la mairie règlent par leurs propres moyens la plupart des problèmes de la vie courante. Quant à la population civile, j'ai observé avec regret qu'elle semble se défier ou même avoir peur de la Kommandantur. L'état d'esprit a changé, dans un mauvais sens. Les Français ne franchissent plus notre seuil que pour répondre à une convocation ou lorsqu'ils n'ont vraiment aucune autre solution. Nous sommes pourtant toujours disposés à faire le meilleur accueil aux éléments sains de la population, même si nous avons dû parfois prendre des mesures très sévères à la suite d'attentats perpétrés contre les troupes d'occupation.

« Mais revenons à ce qui vous amène, mon cher Deleau. Voulez-vous que je parle de vous à mon ami le Kommandeur Krebs ? C'est lui qui dirige ici, à Neuville, le SD[1], les services de sécurité, pour toute la région. Je sais qu'il n'est pas satisfait des collaborateurs français qui ont été mis à sa disposition lors de sa prise de fonctions et qu'il souhaite recruter de nouveaux personnels. Vous verrez, c'est un personnage très distingué, je dirais même un véritable gentleman, en dépit du métier qu'il fait ici. Avant la guerre, il enseignait le droit à Cologne... »

Huit jours plus tard, une voiture civile – une traction avant noire – conduisit Jean Deleau non dans les bureaux neuvillois du SD – un hôtel particulier presque attenant à la prison de la Maladrerie –, mais en dehors de la ville, au château de la Meilleraie où Krebs avait établi sa résidence, sévèrement gardée. Le Kommandeur y vivait noblement, montant le matin son cheval alezan dans le grand parc clos de murs, soupant le soir avec sa jolie maîtresse française – la fille des châtelains – et ne revêtant l'uniforme qu'autant qu'il y était contraint par des obligations officielles.

L'homme que Deleau eut en face de lui, très brun, de stature moyenne, le cheveu court, le regard vif, jeune – il n'avait pas quarante ans – et avenant, élégant

1. Voir bréviaire des sigles p. 318.

dans son costume de flanelle grise très britannique, aurait pu être le directeur d'un grand établissement bancaire accueillant et désirant mettre à l'aise un stagiaire frais émoulu d'une grande école. Il fit asseoir son visiteur – « le garde-à-vous, c'est bon pour les Prussiens » – et lui proposa une coupe de champagne. « Je ne bois pas », répliqua le jeune homme, intimidé. « Alors, vous ne savez pas ce que vous perdez, mais c'est un bon point pour vous. Un de plus. Permettez-moi de boire à votre santé. Beckendorff, reprit-il, m'a fait votre éloge. S'il ne tenait qu'à moi, et en d'autres temps, sa recommandation m'aurait suffi. Je vous aurais tout de suite reçu et immédiatement engagé. Compte tenu des circonstances et de la nature un peu particulière de mes fonctions, il était normal que je m'entoure de quelques précautions. Je vous rassure, les renseignements que j'ai recueillis sur votre compte sont entièrement positifs. Je crois pouvoir déduire de vos antécédents et de votre démarche ainsi que de votre appartenance à un mouvement franchement engagé dans la politique de collaboration que vous ne voyez pas d'objection à travailler au sein d'un service allemand. Je ne me trompe pas ? À votre niveau, à mes côtés et sous mes ordres, vous contribuerez à construire le nouvel ordre européen et d'abord à le défendre contre les saboteurs, les communistes et les mauvais Français.

« Votre connaissance parfaite de nos deux langues constitue évidemment un atout essentiel dans votre travail. Vous aurez à traduire des documents administratifs, à lire, analyser et nous permettre d'exploiter le courrier que nous recevons, à rédiger des correspondances, à nous servir d'interprète dans nos relations avec divers services français, notamment de gendarmerie et de police. Mais je vous demanderai aussi d'assister et de participer à des interrogatoires de suspects ou de coupables avérés et d'en établir les procès-verbaux. Plus tard, je serai sans doute amené, si cela vous intéresse, et si nous sommes satisfaits l'un de l'autre, à vous confier des enquêtes. Nos missions et nos méthodes, il importe que vous le compreniez, ne sont pas celles de l'armée, Feldgendarmerie ou Kommandantur. Le SD ne s'occupe ni de stratégie, ni d'administration, ni d'ordre public, mais de police. Ceux de vos compatriotes que vous croiserez dans nos locaux n'y seront pas venus de leur plein gré (j'excepte naturellement les Français qui travaillent pour nous) et ils ne seront pas là pour des conversations mondaines, mais pour répondre à nos questions. On n'attend pas d'eux qu'ils causent, mais qu'ils parlent.

« Vous voyez que vous ne manquerez pas d'occupations. C'est un travail dur mais passionnant, dès l'instant qu'il ne heurte ni vos opinions ni votre sensibilité. Mais je m'aperçois que j'en parle comme si vous m'aviez déjà donné votre accord. Réfléchissez bien. Vous êtes encore parfaitement libre de refuser et de repartir comme vous êtes venu. Je vous ferai même raccompagner. Mais sachez que si vous acceptez, il n'y aura pas de retour en arrière. »

Jean Deleau ne se sentait aucun désir de résister à cette volonté dont il subissait l'ascendant. Il se vit comme sur les affiches qui recouvraient alors les murs des villes françaises, aux côtés de ces jeunes ouvriers, de ces jeunes paysans, de ces jeunes soldats casqués qui, menton dur, muscles bandés, visage extatique, marchaient vers des soleils levants dans un halo de gloire, l'un d'entre eux, un parmi des millions, un combattant de l'ordre nouveau. « J'accepte, dit-il précipitamment.

— À la bonne heure ! Eh bien, puisque nous avons fait affaire, j'aimerais que vous commenciez très vite, voulez-vous demain par exemple ? Nous travaillerons main dans la main. Vous aurez un bureau proche du mien. Je souhaite dès le départ vous distinguer de façon visible des autres agents français dont j'ai hérité à mon arrivée ici. Ce sont des hommes de main ramassés dans le ruisseau, une bande d'abrutis ou de voyous et parfois les deux à la fois. Je n'ai pas seulement besoin d'un interprète mais d'un homme de confiance. Je pense que vous pouvez être cet homme-là.

— J'allais oublier un détail qui a son importance. Votre rémunération sera de cinq mille francs par mois, ou deux cent cinquante marks, si vous préférez, pour commencer. Cela vous convient-il ? »

Si cela lui convenait !

« Tu te rends compte, lui dit sa mère émerveillée, c'est exactement deux fois ce que te donnait la banque. Tu vas pouvoir tranquillement refuser Saint-Omer. Je crois que tu as vraiment pris la bonne décision, mon grand. »

Le « vent mauvais » qu'avait évoqué le maréchal Pétain dans son allocution radiodiffusée d'août 1941 soufflait chaque jour un peu plus fort. Le retour au gouvernement de Pierre Laval, notoirement imposé par les Allemands au « chef de l'État » et son soutien spectaculaire à la croisade antibolchevique du IIIe Reich suscitèrent incompréhension et réprobation. Comme de sinistres faire-part, les communiqués encadrés de noir du Militär Befehlshaber in Frankreich, avec leurs listes de fusillés, endeuillaient la une des journaux et les rues de Neuville. Les actes et les propos hostiles à l'occupant et sinon au Maréchal au moins à ses ministres se multipliaient. Tout à son travail, Jean Deleau ne suivait que de très loin les intrigues byzantines, les coups fourrés et les coups de théâtre de poche dont se repaissaient et se délectaient les « milieux politiques », autrement dit le microcosme collaborationniste de Paris et la pétaudière attentiste de Vichy. Il ne prit pas tout de suite conscience de la montée continue du noir flot de haine qui, dès 1942, clapotait aux pieds de ses employeurs et de leurs mercenaires. Comme l'en avait prévenu Krebs, il ne chômait pas et il n'avait vraiment pas le sentiment de voler son salaire.

Dès le premier jour, sans lui laisser le temps de souffler, on l'avait mis dans le bain. Le Tribunal militaire allemand de Neuville, qui jugeait une ouvrière de la conserverie, avait besoin d'un interprète.

Madeleine Leroy avait trente ans. Elle avait déchiré en plein jour l'affiche, tout juste collée sur un pilier de la Halle aux grains, qui annonçait l'exécution des otages de Châteaubriant, et tenté d'ameuter les passants. Arrêtée par des policiers français, ceux-ci l'avaient remise aux autorités allemandes. Incarcérée depuis six mois à la Maladrerie, elle n'avait apparemment pas été maltraitée. Vêtue d'un tailleur noir et d'un chemisier blanc, les cheveux tirés en arrière, sobrement maquillée, elle s'était faite belle plutôt par dignité que par coquetterie. Loin de contester les faits, elle se disait fière de son geste. Elle déclara qu'elle était communiste, comme son frère, qui faisait partie des fusillés. Un capitaine commis d'office à sa défense admit que l'on pouvait comprendre, sur le plan humain, l'émotion de l'accusée, mais ajouta que l'armée allemande ne pouvait tolérer des agissements contraires aux lois de la guerre comme aux stipulations de la convention d'armistice et que l'appartenance cyniquement avouée de cette jeune femme à une organisation illégale, interdite et ennemie du Reich en faisait une personne dangereuse. Après un délibéré rapide, la femme Leroy fut condamnée à dix ans de détention dans une enceinte fortifiée. Elle ne réagit pas à l'énoncé de la sentence dont Jean Deleau lui donnait la traduction simultanée mais, comme ses gardiens l'emmenaient, elle leva le poing et entonna *L'Internationale* d'une voix qui ne tremblait pas. Sincèrement choqué par cette manifestation d'irrespect, Deleau fut étonné de la mansuétude des juges militaires. À leur place, il n'aurait pas hésité à aggraver la peine prononcée. Il devait apprendre par la suite que la condamnée avait été transférée en Allemagne.

Il fit connaissance dès le lendemain des sous-sols spécialement aménagés de la rue de la Préfecture, au siège du SD. On y interrogeait un cheminot de la gare Saint-Pierre que l'on avait surpris hors service, à trois heures du matin, une barre à mine en main. Du reste, l'homme avait tenté de s'enfuir. Une perquisition à son domicile avait amené la découverte, outre des numéros de *L'Humanité* clandestine, de ballots de tracts qui appelaient au sabotage et à la lutte armée contre les bourreaux hitlériens et leurs valets. Trapu, rougeaud et grisonnant, l'allure, dans son bourgeron de toile bleue et sa chemise à carreaux, d'un père tranquille que l'on eût mieux vu cultivant son jardin ou pêchant à la ligne qu'assis sur une mauvaise chaise au fond d'une cave sordide, les mains attachées derrière le dos, à demi aveuglé par une lampe éblouissante, il ne répondait aux questions que par le silence ou de brèves dénégations. Deleau, le premier, perdit patience devant cet entêtement et, sortant de son rôle neutre de traducteur, s'adressa directement au prisonnier. Ce mutisme borné lui paraissait déraisonnable. À quoi rimait cette inutile affectation de courage ? Le type avait été pris pour ainsi dire en flagrant délit, les documents saisis chez lui prouvaient qu'il appartenait à un réseau dont on trouverait tôt ou tard, avec ou sans son aide, les membres puis la tête. On interrogerait sa famille, ses proches, ses collègues, ses supérieurs, on éplucherait son emploi du temps, on ferait le tour de ses relations professionnelles et personnelles, on retournerait sa vie et sa maison de fond en comble, à défaut qu'il parle on ferait parler les siens. La différence était que s'il parlait spontanément on lui en tiendrait compte et d'autant plus qu'il aurait été plus coopératif. À quoi bon perdre et faire perdre du temps à tout le monde ? « Ces messieurs sauront bien te faire cracher le morceau », conclut-il en montrant les deux policiers allemands qui suivaient avec intérêt sa tentative et à qui il expliquait de temps à autre de quoi il retournait. Le tutoiement et l'expression lui étaient venus tout naturellement.

« Ce cochon ne veut rien savoir », dit-il enfin à ses compagnons. Les deux hommes se ruèrent immédiatement sur le prisonnier, l'arrachèrent à sa chaise et l'entraînèrent dans la pièce voisine. On entendit des coups sourds, des gémissements, puis des cris aigus, puis, à trois reprises, les échos d'une résistance désespérée, suivis d'un horrible gargouillis, dans un grand bruit d'éclaboussure. L'homme réapparut, ruisselant d'une eau souillée, le visage tuméfié, les arcades sourcilières ouvertes, un œil presque sorti de son orbite, méconnaissable. Sa chemise était imbibée de sang, du sang coulait de ses lèvres éclatées et du bout de ses doigts aux ongles arrachés. « Eh bien, tu vois, lui dit Deleau, te voilà bien avancé ! » Le prisonnier reprenait lentement ses esprits. Il acquiesça sombrement. Ses trois tortionnaires se penchèrent sur lui, prêts à enregistrer et à exploiter ses aveux. Il se tourna vers Deleau et ouvrit péniblement une bouche qui n'était plus qu'un trou noir et sanguinolent. « Dis-moi, petit, tu es français, toi ? — Oui, et après ? » Au même moment Deleau reçut à bout portant et avala mécaniquement quelque chose de gluant, de tiède et d'obscène, qui avait goût de sang et de tabac, qui envahissait son palais et coulait au fond de sa gorge. L'autre lui avait craché dans la bouche. Il se précipita, hagard, dans la deuxième cave, pour essayer de vomir dans la cuvette immonde. Cependant, les deux Allemands assommaient le détenu et le traînaient en haut de l'escalier où ils le remirent à des gardiens de prison qui le ramenèrent dans sa cellule. Suivant une cote bizarrement taillée, la Maladrerie restait sous administration française mais une des divisions, sous haute surveillance allemande, réservée aux politiques, servait de centre de transit pour les futurs déportés et, à l'occasion, de vivier d'otages. Le cheminot, on ne sut comment, réussit à s'ouvrir les veines dans la nuit.

Dans les semaines et les mois qui suivirent, Jean Deleau se familiarisa sur le tas avec la technique, les méthodes et la pratique des interrogatoires, avec ou sans violence, auxquels il prenait une part de plus en plus active. Le métier entrait, et le passionnait. Il éprouvait en effet une animosité à la fois instinctive et raisonnée envers ces mauvais Français qui, au lieu d'accepter la défaite et ses conséquences, de serrer les rangs autour du Maréchal et de son gouvernement, de soutenir la seule politique vraiment française et vraiment sensée, celle d'une collaboration sans arrière-pensées, entravaient le ravitaillement, les transports, répandaient l'incivisme et le désordre et combinaient dans l'ombre de lâches attentats en espérant que les représailles qui en découlaient fatalement creuseraient un fossé infranchissable entre les troupes d'occupation et la population. Qui était responsable du couvre-feu, des rafles, des perquisitions, des arrestations, des exécutions ? Ce n'était quand même pas la faute des Allemands si le travail de sape des gaullistes et des communistes, l'imbécillité, l'incompréhension, la sotte rancune des Français, le mauvais vouloir et la carence des autorités légales les contraignaient à assumer des tâches normalement dévolues à la police et à la justice française. Bucard, Déat et Doriot étaient sans doute dans le vrai, qui appelaient avec une véhémence croissante au grand coup de balai qui doterait le pays, comme ses voisins et vainqueurs, d'un régime propre et fort, sous l'autorité nominale du Maréchal. L'homme d'ordre, le soldat botté et casqué, le combattant impitoyable qui s'éveillait, s'agitait et parlait de plus en plus fort à l'intérieur de l'insignifiant, du gentil, du bon petit jeune homme qu'avait été Jean Deleau sentait monter en lui une aversion irrépressible et viscérale pour tous ceux que la consigne, donnée par la censure et scrupuleusement appliquée par les journaux et la radio, était désormais d'appeler systématiquement « terroristes » et « bandits ».

Parallèlement, il ne pouvait se défendre de mépriser profondément la misérable humanité qui lui passait entre les mains. Il jugeait sévèrement les mensonges maladroits, les subterfuges dérisoires, les protestations d'innocence, les attitudes de défi, les injures et pour finir les supplications, les reniements, la lâcheté, le pitoyable effondrement de presque tous. Comme ces gens – les hommes surtout – manquaient d'intelligence, de courage et de classe !

Il s'aperçut, et en fut aussi satisfait que stupéfait, qu'il était totalement insensible à la souffrance – à la souffrance des autres. Leurs contorsions, leurs cris, leurs plaintes, leurs larmes ne lui faisaient ni peine ni plaisir, ni chaud ni froid et à vrai dire aucune impression. C'était comme s'il lui avait manqué un sens, ou qu'il n'avait pas été à même de percevoir une couleur ou un parfum. Il se fit très vite à la fade et métallique odeur du sang, à la puanteur des chairs grillées, aux effets physiologiques répugnants des tortures et de la peur. Il ne se savait pas si fort, si dur. Il en tira de la fierté.

Krebs assistait occasionnellement aux interrogatoires et ne les conduisait que s'il pensait avoir ferré un gros poisson. Il n'exerçait personnellement aucun sévice, observant froidement le travail de ses agents, les encourageant ou les modérant, estimant le degré de résistance de leur victime, donnant d'un geste ou d'un mot le signal du début et de la fin des séances. Lorsqu'il avait le sentiment qu'on n'obtiendrait décidément rien ou qu'on avait tout obtenu, il arrêtait immédiatement et définitivement les frais. La suite ne lui appartenait pas, et ne l'intéressait plus.

« Ne croyez surtout pas, monsieur Deleau, lui dit-il un jour après un interrogatoire particulièrement éprouvant, que cette besogne me plaise. Je ne suis pas à ce poste par vocation, mais sur ordre, parce qu'on a estimé que je pouvais m'y rendre utile. Il y a encore trois ans, j'enseignais le droit. Il paraît que j'étais un examinateur sévère, mais je vous assure que je n'ai jamais recouru à des moyens brutaux pour faire parler mes étudiants à l'oral. Quand la paix sera revenue, vous ne sauriez imaginer avec quel soulagement je retrouverai ma vieille faculté, mes codes, mes manuels, mes jurisprudences, mes cours, mes élèves, ma femme, mes enfants et mes principes.

« Je vous ai vu à l'œuvre. J'ai reconnu vos qualités. Je me dois d'autant plus de vous mettre en garde. J'ai remarqué que, contrairement à d'autres, vous ne sembliez pas prendre un plaisir particulier à faire souffrir nos invités. Mais même sans en avoir le goût, vous risquez d'en prendre l'habitude. C'est emprunter la voie la plus directe, qui n'est pas toujours la plus efficace ni celle qui vous mène le plus loin.

« Il y a deux méthodes pour obtenir des résultats. Vous pouvez procéder par la douceur ou par la douleur. Essayez toujours la douceur, au moins pour commencer. C'est préférable pour celui qui est interrogé, et plus agréable pour celui qui interroge. Celui que vous avez en face de vous s'attend tellement à subir d'emblée les pires violences qu'un sandwich, un verre d'eau, une cigarette offerts au bon moment le prendront complètement à contre-pied et le déstabiliseront. Un bourgeois, un aristocrate, un militaire, à qui l'on a appris que la politesse est une vertu essentielle, seront naturellement sensibles au respect des formes, à un geste courtois comme de leur offrir un siège, de leur faire enlever les menottes, de les vouvoyer. Vous pouvez prendre un militant syndical ou politique, un intellectuel, un professeur, et les entraîner dans un débat d'idées d'égal à égal. La menace de la force peut être plus décisive que la force elle-même. Il faut apprendre à doser, éventuellement à alterner promesses, coups, menaces et dialogue. Il y en a que la seule vue d'une cravache, de tenailles, d'un briquet suffit à terroriser. Une gifle peut faire craquer celui qui se croyait le plus courageux et s'était préparé à affronter les tortures les plus cruelles. Une simple gifle, vous m'entendez bien, est assez humiliante pour détruire une personnalité.

« Avant d'en venir à la force, il faut être bien assuré que la douceur n'a rien donné et ne donnera rien, mais aussi que le jeu en vaut la chandelle. Sachez qu'il y a des gens qui ne parlent pas, ou qui parlent à tort et à travers – ce qui pour nous revient finalement au même –, pour l'excellente raison qu'ils n'ont rien à dire. À vous de faire preuve de discernement. L'intuition, l'expérience, la solidité de vos informations, l'existence d'indices ou, mieux, de preuves, vous prémuniront contre des erreurs policières non seulement fâcheuses – fausses pistes, perte de temps, gaspillage de temps et d'énergie, détérioration de nos relations avec la partie saine de la population – mais éventuellement irréparables : sans même parler de ceux qui ne résistent pas physiquement à des interrogatoires trop poussés, nous ne pouvons nous permettre de remettre en circulation des personnes, même innocentes, qui porteraient la trace et garderaient le souvenir des sévices endurés.

« L'emploi de la force ne devrait donc, selon moi, intervenir qu'en dernier recours. Il n'empêche que cette solution est celle qui donne le plus de résultats. Si quelqu'un résiste à plusieurs séances, le plus probable est qu'il ne savait rien. Il arrive aussi que l'on franchisse un seuil au-delà duquel il n'y a plus de souffrance. J'ai observé des attitudes opposées mais symptomatiques : il y en a qui ont mobilisé tout leur courage pour tenir bon la première fois mais qui l'ont pour ainsi dire entièrement dépensé en une fois, et qui s'effondrent à la seule idée que ça va recommencer. Et d'autres au contraire à l'intérieur desquels l'orgueil d'avoir tenu bon élève une sorte de barrière psychologique qu'il est de plus en plus difficile de démanteler. Tel qui est dur au mal tant qu'il ne s'agit que de lui, ne supportera pas qu'on touche à un cheveu ou à un ongle de sa femme, de sa mère ou de ses enfants. Quant à ceux qui ont parlé, surtout quand il n'a même pas été nécessaire de les frapper, ils sont à ce point rongés par la honte et le remords, ils ressentent une telle culpabilité, ils ont un tel mépris d'eux-mêmes qu'ils n'osent plus ni se regarder en face ni croiser le regard et encourir la vengeance de leurs anciens amis. Ils savent que de notre côté ils ont tout à se faire pardonner et que de l'autre côté rien ne leur sera pardonné. Rien n'est plus facile alors que de les retourner. Une fois qu'ils ont franchi le pas, ils deviennent nos meilleurs agents, à la fois parce qu'ils sont les meilleurs connaisseurs de l'adversaire et parce qu'ils n'ont plus rien à perdre.

« Autre chose. J'ai remarqué à plusieurs reprises que vous vous irritiez et que vous vous énerviez facilement sous prétexte qu'on vous ment, qu'on vous prend pour un imbécile, qu'on se moque de vous. Une telle perte de sang-froid est indigne d'un garçon de votre intelligence et de votre niveau. Elle est fatalement perçue comme une réaction d'impuissance, donc un signe palpable de votre incapacité. Oui, de votre incapacité à comprendre que vous n'êtes que l'un des partenaires d'un jeu où chacun doit jouer son rôle. Un problème vous est posé. À vous de le résoudre en rassemblant des preuves, en obtenant des aveux ou en démontrant que le problème était mal posé. Vous essayez de confondre des criminels. C'est votre mission. Eux essaient de vous échapper.

C'est leur droit. D'un côté comme de l'autre, il est permis de ruser, de mentir, de dissimuler. Mais la colère, de votre part, est une faiblesse d'autant moins excusable que vous disposez seul d'une arme qui vous assure un avantage décisif : vous avez le monopole de la force. Ne vous laissez donc intimider ou démonter par rien ni par personne. Vous êtes le maître. Auriez-vous en face de vous Max Schmelling ou Joe Louis en personne, il est déjà battu par KO au moment où il entre sur le ring. Bien entendu, la prudence vous impose de ne jamais relâcher votre garde. Si vous avez affaire à un type dangereux, ne lui laissez aucune chance. Fouillez-le, entravez-le, menottez-le, entourez-vous de ce qu'il faut de gars costauds pour lui tomber sur le râble en cas de besoin. Mais ne perdez pas de vue que vous êtes le plus fort parce que vous représentez l'État et que, dès lors, votre violence, à son service, est la seule permise et légitime. Vous combattez des hors-la-loi et vous êtes la loi, qui se trouve, Dieu merci, être la loi du plus fort.

« Et la morale, me direz-vous, que devient la morale ? Eh bien, la morale du temps de paix, avec les principes, les règles, les scrupules et les interdits qui lui faisaient escorte, est en congé pour la durée des hostilités. Il y a une morale du temps de paix et une morale pour le temps de guerre. Cette morale ignore la morale ordinaire en raison de circonstances exceptionnelles et au nom d'intérêts supérieurs. Nous sommes en guerre. D'autres la font en uniforme sur le front de l'Est ou en Afrique. Nous la menons là où nous sommes, sur le front de l'intérieur, mais nos ennemis sont les mêmes et notre but est le même : la victoire finale. Quand tout ça sera fini, la morale éternelle reprendra ses droits, le droit reprendra toute sa force, et nous confesserons nos fautes. En attendant, je fais ce métier le mieux possible dans l'espoir de le faire le moins longtemps possible. »

Depuis son engagement, Jean Deleau n'avait pas cherché à revoir l'abbé Legrandier. Il était devenu en revanche un client régulier du café de l'Industrie. Ce café était situé au coin de l'avenue du Maréchal Pétain (ex-avenue de la République) et de la rue Albert-Prolongeau (maire de Neuville de 1906 à 1924). On disait plus couramment « Chez Gégène ». Gégène, alias Georges Dufournier, une grande gueule, un malabar large d'épaules, le genre à ne mettre ni sa langue ni son drapeau dans sa poche.

Adhérent du parti communiste depuis le congrès de Tours, il avait suivi Doriot lorsque celui-ci avait rompu avec Moscou, entraînant avec lui une vingtaine de vieux militants du rayon de Neuville. Au mépris de la traditionnelle neutralité du petit commerce, il s'était jeté à corps perdu dans toutes les bagarres politiques et, pour que nul n'en ignore rien, un portrait officiel du maréchal Pétain et une photo du grand Jacques trônaient derrière le bar, au milieu des bouteilles de Noilly Prat, de mandarin-curaçao et de guignolet-kirsch. « Et tant pis pour ceux que ça défrise, se plaisait-il à dire. Si ça ne leur plaît pas, ils n'ont qu'à aller voir en face si c'est mieux qu'ici. » C'est précisément ce qu'avait fait une bonne partie de sa clientèle. La brasserie de l'Avenir, de l'autre côté de l'avenue, en avait hérité. Mais, par un jeu de vases communicants, ce que Gégène avait perdu d'un côté, il l'avait rattrapé de l'autre. Un vieux fond d'indéfectibles habitués, indifférents aux questions subalternes de la politique et de la morale, telles que droite et gauche, guerre et paix, bien et mal, etc., persistaient, le matin à venir boire au comptoir leur ersatz de café ou leur petit blanc gommé, l'après-midi à jouer aux cartes ou à taper le domino. *L'Industrie*, cependant, était devenue le rendez-vous attitré de tout ce que Neuville comptait de doriotistes, francistes et autres fascistes. Les rédacteurs de *Centre-Éclair*, les policiers des RG, des services spéciaux et des Questions juives y fréquentaient. Les militaires de la garnison savaient qu'on y rencontrait des jeunes femmes à tous points de vue très abordables et la Défense passive, sur instructions, tolérait que s'y attardassent derrière les lourds rideaux qui ne laissaient filtrer aucune lumière des clients privilégiés que leur nationalité, leur métier et leurs *ausweis* autorisaient à circuler après l'heure du couvre-feu. « La mauvaise monnaie chasse la bonne », commentait le patron de *L'Avenir*, mi-goguenard mi-jaloux d'une insolente prospérité qui n'insultait pas seulement son patriotisme. À Neuville, on désignait maintenant les deux établissements comme le café « collabo » et le café « gaulliste ».

Cédant à l'amicale insistance de Krebs – « Quoi que vous pensiez de vos collègues français du SD, n'oubliez pas que vous faites maintenant partie d'un groupe, vous êtes tous embarqués sur le même sous-marin. Ne vous isolez surtout pas. Ils pourraient penser que vous les méprisez, ou je ne sais quoi de ce genre. Je vous demande comme un service de vous rapprocher d'eux. Vous comprendrez plus tard pourquoi » –, Jean Deleau prit l'habitude, le soir à la sortie des bureaux, de passer prendre un verre chez Gégène avec toute la bande. L'arrière-salle du café, discrète, leur fut bientôt tacitement réservée. L'unique fenêtre, grillagée, donnait sur une cour intérieure. Ils s'y trouvaient bien, à l'abri des regards et d'éventuelles agressions.

C'était un moment de détente. On n'y parlait ni métier ni politique. Le pastis et le cognac n'étaient pas contingentés et le champagne coulait à flots, accompagné de chants guerriers repris en chœur dans la première salle, en l'honneur des victoires de l'Axe. Ils fêtèrent ainsi l'entrée des Japonais à Singapour, la chute de Hong Kong, de Luçon, de Manille. Ils portèrent des toasts à Rommel toutes les fois que le « renard du désert » s'empara de Tobrouk.

Ils s'extasièrent lorsque des chasseurs de montagne plantèrent le drapeau à croix gammée au sommet du mont Elbrouz, point culminant du Caucase. Ils saluèrent enfin comme un moment historique, en octobre, la prise de contrôle de Stalingrad par la VIe armée de Paulus que, comme tout le monde, ils appelaient « *von* Paulus ». Francs buveurs pour la plupart, ils blaguaient le sempiternel diabolo-menthe de Jean Deleau et son audacieuse variante le diabolo-grenadine, mais ils n'allaient pas plus loin, car il ne leur avait pas échappé que Krebs voulait du bien à sa dernière recrue.

Lui rougissait comme une jeune fille, mais il se sentait bien au chaud, heureux d'être admis comme un égal dans ce cercle d'hommes faits qui buvaient, fumaient, parlaient argent et filles, échafaudaient à voix basse d'obscures combines et se régalaient d'histoires marseillaises, juives, belges, cochonnes et généralement idiotes qui mettaient en scène des héros récurrents nommés Marius et Olive, Jacob et Isaac, voire Churchill, Staline et Hitler, et les faisaient crouler de rire. Bruneau, Calvignac, Carreyras, Demidov, Dupic, Guastavi, Lapraye, Poincheval, Schnerb, il se répétait leurs noms comme une litanie rassurante. Il n'était donc pas seul. Parfois, il lui venait comme une tentation de prolonger la soirée et de retarder le moment où il allait redevenir petit garçon. Mais les uns, tout en jouant les durs et les aventuriers, avaient une famille qui les attendait. Les autres avaient des projets nocturnes qu'ils entendaient mener seuls. Ils ne s'attardaient pas.

Il se hâtait également de rentrer. Il n'était pas question de laisser attendre sa mère et refroidir ou brûler les plats. Il dînait de fort bon appétit. Elle ne le questionnait pas plus sur ses activités qu'en son temps elle n'avait questionné son père. Elle s'inquiétait seulement de savoir si la journée s'était bien passée et s'il n'était pas trop fatigué. Il se couchait tôt, s'endormait immédiatement, comme un enfant, et dormait d'un sommeil sans rêves.

« Au fait, lui dit Mme Deleau un soir du début de septembre, j'ai reçu la visite d'un Monsieur Dalleray qui aimerait te rencontrer. Il s'est recommandé de ton ami Michel Abonneau. Il présente bien. Il m'a fait l'effet d'un militaire en civil. J'ai cru bien faire en lui donnant le numéro du café de l'Industrie et l'heure où il peut t'y trouver. Fais attention quand même. »

Le lendemain, en effet, Gégène vint le chercher dans l'arrière-salle. « Jeannot – il l'appelait Jeannot – on te demande au téléphone. » Car il avait le téléphone et le tenait à la disposition de ses bons clients.

« Allô, Monsieur Jean Deleau ? Bonsoir. Jacques Dalleray à l'appareil. Mon nom ne vous dira rien, mais nous avons un ami commun et sûrement beaucoup de choses à nous dire. Je ne suis malheureusement que de passage à Neuville, mais nous pourrions nous rencontrer si vous avez un moment libre. Oui, aujourd'hui, maintenant si vous voulez. Où ? Je suis en ce moment à la brasserie de l'Avenir. Vous me reconnaîtrez sans peine. J'aurai *Le Figaro* bien en vue sur ma table. »

Un piège ? Mais qui serait assez fou pour commettre un attentat, à cette heure, en plein centre-ville, grouillant de soldats allemands ? La curiosité l'emporta. Il prévint simplement Gégène, étonné, qu'il allait faire un tour en face et qu'il serait de retour dans la demi-heure tout au plus.

Il traversa l'avenue comme il serait monté à l'assaut d'une position ennemie, l'œil aux aguets. À peine, ayant poussé la lourde porte à tambour, était-il apparu dans la salle que le volume des conversations tombait brusquement. Une jeune femme le dévisagea d'un air incrédule et dit quelques mots à voix basse à son compagnon. Deux joueurs de cartes se retournèrent et l'un d'eux, d'étonnement, faillit laisser tomber la cigarette de papier maïs collée à ses lèvres. Le garçon, qui passait nonchalamment un torchon douteux dans un verre qui ne l'était pas moins, alla trouver le patron derrière sa caisse et lui désigna l'arrivant d'un signe de tête appuyé d'un haussement des sourcils et d'un froncement du nez. Deleau ne se savait pas si connu. Mais il avait repéré l'homme au *Figaro*, assis à un guéridon. Il se dirigea vers lui et déposa son chapeau de feutre gris, galonné d'un large ruban noir, à côté de celui, en tous points identique, de l'inconnu.

« Jacques Dalleray, dit l'homme qui se leva, s'inclina légèrement et lui broya amicalement la main. Je suis attaché au ministère de l'Agriculture à Vichy, en tournée d'inspection dans la région. Je repars dès demain. Merci, tout d'abord, d'avoir répondu si vite à mon appel. Je pense que vous serez heureux d'avoir des nouvelles de notre ami commun, Michel.

— Bien sûr. Il y aura bientôt deux ans que nous nous sommes vus pour la dernière fois. Et que devient-il ?

— Michel m'a dit que vous n'étiez pas d'accord sur tout, loin de là, mais que vous étiez un garçon droit, un chic type, que l'on pouvait vous faire confiance. Avant d'aller plus loin, puis-je être assuré que notre conversation, quelque suite que vous lui donniez, restera confidentielle ?

— Soit.

— J'ai votre parole ?

— Vous avez ma parole.

— Bien... Il avait échoué deux fois en Espagne. La troisième a été la bonne. Non seulement il a réussi, mais j'ai appris de source sûre il n'y a pas plus d'une semaine qu'il est maintenant *là-bas*.

— Là-bas ?

— Oui, enfin, là-haut. »

Le supposé Dalleray regarda autour de lui et, se penchant vers Jean Deleau, souffla d'un air extatique :

« À Londres. »

Il avait en effet une tournure militaire, cheveux ras, petite moustache en brosse, très raide et l'air emprunté dans son pardessus de demi-saison, avec une propension évidente à aller droit au but. Encore un qui était fait pour la clandestinité comme Ginette Leclerc pour le Carmel. Il n'y tenait plus. Il se jeta à l'eau :

« Écoutez, je n'irai pas par quatre chemins. Je sais qu'à la place où vous êtes, vous êtes à même d'entendre, de voir, d'apprendre et de surprendre bien des choses qui pourraient nous être utiles. Vous avez une situation et une couverture idéales.

— Comment avez-vous su où je travaillais ?

— Nous avons nos informateurs.

— Mais qu'est-ce qui vous donne à croire que j'accepterais de travailler avec vous ?

— Ce que je sais de vous. Ce que nous savons de la situation générale. Nous aider n'est pas seulement de votre devoir mais dans votre intérêt. Tôt ou tard les Alliés triompheront. L'Allemagne ne fait pas le poids en comparaison de l'Angleterre, de l'URSS et des États-Unis. Je sais de quoi je parle. Nous saurons nous souvenir des services que vous seriez amené à nous rendre. Dans le cas contraire, vous aurez le jour venu à rendre des comptes. »

Jean regarda autour de lui. Il se vit seul dans un milieu hostile. Personne ne lui viendrait en aide. Rien ne lui garantissait que son interlocuteur n'était pas armé ou qu'il n'avait pas des complices armés aux tables avoisinantes.

« Je crois préférable que nous nous en tenions là. Vous avez beaucoup de chance que je sois, comme vous dites, un "chic type". Je ne vais quand même pas trahir la confiance de ceux qui m'emploient.

— Vous aimez mieux trahir votre pays ? »

Deleau se leva :

« Vous êtes sourd ou quoi ? Vous voulez que je mette les points sur les i ? Estimez-vous heureux que je ne vous fasse pas coffrer immédiatement. Si jamais je vous vois encore traîner par ici, je vous jure que vous n'y couperez pas. »

L'homme se leva lui aussi, très pâle :

« Je me suis trompé. Excusez-moi. Je croyais m'adresser à un Français. »

Deleau se dirigea vers la sortie. Les conversations reprenaient dans son dos. Une fois dehors, il s'aperçut que le garçon n'avait même pas daigné lui demander ce qu'il désirait. Il faudrait surveiller de près ce café. Il se hâta de retraverser l'avenue.

Le commissaire Rémalard, chef de la Brigade spéciale de Neuville, prit contact avec ses collègues de Vichy. Il n'existait naturellement aucune personne du nom de Dalleray au ministère de l'Agriculture.

X

Il neigeait sans discontinuer depuis la veille, une neige collante qui avait recouvert toute la ville d'un épais manteau immaculé, blanc et pourtant funèbre. À quatre heures de l'après-midi, il faisait déjà nuit. On était au troisième hiver de l'Occupation, aussi rigoureux que les deux précédents mais encore plus impatiemment subi, tant on avait du mal à trouver de quoi se nourrir et se chauffer. À l'image du ciel, les esprits étaient chagrins. Au cœur d'une pénombre dont nul ne pouvait discerner si elle préludait à l'aube ou si elle annonçait le soir, les uns n'en pouvaient plus de ne rien voir se dessiner à l'horizon, les autres s'inquiétaient d'entendre les premiers craquements, prodromes de l'effondrement du système entier.

À peine les Alliés débarqués en Afrique du Nord, gouverneurs, généraux, amiraux nommés par Vichy, à commencer par Darlan, après un simulacre de résistance, avaient tourné casaque. Avec ou sans l'assentiment secret de Pétain ? On en discutait avec passion. Dans le doute, Hitler avait tranché. La Wehrmacht avait franchi la ligne de démarcation. Plus de frontière, plus de distinction entre zone « libre » et zone occupée. La France entière était à présent sous la botte. L'armée d'armistice dissoute, la flotte sabordée, l'Afrique passée à la dissidence sous contrôle anglo-américain, que restait-il de la souveraineté nationale, quels moyens et quelle autorité restait-il au gouvernement de Vichy ?

Trente-six fois reprise, trente-sept fois évacuée par Rommel, Tobrouk, définitivement abandonnée, avait disparu des communiqués. Après avoir menacé Le Caire et Alexandrie, le légendaire Afrika Korps, ramené en deçà de ses lignes de départ, s'accrochait désespérément à la Tunisie. La question du jour n'était plus de savoir si, mais quand et où les « Anglo-Saxons » se lanceraient à l'assaut de la forteresse Europe.

Sur le front de l'Est, l'heure, depuis longtemps, n'était plus à la guerre éclair, mais on n'y parlait même plus de guerre de mouvement et d'offensive. Prisonniers de leur conquête, prisonniers de l'hiver, encerclés dans la ville symbole dont la chute avait été annoncée en octobre, le monde entier avait les yeux fixés sur les « héroïques défenseurs de Stalingrad ». Au travers de la neige, de la boue, du brouillard, des opacités de la censure et des fumigènes de la propagande, il était clair que quelque chose d'énorme, de sanglant et de décisif se jouait sur les bords de la Volga et que le drame qui approchait de son dénouement ne tournait pas à l'avantage de l'invincible Wehrmacht.

Les temps changeaient. Dans les salles de cinéma, aux fins d'intimider ou d'identifier les perturbateurs qui profitaient de l'obscurité pour manifester, on gardait les lumières allumées pendant la projection des Actualités. Sentant le vent tourner et le navire prendre de la gîte, les premiers rats, les plus avisés, les plus prudents, se terraient dans la cale ou désertaient le bord, abandonnant la barre aux plus résolus, aux plus compromis, aux plus extrémistes. Les discours et les passions s'exacerbaient.

En ce début janvier 1943, le vieux théâtre municipal de Neuville, en sommeil depuis l'été, avait exceptionnellement rouvert pour accueillir la grande réunion publique organisée par le groupe Collaboration sur le thème « La France à l'heure de l'Europe nouvelle : pourquoi nous combattons ».

L'affiche était de qualité. Alphonse de Châteaubriant, prix Goncourt 1911, grand prix de l'Académie française 1923, directeur de l'hebdomadaire *La Gerbe*, fondateur du groupe Collaboration. Paul Chack, capitaine de frégate (ER), ancien responsable du Service historique de la Marine, auteur à succès de récits maritimes, commissaire de l'exposition « Le bolchevisme contre l'Europe », président du Comité d'action antibolchevique. Georges Claude, de l'Académie des sciences, inventeur de l'air liquide, de l'éclairage au néon, théoricien de l'énergie maréthermique, membre du Comité d'honneur de la Légion des volontaires français contre le bolchevisme. Ramon Fernandez, écrivain, journaliste, prix Femina 1932, chroniqueur à la NRF, secrétaire général des Cercles populaires français, membre du bureau politique du PPF.

Les forces vives de la collaboration à Neuville s'étaient mobilisées pour l'occasion. Troupes de choc du PPF – les Gardes françaises – en chemise bleu foncé, militants francistes en chemise bleu ciel, membres du SOL, le service d'ordre légionnaire, qui dans quelques jours allait se muer en Milice française, en chemise kaki, et policiers en civil filtraient les entrées, veillaient en bordure des allées, montaient la garde, bras croisés, jambes écartées, dos à la scène, face à la salle. Cette présence en nombre, la minutie des contrôles et la nervosité des contrôleurs créaient une tension d'autant plus forte qu'elle se fondait sur des craintes qui n'avaient rien d'imaginaire. Organisateurs, service d'ordre ou spectateurs étaient hantés par la crainte de l'attentat. Nul n'ignorait que Marcel Déat, déjà blessé par Paul Collette en août 1941, avait de nouveau été visé lors d'un meeting à Tours le

27 mars 1942, qu'une grenade avait été lancée le 15 avril contre Doriot qui tenait une réunion à Rennes, que dans cette même ville, le siège du RNP et le bureau de recrutement de la LVF avaient sauté.

Les rangées de fauteuils, sur les deux côtés de la salle, avaient été recouvertes d'une housse grisâtre, et les deux balcons avaient été fermés, ce qui faisait l'affaire des organisateurs et de la sécurité. Mais en dépit de cette réduction de l'espace disponible, on avait encore vu trop grand et la travée centrale était loin d'être remplie à l'heure prévue pour le début des interventions.

Jean Deleau avait ressorti du placard sa tenue de franciste mais, sur les instances de sa mère, il avait passé sous sa chemise deux maillots de corps séparés par une couche de ouate thermophile. Gégène, qui ne craignait pas le froid, n'avait pas besoin de se matelasser pour se faire, sous sa chemise de Garde française, une carrure d'athlète. Le cafetier contemplait d'un air dégoûté l'assistance clairsemée. « Tu te rends compte, dit-il brusquement à Deleau qui sursauta, ne pouvant s'habituer à ce tutoiement plébéien qu'il n'osait non plus récuser, quand Doriot est venu à Neuville en septembre 1941, le stade municipal était archi-plein, on était cinq mille ! L'an dernier, l'exposition "Le Juif et la France" avait fait vingt-cinq mille visiteurs. Et là… Je sais bien qu'on se les caille, mais quand même… »

De fait, on grelottait malgré le déblocage d'une allocation spéciale de charbon. Les antiques calorifères, à bout de souffle, émettaient des hoquets d'agonie sans parvenir même à assécher les murs écaillés et luisant d'humidité. On voyait la fumée des respirations et le public tapait des pieds pour se réchauffer.

Deleau entreprit de dénombrer l'assistance. Il s'emmêlait, se trompait, recommençait. Un policier des RG, plus familier de ce genre de décompte, lui vint en aide. Selon son estimation, il y avait tout au plus trois cents personnes, service d'ordre inclus.

Certes, le préfet était présent, en grand uniforme et en service commandé, et le nouveau maire, remplaçant l'ancien sénateur-maire, révoqué pour avoir appartenu à une société secrète. L'abbé Legrandier, représentant l'archevêque. Le commissaire Rémalard. Les responsables locaux des partis autorisés et des diverses associations collaborationnistes, c'était la moindre des choses. De rares notables, le pharmacien Léveillé, le docteur Simon, le président de la cour d'appel. Le directeur de *Centre-Éclair*, naguère encore modeste préposé aux chiens écrasés que les circonstances – en juin 1940, il n'avait pas suivi à Cahors le reste de la rédaction – et sa docilité avaient propulsé à la tête du quotidien. Le microcosme habituel. Les mêmes, toujours les mêmes, dont le journal du lendemain montrerait les visages et citerait les noms et les titres. Si l'on défalquait ceux qui se trouvaient là par obligation, les familles et les amis venus faire nombre, quelques curieux, combien de gens étaient venus par conviction et prêts à aller jusqu'au bout de leurs idées ? Un noyau dur de cent, cent cinquante personnes tout au plus. Dans une ville de cent vingt mille habitants ! Non, la température n'était pas seule en cause, mais la peur, l'indifférence, l'hostilité. Jean Deleau éprouva une sensation de froid intérieur, de froid moral, qui ne devait rien à l'hiver. Ils étaient décidément bien seuls.

L'état-major de la garnison allemande au grand complet arrivait enfin, avec une demi-heure de retard, et saluait les personnalités. Il y eut un grand bruit de talons claqués, un hérissement de bras levés et de mains tendues. Puis ces messieurs occupèrent les sièges qui leur étaient réservés au premier rang. La réunion pouvait commencer.

On entendit quelques rires, vite étouffés, lorsque le rideau de scène se leva et que les projecteurs éclairèrent, en même temps que la table derrière laquelle étaient alignés les quatre orateurs, le décor du dernier spectacle représenté à Neuville, *La Fille de Madame Angot*. Il paraît que l'on n'avait pas pu remettre à temps la main sur les machinistes et que de leur côté les diverses organisations collaborationnistes, incapables de désigner un responsable commun pour préparer la salle, s'étaient renvoyé la balle jusqu'au bout. Les officiels semblèrent trouver l'explication un peu courte et la plaisanterie mauvaise. Le préfet, entre haut et bas, prononça le mot « sabotage », exigea une enquête, et promit des sanctions exemplaires, au cas où...

Le délégué du groupe Collaboration de Neuville était un avoué rondouillard, affligé d'un gros cheveu sur la langue, qui croyait compenser sa médiocre prestance par un discours emphatique, lu et ânonné. Il remercia avec effusion « les éminentes personnalités venues de la capitale pour porter la bonne parole en nous donnant les leçons d'intelligence, de lucidité et de courage dont nous avons bien besoin », évoqua « ce patriotisme des temps nouveaux, ce patriotisme qui ignore les antiques querelles, remise au placard les vieux drapeaux et transcende les anciennes frontières, ce patriotisme véritable qui ne semble s'éloigner de la patrie que pour mieux la retrouver », et reconnut que « l'idée révolutionnaire de la collaboration, la seule idée novatrice qui soit sortie de la défaite, a encore du mal à se faire accepter en France », mais proclama que « chaque jour démontre davantage que nous étions les premiers, et longtemps bien seuls, à avoir vu juste, mais chaque jour en plus grand nombre des Français qui constatent que les événements nous donnent raison viennent grossir nos rangs ». Il présenta enfin les orateurs : Paul Chack, qui se leva à l'appel de son nom, grand, élancé, blond, aryen jusqu'au bout des ongles, « un grand soldat », Ramon Fernandez, cheveux noirs gominés, complet noir, chemise noire à fines rayures blanches, cravate blanche, l'air d'un danseur de tango, « un grand journaliste », Alphonse de Châteaubriant, chemise à col cassé, les revers de la veste couverts de pellicules, emmitouflé dans sa barbe comme dans un cache-nez cent pour cent naturel, un « grand écrivain », Georges Claude, muré dans sa surdité malgré son appareil auditif, ses gros yeux bleus à fleur de tête perdus dans le vague, poursuivant on ne sait quels rêves, échafaudant on ne sait quelle théorie ou invention nouvelles, « un grand savant ».

Paul Chack, le premier, prit la parole. Cet ancien officier de marine avait illustré dans ses livres et perpétuait maintenant à la tribune l'anglophobie traditionnelle de la Royale, à laquelle avait encore ajouté son ascendance irlandaise – il avait découvert sur le tard qu'il était le fruit des amours romantiques et clandestines de sa mère, une cantatrice, et d'un gentilhomme irlandais du comté de Galway. Anglophobe, donc, il n'était pas moins fermement antisémite et passionnément anticommuniste. Il pria tout d'abord qu'on l'excusât d'avoir conservé son pardessus : « Il ne fait pas bien chaud ici, mes amis. Acceptons cette petite contrariété en hommage à ceux qui, à l'autre bout de l'Europe, par trente degrés au-dessous de zéro, exposent leur vie pour s'opposer au triomphe du bolchevisme. » La salle entière se leva pour une longue ovation. « Oui, nous sommes présents par la pensée aux côtés de ces admirables combattants qui, unis par la fraternité des armes, dans les sables du désert de Tunisie ou dans l'enfer blanc de Stalingrad, sous l'uniforme allemand, sous le casque marqué de l'écusson tricolore de la LVF ou derrière le glorieux fanion de la Phalange africaine, luttent contre l'ennemi commun. »

L'orateur enchaîna sur un long et brillant exposé historique qui tendait à démontrer que de Jeanne d'Arc à Napoléon et de Crécy à Mers el-Kebir et au Levant, en passant par Poitiers, Azincourt, Fontenoy, Trafalgar, la Moskowa, la Beresina, Waterloo (dont il ignora pudiquement la composante prussienne), Sébastopol et Fachoda, la France avait toujours trouvé Britanniques et Russes en travers de son chemin. Il exalta Duguesclin, Jean le Bon, la Pucelle, Jean Bart, Duguay-Trouin, l'amiral Duquesne, Suffren, Surcouf, Dupetit-Thouars, l'Empereur, le capitaine Marchand, le colonel Labonne, le général Dentz et l'amiral Esteva. « Notre intérêt et notre honneur sont également engagés, conclut-il, dans cette grande lutte, dans cette lutte séculaire des mêmes contre les mêmes. Cette guerre est notre guerre. Notre frontière est aujourd'hui sur la ligne Mareth et sur la ligne bleue du Caucase. Face aux Anglais et à leurs mercenaires gaullistes, face à Staline et à ses affidés communistes, il n'y a qu'une politique qui vaille, celle d'une collaboration entière et loyale, idéologique, économique, militaire, sans ambiguïté, sans réticence, sans équivoque, sans restriction. C'est à ce prix que nous serons présents au jour de la victoire. »

Après cet exposé roboratif, Ramon Fernandez plaça la barre un peu haut en se lançant dans un savant parallèle entre les deux grandes composantes culturelles qui avaient enfanté, constituaient et structuraient l'Europe : le génie allemand et nordique, le génie gréco-latin et français. Les auditeurs, déroutés par le tour littéraire, voire « parisien », en tout cas à leurs yeux inactuel que prenait ce survol des hommes, des lieux et des œuvres, peinaient à suivre et se refroidissaient. On ne se retenait plus de tousser. En familier des réunions publiques, le conférencier sentit cette baisse d'attention et revint brutalement à la réalité du moment : « Nous sommes, nous les Allemands et nous les Français, héritiers, gérants, responsables et comptables du plus riche des patrimoines communs. Ce n'est plus comme au Moyen Âge un rivage, une ville, une province qui ont à craindre et à subir la sauvage mais passagère incursion des Barbares, c'est notre civilisation même, fragile et périssable comme le fut l'Empire romain, qui est menacée de destruction par les deux matérialismes réunis dans une alliance contre nature, le matérialisme anglo-saxon, le capitalisme marchand sans cœur et sans entrailles ; le matérialisme bolchevique, le communisme athée, sans âme et sans pitié. Nous n'avons pas le droit de leur abandonner le destin de ce miracle : la civilisation européenne.

« L'Europe de demain passe par l'Allemagne, l'Allemagne nouvelle qui a pris la tête de la croisade des peuples européens. La France se doit de participer à cette croisade, car l'Europe sans la France est compromise, mais la France sans l'Europe est perdue. La France seule, c'est une vieille idée, c'est une idée morte. Nous n'étions que français, soyons européens. Mais ce dépassement, cet accomplissement passent par une transfiguration. La France doit se régénérer comme l'Allemagne s'est régénérée. Regardons autour de nous. L'Italie, l'Espagne, l'Allemagne ont fait leur Révolution. Et nous, Français, nous bornerons-nous à quelques phrases creuses, à quelques vagues affirmations de notre bonne volonté, à quelques promesses non suivies d'effet, vouées à finir au cimetière des utopies mortes et des illusions perdues ? Ne laissons pas passer notre chance. Si nous voulons contribuer à notre place, à notre rang, à notre manière, à la défense de l'Europe nouvelle, bâtissons une France nouvelle, nationale et socialiste. Alors, nous rallumerons l'espérance qui s'est éteinte dans les yeux de nos enfants, car le national-socialisme est l'avenir de la France, car le national-socialisme est la jeunesse du monde. »

Le préfet avait donné pendant cette péroraison des signes non équivoques, bien que discrets, de désapprobation, mais le propos plaisait fort à la majeure partie de l'assistance et Gégène, en bon chauffeur de salle, donna le signal d'applaudissements enthousiastes.

Fatigué peut-être par le voyage, frileux ou pensant que les messages les plus courts sont les plus clairs, Alphonse de Châteaubriant ne gagna la tribune en claudiquant sur sa mauvaise jambe que pour y prononcer quelques mots. « Trop de Français, déplora-t-il, n'ont pas encore compris ce qui est en jeu dans le gigantesque combat qui se déroule sous nos yeux. Ils ont perdu le contact avec l'âme du monde. Moi qui ai eu la chance d'approcher physiquement le Führer, j'ai senti lorsqu'il m'a touché la main son magnétisme se communiquer à moi. Adolf Hitler n'est pas seulement un homme de génie, il est l'homme du destin, il concentre en lui les forces telluriques positives qui mènent le monde, il est l'envoyé de Dieu pour combattre le Mal. Plus encore qu'un homme bon, il est l'indomptable, le charismatique champion du Bien. Nouons autour de lui la gerbe des forces du Bien et nous l'emporterons. » Le public, perplexe, applaudit longuement.

Le dernier mot revenait à Georges Claude, que l'on dut tirer par la manche pour l'arracher à une rêverie insondable. Le savant, dédaignant le micro, repoussa sa chaise et déclara : « Nous n'avons pas su nous montrer dignes de la confiance que nous a témoignée le Führer. Alors qu'il était en droit d'user et d'abuser de l'adversaire vaincu, le vainqueur, avec une générosité sans exemple dans l'histoire, nous a tendu une main fraternelle. Cette main, nous ne l'avons pas saisie, nous nous en sommes détournés, nous l'avons repoussée. Cet affront, moi, Georges Claude, je veux le laver au nom de la France en souhaitant que mon geste ne soit pas inutile. Adolf Hitler, je t'offre le sacrifice de ma vie. » Et, joignant le geste à la parole, le savant sortit de sa poche et porta à ses lèvres une petite fiole qui contenait un liquide brunâtre.

Un grand désordre s'ensuivit. Tandis que l'on entraînait le savant dans les coulisses, les officiels se levaient et s'agitaient en tumulte. Les militaires allemands, au signal du général commandant la place, quittaient le théâtre sans prendre congé. « En fait de collaboration, on nous a conviés à une belle mascarade ! » grommelait le général à l'oreille de Krebs. Jean Deleau croisa le commissaire Rémalard qui revenait rendre compte au préfet. « Alors, comment va-t-il ? — Aussi bien que possible, répondit le policier, hilare. — Il est complètement maboul. Il a déjà fait le même coup la semaine dernière à Nantes et il y a quinze jours à Saint-Étienne ! »

XI

Mai 1943. L'arrière-salle du café de l'Industrie, un vendredi en fin d'après-midi. Bruneau et Guastavi jouent aux dés. Calvignac et Lapraye ont entamé une poule au billard. Il est convenu que le perdant offrira une tournée générale. Demidov se polit minutieusement les ongles. Ce Russe blanc aux yeux pâles, qui joue avec délectation de son accent et de son charme slaves, prend le plus grand soin de sa personne. Deleau fait durer son diabolo-grenadine. Schnerb, qui peine sur la grille de mots croisés du *Centre-Éclair* de la veille, « Les énigmes du professeur Nimbus », l'appelle au secours : « Dis, Jean, toi qui sais tout, un mot en huit lettres, j'ai la première, L et la troisième, R. La définition : *Pour Jeanne, c'était la croix et la bannière.* — Lorraine. Mais je n'aime pas beaucoup cet esprit-là. On ne ferait pas mal de s'intéresser à ce professeur Nimbus. Encore un gaulliste... » Le gros Carreyras lutine effrontément une grosse bonne femme envisonnée. Elle proteste en riant : « Arrête, tu te tiens mal ! » Blonde en surface, vulgaire en profondeur, Corinne Volvert était femme de chambre à l'hôtel du Roi René, en 1940, quand les RG l'ont recrutée pour espionner la clientèle allemande. Rapidement repérée et démasquée, elle a mis ses talents au service du SD. Il va sans dire qu'elle ne travaille plus. Elle traîne toute la journée dans les cafés, à l'écoute des propos imprudents. Alors que les premières chaleurs sont là, elle ne se sépare pas de son manteau de fourrure, signe éclatant de sa promotion sociale. Elle porte des bas rayonne, elle arbore des bijoux clinquants, elle enchaîne cigarette sur cigarette, qu'elle sort d'un étui en argent et enfonce d'un petit geste sec au bout de son long fume-cigarette en ivoire. Prises de guerre. Elle se voit en vamp. Elle adore assister et participer aux interrogatoires. Ça l'excite. Elle accorde d'autant plus généreusement ses faveurs qu'on est plus généreux avec elle. Au moins, on sait à quoi s'en tenir. Le facétieux Dupic, toujours en veine d'histoires, raconte « la dernière » à Poincheval. « Tu savais que le maréchal Pétain était mort en novembre dernier ? » Le colosse ouvre de grands yeux. « Non ? — Le problème, c'est que personne n'a osé le lui dire. — Je ne comprends pas. — Andouille, c'est une blague ! — Mais alors, quand est-ce qu'on lui dira ? » Tous s'esclaffent, et Dupic hoche la tête, sidéré une fois de plus par la crétinerie monumentale du géant.

Jour tranquille à Neuville. La guerre est si loin, dans les steppes d'Ukraine, en Sicile, en Campanie, où les Américains ont débarqué. Moments de détente bien mérités, savourés.

Gégène fait irruption dans l'arrière-salle. Le cafetier, d'ordinaire si maître de lui et qui aime répéter qu'avec ce qu'il a vu, il en faut beaucoup pour l'étonner, est livide, l'œil égaré, et comme hors de lui-même. Il peine à reprendre haleine. « Ils ont tué le docteur Simon ! » s'écrie-t-il enfin. Nul n'éprouve le besoin de demander qui sont ces « ils ». Passé la stupeur du premier moment et le silence qui a suivi l'annonce, c'est la confusion. Les cris, les exclamations, les questions fusent : « Ah les vaches... Les salauds... Les fumiers ! », « Mais qu'est-ce qu'ils attendent pour nous armer, qu'on y passe tous ? » et « Tu es sûr, au moins ? » et « Comment ça s'est passé ? »

Gégène a retrouvé son souffle et son sang-froid. « On m'a appelé à l'instant du siège du Parti. Ils venaient d'avoir la police. Il n'y a malheureusement aucun doute. Il lui ont tendu un guet-apens. Depuis le temps qu'on lui disait de faire gaffe et qu'il ne voulait rien entendre. Il a reçu un coup de téléphone juste après le déjeuner, soi-disant qu'un gosse de dix ans était tombé dans la Loire, qu'on l'avait repêché mais qu'on n'arrivait pas à le ranimer. Ils lui ont même passé la mère, enfin soi-disant la mère. Et lui, naturellement, il a foncé. Ils étaient trois qui l'attendaient à l'ancien lavoir. Quand il est descendu de sa voiture, ils lui ont tiré dessus à bout portant. Six balles dans le corps et dans la tête. »

Il n'en dit pas plus. L'ombre de la mort plane sur eux. Chacun voit dans cet assassinat la préfiguration de son propre destin. « Ils nous auront tous », murmure peureusement Guastavi, qui traduit leur pensée commune.

Il y a quelques années, jusqu'à la veille de la guerre encore, le docteur Simon était le médecin le plus connu, le plus estimé et sans doute la personnalité la plus populaire de Neuville. Professeur à la Faculté, praticien renommé, à la tête du cabinet le plus couru et le plus prospère de la ville, les revenus que lui assurait sa clientèle aisée finançaient ses charités : il se dépensait sans compter au chevet des indigents, tant à sa consultation de l'hôpital qu'en ne leur faisant payer ni ses visites ni ses soins. Qu'il eût adhéré dès le début au PPF ne lui avait dans un premier temps causé aucun tort ni dans les beaux quartiers ni même dans les faubourgs ouvriers. C'est son affaire, disaient les uns, c'est ses oignons, disaient les autres, constatant que ses choix politiques n'avaient nullement modifié son comportement professionnel. Aussi avait-on vu avec surprise son engagement, de plus en plus arrêté, de plus en plus radical, de plus en plus violent l'envahir peu à peu et prendre le pas sur son caractère naturellement bon. Inconditionnellement fidèle à Doriot et devenu secrétaire départemental du PPF, le même homme qui n'aurait pas songé une seconde à s'enquérir, avant d'opérer ou de soigner, des opinions, de l'appartenance syndicale ou politique, de la religion ou de la race d'un patient s'était mué en une espèce de fou furieux qui ne rêvait et ne parlait plus que persécutions, proscriptions, arrestations, élimination, guerre civile. À croire que, comme l'illustre docteur Jekyll, il était double et que, la combinaison des événements et de ses jugements ayant sur lui le même effet que l'infâme mixture qui fait surgir des profondeurs de l'être humain l'horrible Mr Hyde, le « médecin des pauvres » cédait de plus en plus la place et la parole au fanatique obtus et cruel qu'il portait en lui. Le même homme qui se penchait avec sollicitude sur le front brûlant d'un malade adressait des tribunes enflammées au *Cri du peuple* et à *L'Émancipation nationale*, le même homme dont le regard empreint de douceur et de bonté rassurait un enfant pris de panique à la vue d'une seringue ou d'un scalpel envoyait au *Pilori* des lettres de dénonciation – signées – où il s'indignait qu'un avocat franc-maçon siégeât encore au conseil d'administration d'une œuvre de bienfaisance, ou qu'une famille juive, dont il donnait le nom et l'adresse, tînt encore le haut du pavé. On l'avait vu, en chemise bleue, à la tête des « Groupes d'action sociale », un ramassis de voyous et de nervis qui jouait les polices parallèles, prêter main-forte à la Section spéciale et à la PQJ lors d'une rafle. Il en était venu à incarner tout ce qu'une part sans cesse croissante de l'opinion identifiait, pour la rejeter, à la collaboration.

Centre-Éclair publia le lendemain en première page un communiqué du Militärbefehlshaber qui annonçait sans la relier directement à l'assassinat du docteur l'exécution de cinq Français détenus à la Maladrerie. Les obsèques du « médecin des Boches », ainsi que le surnommait un tract vengeur, eurent lieu le jour suivant dans une ville hostile et muette, sans regard et sans voix.

Sur tout le trajet du convoi funèbre, entre le domicile du mort et l'église Sainte-Marie-Madeleine, les habitants avaient été avisés d'avoir à fermer portes et volets, ceci pour prévenir tirs ou jets de grenades. Gendarmes mobiles et feldgendarmes étaient disposés de dix mètres en dix mètres, dos tourné à la rue, arme pointée en direction des façades. Les rues étaient vides. Aucun incident ne se produisit.

La veuve, le fils, la fille et une vieille tante du défunt suivaient le corbillard, surchargé de couronnes mortuaires, encadré par huit francs-gardes de la Milice. Le père et la mère du docteur ne s'étaient pas joints au cortège, constitué en tout et pour tout d'un détachement de la Milice et d'une délégation du PPF. Les représentants de l'État, des corps constitués, de l'administration – sensiblement les mêmes que quatre mois plus tôt au théâtre municipal, peut-être un peu moins nombreux – et des autorités militaires allemandes se levèrent lorsque le cercueil pénétra dans la nef. Une poignée d'amis, quelques malades reconnaissants, malgré tout, et ceux qui étaient désormais trop compromis pour craindre de l'être davantage étaient là. Aucun confrère. Plusieurs prêtres pressentis s'étaient dérobés. L'abbé Legrandier fut commis par l'archevêque pour prononcer l'oraison funèbre. Tâche délicate.

« Le docteur Simon, rappela-t-il, avait pleinement répondu à l'appel lancé par le maréchal Pétain. Il avait fait le sacrifice de sa vie à ses idées. Ces idées, il ne m'appartient pas de les exposer, pas davantage de les juger, de les approuver ou de les condamner ici, aujourd'hui et dans les circonstances tragiques qui nous réunissent. Ce qui importe davantage est que celui dont le parcours terrestre a été si brutalement interrompu fut longtemps un homme droit et bon. Il est désormais et pour toujours délivré de ses attaches, de ses liens, de ses passions humaines, dans la paix du Seigneur, qui ne voit et ne pèse que les âmes.

« Pour la huitième fois depuis le début de cette année dans cette ville, un homme a été froidement abattu par des compatriotes. D'autres hommes, qui n'y étaient pour rien, ont payé cette mort de leur vie. *Imus obscuri sola sub nocte per umbras.* Nous marchons solitaires à travers une nuit profonde où ne luit aucune espérance. Temps de ténèbres que ceux où l'homme ne respecte plus l'homme, où l'on dirait que la vie humaine, ce don de Dieu, ne vaut plus rien. En tant qu'homme, en tant que chrétien, que prêtre, que Français, comment pourrais-je ne pas former le vœu que cesse ce cycle infernal où la violence appelle la violence et lui répond par une violence pire, où l'on répand aveuglément le sang, comme si l'histoire, et d'abord celle de notre sainte religion, ne nous avait pas appris que du sang des martyrs naissent de nouveaux candidats au martyre. J'ai entendu ici et là des paroles de colère, des paroles de vengeance. Certains disaient : Œil pour œil, dent pour dent. C'est ressusciter l'ancienne loi, la loi juive du talion, c'est ignorer que notre religion enseigne et pratique le pardon. D'autres reprennent une formule détestable, une formule abominable qui a cours aujourd'hui : Pour un œil les deux yeux… Je n'ose répéter la suite. Ces mots ne sont pas chrétiens, ces mots ne sont pas humains. Recueillons-nous, mes frères, redescendons en nous-mêmes, prions pour que le sang d'Hippolyte Simon ait été le dernier versé. Amen. »

Des murmures désapprobateurs avaient couvert à plusieurs reprises la voix du desservant que le préfet et le kreiskommandant, le général Trierweiler, s'abstinrent d'aller saluer après le service. Jean

Deleau avait envisagé de communier. Il y renonça. Son cœur débordait de rancœur. Il y avait plus d'un an qu'il n'avait pas approché la Sainte Table.

« Dis donc, lui demanda Lapraye, toi qui le connais, il est de quel bord, ton curé ? Il en pincerait pas un peu pour les terros ?

— Si je ne le connaissais pas, j'avoue que je me poserais la question. »

Ils se retrouvèrent dans la soirée, à une vingtaine, tant du PPF que du SD, derrière le rideau de fer de *L'Industrie*. Plusieurs avaient déjà passablement bu et la discussion, arrosée, enflamma encore les esprits. Tout le monde en était d'accord : cette fois, la coupe était pleine, ça ne pouvait plus durer. On n'était pas des chiens que n'importe qui pouvait abattre impunément. On n'allait pas se laisser égorger les uns après les autres comme des moutons. Il fallait faire quelque chose. Mais quoi ?

Aller à la Maladrerie, tirer les prisonniers de leurs cellules et… Mais *quid* des gardiens et des gendarmes français, et plus encore des feldgendarmes qui n'étaient pas hommes à plaisanter ? Et que faire sans armes, puisque les Allemands s'obstinaient à en refuser à leurs meilleurs soutiens ? En d'autres temps, ils s'en seraient pris à la permanence du parti communiste ou de la SFIO, à la Bourse du travail, aux locaux de *La Petite République*, à la demeure de tel ou tel adversaire, mais les journaux adverses avaient cessé de paraître, les syndicats avaient été dissous, les partis interdits, leurs dirigeants internés ou en fuite. Ils en étaient là, perplexes, irrésolus lorsque quelqu'un jura ses grands dieux qu'il avait entendu des cris de joie et qu'on avait débouché le champagne à *L'Avenir* en apprenant le meurtre du docteur. Vrai ? Faux ? Une expédition punitive fut immédiatement décidée par acclamations en dépit des objurgations de Gégène qui gémissait qu'on allait lui mettre la chose sur le dos, que tôt ou tard ça lui retomberait dessus, et des objections de Deleau qui trouvait plus judicieux de mettre l'établissement en surveillance, ce qui permettrait sans nul doute de coincer le patron.

Ils ne furent qu'une douzaine à s'enfoncer d'un pas incertain dans la nuit sans réverbères en braillant de vagues injures. Ils commencèrent par saccager la terrasse de *L'Avenir* sans pouvoir pénétrer à l'intérieur. Ils jetèrent des pierres contre la maison vide de l'ancien sénateur-maire. Poursuivant leur chemin, ils brisèrent quelques carreaux au siège de la loge des Amis de la Lumière avant de s'aviser que le local avait été réquisitionné par le COSI, le Comité ouvrier de secours immédiat, l'antenne sociale de la Milice. Ils étaient en train de mettre le feu à l'ancienne synagogue, fermée depuis un an, lorsqu'une patrouille de police les cueillit très proprement. L'équipée se termina au commissariat central où ils passèrent le reste de la nuit à cuver leur vin et leurs exploits.

Krebs, dès le lendemain matin, réclama ceux de ses hommes qui relevaient de ses services, se désintéressant du sort des autres. Sans leur laisser le temps de se laver, de se raser ni de se changer, il convoqua l'ensemble de ses auxiliaires français. Il avait endossé son uniforme. Quand ils furent tous rassemblés, debout, formant un demi-cercle autour de son bureau, il se leva à son tour et appela le seul Deleau à ses côtés :

« Félicitations, messieurs, leur dit-il d'une voix cinglante. Toute la ville bruit de vos faits d'armes. Je vous remercie de l'image que vous donnez du SD. C'est certainement ainsi que vous mériterez l'estime et le respect de la population et que vous porterez des coups décisifs au terrorisme. » Il marqua une pause et reprit en martelant ses mots : « Rien ne vous distingue des bandits que vous êtes censés combattre. Vous n'êtes que des porcs indisciplinés. Vous seriez mieux à votre place dans les prisons d'où sortent la plupart d'entre vous. Je ne sais d'ailleurs ce qui me retient de vous y remettre... »

Ils baissaient la tête, hirsutes, minables, humiliés, dévorés d'une impuissante envie de mordre mais prêts déjà à lécher la main qui tenait la cravache. Le Kommandeur ajouta sur un ton adouci : « J'excepte naturellement de mes reproches M. Deleau qui, en se tenant à l'écart de vos initiatives, a eu une attitude responsable. À la suite des incidents de la nuit passée, il va de soi qu'une réorganisation de ce service, à laquelle je songeais d'ailleurs depuis un moment, s'impose. Je vous ferai connaître mes décisions en temps utile. C'est tout, messieurs. Vous pouvez disposer. Monsieur Deleau, vous restez, j'ai deux mots à vous dire en particulier. »

La porte refermée, Krebs fit asseoir le jeune homme et lui offrit un cigare que Deleau refusa :

« Ah oui, j'oubliais, dit Krebs en aspirant voluptueusement une bouffée de havane. Mon cher Deleau, j'avais pour vous des projets qui vous donneront un surcroît de travail et de responsabilités. Les incartades de vos collègues rendent la chose plus urgente. Je n'attends plus que l'aval de ma hiérarchie, dont je ne doute pas. C'est l'affaire d'une quinzaine de jours. D'ici là, prenez du champ. Vous vous êtes beaucoup dépensé depuis un an. Des vacances, pourquoi pas, cela vous ferait du bien. Qu'en pensez-vous ?

— Je vous remercie, Monsieur le Kommandeur.

— Monsieur le Kommandeur ! Allons, pas de solennité entre nous. Alors ?

— Justement, je suis invité depuis un moment à venir en Allemagne. Vous savez que j'ai de la famille là-bas...

— En Allemagne, quelle bonne idée. Et de quel côté ?

— Pas loin du lac de Constance.

— Ah, le Bodensee ! Très belle région ! Je vous envie... Vous savez qu'il me vient une idée. Ne repassez surtout pas au bureau. Et pas un mot ni à vos camarades ni à personne, sur votre destination. Personne, vous m'entendez, personne ne doit savoir où vous allez. Je vous expliquerai pourquoi à votre retour, disons le 10 juin prochain. Vous reprendrez directement contact avec moi. J'aurai des choses à vous dire. D'ici là, considérez-vous comme tenu par le secret militaire. C'est un ordre. Et bonnes vacances ! »

XII

Le congé suggéré, ou plutôt imposé à Jean Deleau par Krebs, tombait on ne peut mieux. À plusieurs reprises, la tante Rosa avait écrit pour les inviter à venir passer quelques jours en famille. « Nous serions si heureux, et surtout Helga, de revoir Jean. » Mme Deleau était casanière. La perspective d'un long voyage, la complexité des formalités exigées l'effrayaient. Au contraire, ses fonctions, son *ausweis* et un ordre de mission que lui fournit Krebs permettaient à Jean de se déplacer sans entraves à l'intérieur d'un espace grand-européen en train de rétrécir sérieusement au lavage. Elle se résigna donc à le laisser partir seul, « comme un jeune homme », soupira-t-elle. Une vraie expédition, ce voyage avec changement à Paris, Mulhouse et autocar de Fribourg à Neustadt. Mais au printemps 1943, les chemins de fer et les transports routiers fonctionnaient encore à peu près correctement, en tout cas sur ce trajet.

Jean aperçut de loin la tante Rosa qui l'attendait au terminus de l'autocar. Il l'embrassa trois fois – joue gauche, joue droite, joue gauche – suivant l'ancestrale coutume neuvilloise. « Je ne sais pas si je t'aurais reconnu, lui dit-elle. Tu es un homme maintenant. Ça me fait tellement plaisir que tu aies pu venir. Tu vas nous apporter un peu de jeunesse et de joie. La maison est si triste sans les garçons. » Elle lui donna les dernières nouvelles de la famille tandis qu'ils cheminaient vers la maison, une grande bâtisse peinte en vert amande, agrémentée d'un petit jardin soigneusement entretenu. Lorsqu'il avait pris sa retraite en 1939, l'oncle Ernst avait déménagé de Fribourg pour Neustadt Weinstrasse, où il avait acquis cette propriété. Mais il avait été rappelé à l'activité en 1941 et depuis qu'il dirigeait l'important nœud ferroviaire de Karlsruhe, c'est à peine s'il pouvait rentrer chez lui et en profiter un peu une fois tous les quinze jours. Horst servait quelque part sur le front de l'Est. Sa dernière lettre remontait à un mois. Manfred était en Italie avec Kesselring. « Il est tout de même moins exposé. » Helga était infirmière à l'hôpital de Neustadt. Elle était de garde de nuit deux fois par semaine. « Mais au moins je l'ai tous les jours à la maison. Elle est notre rayon de soleil. »

Jean fut installé dans la chambre de Horst, une pièce claire assez sommairement meublée en bois de pin, dont les principaux ornements consistaient en un fanion des Hitlerjugend, un petit buste du Führer, quelques soldats de bois fabriqués à Nuremberg. Punaisées au mur, une photo prise pendant un feu de camp, une autre de Helga, au bord d'un lac, les bras passés autour des épaules de ses deux frères, riant de toutes ses dents.

Helga rentra tôt ce soir-là. « Bonjour, Hansi.
— Bonjour, ma jolie cousine. » Il l'embrassa rituellement trois fois, joue gauche, joue droite, joue gauche. « Ne t'étonne pas, observa la tante, c'est la mode des Français. » Ils retrouvèrent aussitôt leur familiarité et leur complicité d'il y a quatre ans. Mais comme elle avait embelli ! Au dîner, frugal – guerre et Allemagne obligent –, elle l'interrogea sur sa vie. Il répondit laconiquement qu'il était interprète à la Kommandantur de Neuville et qu'il avait beaucoup de travail. Elle n'insista pas. Elle-même n'avait pas envie de s'épancher sur ses longues et dures journées,

passées au chevet de jeunes hommes atteints dans leur chair... « Tu as raison, dit-elle, parlons d'autre chose que de cette guerre. » Après le repas, ils chantèrent les chansons qui avaient bercé son enfance et les airs en vogue, *Lily Marlene*, *J'attendrai*, *Bei mir bist du schön*...

Pendant son séjour, Jean vit sa tante un peu plus et sa cousine beaucoup moins qu'il l'eût désiré. Il fit de longues balades dans la campagne alentour, à pied ou à vélo, s'émerveillant de pouvoir circuler en toute sécurité. L'oncle Ernst, visiblement à bout de nerfs et plus bourru que jamais, honora une seule fois Neustadt de sa présence. S'il était heureux de revoir son neveu, il n'en laissa rien paraître. Il n'était pas difficile de pénétrer la signification de son regard sévère : il se demandait par quelle injustice Horst et Manfred risquaient tous les jours leur vie pendant que leur cousin, à ce qu'il avait cru comprendre, menait l'existence plan-plan d'un employé de bureau. Un planqué, songea-t-il avec mépris. « Au fond, dit-il sentencieusement en tirant sur sa pipe au foyer de porcelaine peinte, tout est venu de ce que vous avez voulu nous imposer le *diktat* de Versailles. Vous avez voulu nous rayer de la carte en tant que grande puissance. Vous aviez bien besoin de la petite leçon que nous vous avons donnée. » S'il avait voulu chercher son neveu, sans tenir compte des mimiques désapprobatrices de sa femme et de sa fille, il ne le trouva pas. « Vous avez tout à fait raison, mon oncle, répliqua paisiblement Jean, et du reste, en France, nous sommes de plus en plus nombreux à être de cet avis. » Quelques minutes plus tard, l'oncle repartait à l'assaut – comme en 14. « Vous, les Français, vous êtes si désordonnés, si sales. Au triage, je reconnais les wagons qui viennent de France les yeux fermés, rien qu'à l'odeur. » Mais son offensive ne rencontra que le vide. Jean avait évacué les premières lignes.

Il renchérit sur son oncle par un petit couplet bien senti sur la propreté allemande, le civisme allemand, la discipline allemande qui faisaient son admiration. « Et moi, intervint Helga, ce que j'aime chez les Français, c'est justement leur fantaisie, leur individualisme. Chez eux, tout n'est pas tiré au cordeau, fait au carré. Nous sommes si prévisibles, si obéissants, si ennuyeux... — Petite folle, lui dit affectueusement son père en lui caressant les cheveux, tu dis vraiment tout ce qui te passe par la tête ! » Il ne lui restait plus, battu en rase campagne, qu'à souhaiter le bonsoir à la compagnie et à monter se coucher.

Deux jours avant la date fixée pour le départ de Jean, Helga rentra radieuse de l'hôpital. « Hansi ! Hansi ! J'ai pu me libérer demain toute la journée ! Veux-tu que nous allions jusqu'au lac de Constance ? »

Ils partirent très tôt, dans l'aube poudroyante d'une journée radieuse qui annonçait déjà l'été proche. Il y avait quand même quelque chose comme quarante kilomètres à faire à vélo. Plus sportive et mieux entraînée que lui, Helga s'arrêtait pour attendre son cousin en haut des côtes et lui souriait, fraîche comme une rose, les pommettes seulement un peu colorées, son teint de blonde avivé par l'effort. Quand il la rejoignait tout essoufflé, elle prenait un linge et lui essuyait son front où perlait la sueur.

Ils arrivèrent en fin de matinée sur les hauteurs d'Überlingen et s'accoudèrent un moment à une barrière de bois. Le lac, en contrebas, étincelait sous le soleil. Au-delà du lac, sur la rive d'en face, s'étageait une première rangée de collines, puis une deuxième, plus élevée, dans un lointain vaporeux et bleuté. « Tu vois, dit-elle d'une voix altérée, là-bas, c'est la Suisse. Ils sont en paix, eux. Ils ne connaissent pas ça », et elle montrait le ciel.

Perdus très haut dans l'insondable azur, si haut qu'on ne les voyait ni ne les entendait, des vagues d'avions passaient, trahis par les traînées blanches qu'ils laissaient dans leur sillage. Ils allaient bombarder les grandes villes et les concentrations industrielles, ignorant les bourgades étalées sous le soleil et les riants coteaux qu'ils survolaient. Pour le moment.

Ils reprirent leurs bicyclettes et se laissèrent glisser jusqu'à Meersburg. Comme ils allaient s'engager sous la vieille porte fortifiée par où l'on entre dans le village, ils entendirent le martèlement d'une troupe en marche et durent s'effacer pour laisser passer une longue colonne de jeunes garçons en culotte courte noire, brodequins et bas blancs, chemise jaune et cravate noire marquée d'un insigne, qui venaient en sens inverse. Ces jeunes gens marchaient au pas cadencé derrière la bannière noir-blanc-rouge en chantant à pleins poumons un hymne où il était question de drapeau trempé dans le sang, de longs couteaux aiguisés sur le trottoir et de lutte à mort contre la réaction. Des Hitlerjugend. Le *Horst Wessel lied*. Comme ils chantent bien, songea Jean, comme ils ont l'air heureux et fiers de porter l'uniforme. « C'est quand même fou, dit-il tout haut, ce que Hitler a fait de ton pays. Je voudrais que ceux qui, chez nous, déblatèrent contre le national-socialisme, viennent ici et puissent faire la comparaison. J'aimerais que toi aussi tu puisses venir en France et que tu voies notre jeunesse avachie, débraillée, geignarde, et nos zazous. Tu ne connais pas les zazous ? Ce sont des petits bons à rien qui singent les Américains, dansent des danses de nègres, boivent du lait-fraise et font semblant de mâcher du chewing-gum en poussant des petits cris. En les voyant, tu mesurerais la distance qu'il nous reste à parcourir avant de vous rattraper. »

Helga ne fit pas de commentaire. Elle ne semblait pas partager son enthousiasme.

Ils passèrent entre des maisons à pignons aux façades peintes de jaune pâle, de rose, d'ocre et de vert délavé. Des anges, des aigles, des chevaliers, des moines, des vendangeurs, des animaux héraldiques et de longues inscriptions en lettres gothiques y racontaient de vieilles légendes, illustraient des vies de saints, de héros, des proverbes naïfs, ou reproduisaient des scènes de la vie des métiers traditionnels.

Ils déjeunèrent en plein air, au bord de l'eau. Aux tables voisines, des soldats en permission à qui leur uniforme, leurs chevrons et des médailles chèrement gagnées donnaient le droit de mal se tenir, engloutissaient des chopes de bière et chatouillaient ou embrassaient dans le cou des *gretchen* rougissantes sous l'œil attendri d'hommes plus âgés dont beaucoup portaient également un uniforme, fût-il simplement celui de facteur ou de conducteur de tramway. Des jeunes hommes, unijambistes, manchots, ou voiturés dans des fauteuils roulants, prenaient le soleil. On jetait des regards curieux et dénués d'aménité sur le couple qu'ils formaient, Helga et lui. Sans doute parce qu'ils n'étaient pas du coin. Mais aussi parce qu'on devait se demander comment diable un homme de son âge, de toute évidence en bonne santé avait pu se débrouiller, grâce à quelle protection, à quelle tricherie, pour échapper à la conscription. Il aurait voulu pouvoir leur dire qu'il était avec eux tous, qu'il était du même camp, qu'à sa manière et à son poste il faisait son devoir et prenait des risques lui aussi. Il fut soulagé quand une patrouille de Hitlerjugend – trois gamins de quatorze ans peut-être, qui se prenaient très au sérieux – examinèrent longuement ses papiers d'identité puis les lui restituèrent avec un salut qu'il leur rendit. Helga ne put retenir un geste d'exaspération : « Des contrôles, toujours des contrôles, et par ces marmots ! Ces morveux sont de vraies pestes, qui dénonceraient père et mère pour se faire bien voir de leur chef de groupe ! » Lui, cependant, pensait : Quel pays ! Les femmes sont à l'usine ou aux champs, les vieillards se rendent utiles, les hommes sont au front et les adolescents veillent à la sécurité de tous ! Rien n'a changé depuis l'antique Germanie, quand les guerriers combattaient devant le cercle des chariots, sous les yeux et les encouragements de leurs pères, de leurs mères, de leurs épouses, de leurs enfants ! Un peuple comme celui-ci, uni et tout entier engagé dans la guerre, ne peut pas être vaincu...

Un silence gêné s'installa entre eux. Il ne parvenait pas à détacher son regard des bras nus de sa cousine où la brise tiède couchait comme des blés mûrs un fin duvet doré. Lorsqu'il croyait qu'elle ne le voyait pas, il guettait la naissance des seins dans l'échancrure de son corsage blanc. « On doit nous prendre pour deux amoureux, dit-elle en riant. — Et si cela était ? » balbutia-t-il. Mais elle fit mine de n'avoir rien entendu.

L'heure était venue de rentrer. La route était longue jusqu'à Neustadt. Mais quand ils eurent grimpé la côte plutôt raide qui mène à Überlingen, ils s'accordèrent une dernière pause. Ils avaient repéré le matin un pré pentu d'où la vue s'étendait au loin sur le lac étincelant. Ils s'allongèrent sur l'herbe tendre du printemps, piquetée de fleurs, leurs bicyclettes couchées à côté d'eux comme de fidèles montures. L'air sentait la vache et le foin coupé. Il ferma les yeux sous la caresse du soleil.

Il se sentait si bien, si bien. Innocent. Innocenté. Tout était si lointain. Neuville. Sa mère. Les caves, les suppliciés bavant du sang, des cris, des aveux et de la merde. Ailleurs. Où ? Nulle part. La guerre. Quelle importance ? Tellement bien, tellement libre, tellement libéré. Il ne le savait pas encore, il le savait déjà, ces moments s'inscrivaient dans sa mémoire où ils resteraient les plus doux, les plus purs de sa misérable vie.

Il s'éveilla. Le soleil avait imperceptiblement décliné. Il se souleva sur un coude. Helga dormait, offerte. Il obéit pour la première fois à une pulsion inconnue. Cousin, cousine. Il suffirait de presque rien, rien qu'un geste en silence, et leurs rapports, quoi qu'il en advienne, seraient irrémédiablement changés. Il avance le bras, il ne peut pas s'en empêcher. Je vais lui prendre la main, je vais... Helga ouvre les yeux. Elle surprend le geste qu'il suspend. Elle reconnaît aux yeux de Jean une flamme qu'elle n'y avait jamais découverte, mais qu'elle connaît bien pour l'avoir déjà vue, pour la voir tous les jours dans d'autres yeux, chez d'autres hommes. Il est encore temps. Elle se redresse.

« Hansi, il faut que je te dise. Je t'aime beaucoup, mais il y a quelqu'un dans ma vie. »

Elle fouilla précipitamment dans son petit sac et en tira la photo d'un jeune homme aux yeux clairs, aux cheveux blonds plaqués en arrière, en uniforme de la Wehrmacht. Un temps. « Il s'appelle David. » Un temps. « Il est juif. Enfin demi-juif. Il était interne dans l'hôpital où je travaille. Il voulait devenir médecin, mais avec les lois raciales c'est évidemment impossible. Ils ont quand même bien voulu de lui dans l'armée. Voilà, c'est mon secret. En dehors de toi, maintenant, il n'y a que maman et Manfred qui soient au courant. Je n'ai rien dit à papa, il ne comprendrait pas, ni à Horst, il me tuerait. Ils l'ont mis dans une unité d'élite. Ça veut dire qu'il est toujours en première ligne. Je n'ai plus de nouvelles de lui depuis trois mois, mais ça ne veut rien dire. S'il était mort, ils auraient au moins prévenu sa mère. Je crois plutôt qu'il a été fait prisonnier. Quand cette maudite guerre sera finie, nous nous marierons et nous partirons à l'étranger, n'importe où, là où on voudra de nous. Pourvu qu'il revienne, même blessé, même avec un bras en moins, mais qu'il revienne ! »

Le ciel, tout d'un coup, lui a semblé moins bleu, le soleil moins chaud, le jour moins clair. Il s'efforce de sourire. « De toute façon, nous restons cousins. » Et puis, sans qu'il puisse s'en empêcher, sans qu'il ait pu se retenir, il s'entend dire : « Tu sais que je pourrais te dénoncer ? » Elle devient toute blanche et le toise avec un insupportable mépris. Il sait que c'est irréparable, il essaie de se rattraper. « Ce n'est pas ce que je voulais dire. — Mais tu l'as dit. — Je plaisantais. — Je ne crois pas. »

Ils rentrèrent sans échanger une parole. En arrivant, elle dit à sa mère : « Je tombe de fatigue. Je ne dînerai pas. Bonsoir, maman. Bonsoir, Jean. » Il repartit le lendemain sans l'avoir revue. Quand il se leva, sa tante lui dit que Helga était malheureusement déjà partie à son travail.

XIII

« Tu ne peux pas imaginer le souci que je me suis fait, lui dit sa mère. Tu aurais pu m'écrire, quand même, ne serait-ce que quelques mots. — Maman, tu sais bien que je m'étais engagé à ne laisser filtrer aucune indication permettant de me localiser. La consigne est la consigne. De toute manière, vu l'état où sont l'acheminement et la distribution du courrier, je ne suis pas sûr, même si je t'avais écrit, que mes lettres seraient arrivées avant moi. — Tu es là, c'est l'essentiel. »

Discrètement prévenu du retour de son protégé, le Kommandeur lui envoya son chauffeur qui, pour la deuxième fois, le conduisit à la Meilleraie.

« Heureux de vous revoir, mon cher Deleau, lui dit l'officier allemand. Je vous attendais comme le Messie. J'espère que vous avez bien profité de ce petit séjour en famille. J'ai besoin d'un homme en forme. En ce qui me concerne, je n'ai pas perdu mon temps pendant votre absence, puisque j'ai réussi à ébranler notre pachydermique bureaucratie. Il m'a fallu remonter jusqu'au plus haut niveau pour faire admettre à mes supérieurs immédiats qu'il était indispensable et urgent de modifier profondément l'organisation et les méthodes de nos services.

« Notre région et cette ville en particulier ont été longtemps parfaitement sûres. Vous savez aussi bien que moi, hélas, que ce n'est plus le cas. Les actes hostiles de toute nature se multiplient. Pas assez pour nous inquiéter, ce ne sont à tout prendre que des piqûres de moustiques, mais suffisamment pour nous gêner et entamer notre crédit. L'idée se répand que nous sommes incapables de maintenir l'ordre, c'est-à-dire de mettre la main sur les éléments perturbateurs et de protéger nos amis. Or, dans le monde où nous vivons, l'opinion, vous le savez, compte autant que les faits, elle-même est un fait. Les terroristes ne sont qu'une infime minorité, mais la rumeur multiplie leurs effectifs et grossit démesurément la réalité de leurs actions. Il en résulte que les agissements, criminels ou dérisoire, de la soi-disant Résistance, trouvent des complicités, actives et passives, de plus en plus nombreuses, qui doivent autant et même plus à la crainte qu'à la sympathie. Notre dispositif actuel n'est pas adapté à l'évolution de la situation. Nous ne pouvons plus nous contenter d'attendre dans nos bureaux des renseignements que nous sommes trop souvent incapables d'exploiter à temps, ou de réagir après coup par des représailles à des attentats que nous n'avons pas su prévenir. Nous devons reprendre l'initiative et tirer les premiers.

« Pour cela, je veux des agents qui puissent en toute discrétion se promener, observer, écouter, qui soient aptes à distinguer l'ivraie du bon grain, qui sachent s'immerger et se fondre dans la population comme des poissons dans l'eau. Il est temps que ceux qui fabriquent des faux papiers et des fausses cartes d'alimentation, ceux qui nourrissent et qui cachent des réfractaires, des bandits, des espions et des militaires étrangers, vivent dans l'insécurité, il s'agit de repérer, de neutraliser, d'infiltrer les réseaux et les groupes armés en voie de formation ou déjà constitués. Le but est d'assécher le vivier où les terroristes nagent à leur aise, poursuivit-il sans trop prendre garde à la cohérence de ses métaphores. Il faut que la peur change de camp.

« C'est ici que vous intervenez, mon cher Deleau. Je pense depuis longtemps que nous utilisons fort mal nos auxiliaires français, alors qu'ils peuvent être un atout majeur dans notre jeu. Ici, à Neuville, vous êtes de très loin le meilleur élément dont nous disposions, le plus intelligent, le plus instruit, le plus actif et le plus sûr. Vous ne buvez pas, ce qui est rare, et vous ne volez pas, ce qui l'est plus encore. J'ai donc décidé de vous confier le commandement d'une petite équipe qui agira en pleine autonomie, sous mon contrôle. Sauf exception, vous mènerez de bout en bout vos enquêtes, interrogatoires compris, sous réserve de me tenir strictement informé, étant entendu que la décision finale quant au sort des coupables reconnus membres de la Résistance me revient. Vous travaillerez en liaison avec les services de police français, dans la mesure où vous les jugerez dignes de confiance, pour tout ce qui relève du marché noir, des divers types de trafic, bref, du droit commun. Vous aurez le plein appui matériel du SD pour tout ce qui est banditisme et terrorisme. Le déclenchement de toute opération de nature militaire est en principe de notre seul ressort mais dans l'urgence et toutes les fois qu'il sera nécessaire, vous pourrez faire appel à la Feldgendarmerie, à la Wehrmacht et même, s'il le faut, aux SS. En toute hypothèse, je vous couvre. Vous ne rendrez de comptes qu'à moi-même.

« Concrètement, votre zone de compétence et d'intervention correspondra au territoire de notre IVe région d'administration militaire. Elle couvre donc, outre ce département-ci, voyons, je reprends ma liste, la Nièvre, le Cher, le Loir-et-Cher, l'Indre-et-Loire, le Maine-et-Loire, la Sarthe, la Mayenne et la Loire-Inférieure. Au siège de chaque préfecture, vous aurez pour correspondant le responsable local du SD. Afin de vous faciliter les choses et de ne pas placer des fonctionnaires allemands sous l'autorité d'un ressortissant français, j'ai obtenu, non sans mal, votre homologation au statut et au grade d'officier de police allemand avec tous les droits et avantages qui y sont attachés, y compris, dans le futur, retraite, pension, etc. Dans l'immédiat, vous avez droit au port d'arme permanent et vous serez porteur de la carte qui vous habilite, en tant que de besoin, à requérir le concours de la force armée. Vous en userez avec discernement. Dans le cadre de vos nouvelles fonctions, vous aurez des locaux en propre et votre rémunération sera portée, en rapport avec votre niveau de responsabilité, à quatre cents marks, soit huit mille francs par mois.

« Dernier point. Vous n'avez encore revu aucun de vos actuels collègues ? Bien. Si je vous ai demandé une discrétion totale concernant votre voyage en Allemagne, ce n'est pas sans raison. Je vais maintenant vous dire le pourquoi de ce petit mystère. Vous êtes le dernier arrivé et le plus jeune...

— Pardonnez-moi, mais Dupic doit avoir six mois de moins que moi.

— Soit. Disons que vous êtes la dernière et l'une des plus jeunes recrues de nos services. La plupart de vos camarades, qui seront désormais vos subordonnés, sont à la fois plus anciens et plus âgés que vous. Certains auraient même pu se prévaloir d'une compétence professionnelle supérieure à la vôtre. Cela aurait pu entraîner des tensions et des contestations. Or, il importe que votre promotion et votre autorité soient également indiscutées. Durant votre absence, j'ai donc informé très confidentiellement Dupic, qui s'est empressé, comme je l'avais prévu, d'en faire aussitôt part à tous ses camarades, que vous aviez été retenu pour un stage de qualification à l'école de haute police de Berlin, ce que je confirmerai officiellement demain en annonçant votre nomination.

« Voilà. Cette fois, je crois vous avoir tout dit. Ma proposition vous agrée-t-elle ?

— J'essaierai de m'en montrer digne.

— C'est bien. Je n'en attendais pas moins de vous. Maintenant, me ferez-vous le plaisir de partager mon déjeuner, à la fortune du pot, comme vous dites ? Un peu de porto, pour commencer ? Non ? Ah c'est vrai... »

Le repas fut exquis, arrosé d'un haut-brion 1929 et servi par l'impassible majordome du château qui, en veste et gants blancs, servait simultanément, avec zèle et distinction, ses anciens et ses nouveaux maîtres, dans leurs deux salles à manger contiguës.

Tête à tête, Krebs ne chercha pas à embellir le tableau.

« Entre nous, avoua-t-il, la situation n'est pas bonne du tout, ni sur les différents fronts, ni à l'intérieur. Les difficultés, j'espère passagères, que nous rencontrons sur le plan strictement militaire, ne pouvaient rester sans conséquences dans les territoires occupés. Pour toute la France, depuis le début de l'année, nous en sommes à deux cent soixante-cinq morts dont cent quarante soldats allemands, quatre-vingt-dix Français collaborateurs et trente-cinq miliciens. Rien qu'à Neuville, et pour la même période, il y a eu vingt-cinq attentats, qui ont fait dix morts. Le temps n'est plus, Deleau, où un soldat allemand pouvait se promener partout où il lui plaisait, s'asseoir sans crainte à la terrasse d'un café, où le serveur et sa jolie voisine n'avaient pas peur de lui sourire et d'engager la conversation. La mort frappe aujourd'hui à tort et à travers. C'est un combat sans merci qui est engagé et chacun doit choisir son camp. Nous ne pouvons pas nous contenter de frapper fort. Il faut frapper deux fois plus fort que l'ennemi. Seule une violence supérieure peut arrêter la spirale de la violence, et il est essentiel que cette violence soit la seule légitime, celle de la puissance publique, de l'État. Certains mettent en avant des considérations qu'ils disent éternelles, en négligeant la part du circonstanciel dans l'histoire de l'humanité. Quand on te tire dessus, ce n'est plus le moment de relire Kant, l'urgent est de riposter. La guerre déplace le champ des obligations morales. Les vieilles valeurs n'y ont pas plus cours que les louis d'or. Nous sommes, vous et moi, à notre humble niveau, les rouages minuscules et indispensables d'une énorme machine mue par une même volonté et tendue vers un même but. Nous sommes par-delà le bien et le mal. Nous travaillons à échéance de mille ans, et le mal que nous pouvons faire a pour excuse et pour justification le bien plus grand et plus durable qui en résultera. Nos descendants vivront dans un monde en paix. Ou alors, c'est que nous nous serions complètement trompés. »

Il sembla à Deleau que son hôte lui avait déjà tenu, à peu de chose près, le même discours. Le Kommandeur se répétait. Peut-être un travers universitaire. La répétition est inhérente à la pédagogie. Ou bien avait-il besoin de se convaincre lui-même avant de conclure par le rituel : « Que voulez-vous, c'est la guerre ! »

Krebs se tut pendant qu'on servait les fromages, puis revint aux préoccupations du moment :

« Je ne me permettrais pas de critiquer le gouvernement du Reich, moins encore de contester les décisions prises en haut lieu. Là-haut, à Berlin, on a une vue globale de la situation. Ils ont des éléments d'appréciation que nous ne possédons pas et des raisons qui peuvent nous échapper. Je comprends parfaitement que nous soyons dans la nécessité de combler avec une main-d'œuvre qualifiée, européenne et notamment française, les vides creusés dans notre appareil de production par la mobilisation de millions d'Allemands en âge de travailler. Mais au vu du résultat, je ne crois pas que toute cette affaire du STO ait été intelligemment conçue. Non seulement elle n'a pas le rendement attendu, nous sommes très en dessous des contingents fixés, mais elle a multiplié les réfractaires qui, contraints à la clandestinité, doivent se nourrir, se loger, se cacher ou disposer de faux papiers et, dans tous les cas, en entrant dans l'illégalité, y entraînent une partie de la population, à commencer par leurs proches. De véritables réseaux se constituent partout. Les régions de montagne où nous n'avons pratiquement pas de présence militaire offrent des abris tout trouvés et la soi-disant Résistance s'est vue offrir avec cette masse de jeunes gens désœuvrés et sans ressources des possibilités inespérées de recrutement. Votre président Laval et notre Sauckel sont les meilleurs pourvoyeurs du maquis. Je reconnais que c'était difficile à prévoir. Vous, les Français, vous êtes si drôles. Finalement, tout se passe comme si votre vrai problème n'était pas de travailler pour les Allemands mais seulement de partir pour l'Allemagne. »

Au dessert, Krebs aborda le sujet des Juifs :

« A priori, vous n'avez pas à vous en occuper, à moins bien entendu que vous ne tombiez sur un nid. C'est une autre section du SD qui traite ces dossiers en liaison avec le CQJ.

« Vous savez, je ne suis pas particulièrement raciste, et moins encore antisémite. À l'université, avant 1933, j'avais d'excellents collègues, je dirai même des amis juifs. Je vais peut-être vous étonner : je ne considère pas du tout, à la manière de Rosenberg, les Juifs comme une race abâtardie, dégénérée et pour tout dire inférieure. Je les tiens au contraire pour plus intelligents, plus rusés, plus énergiques et plus solidaires que nous autres Aryens. C'est bien pourquoi je les juge dangereux.

« Cognac ? Chartreuse ? Non ? Vraiment ? Comme vous voudrez. Ah, j'allais oublier », et il sortit de son étui, posé sur le piano, un pistolet Luger à la crosse finement travaillée. « Une belle arme. Une bonne arme. Elle peut vous être utile. » C'était une marque de confiance que Deleau apprécia à sa juste valeur. Les Allemands ne mettaient d'ordinaire entre les mains de leurs auxiliaires français que des armes de mauvaise qualité, voire de réforme, qui s'enrayaient facilement.

Le lendemain en fin de matinée, Krebs, en uniforme et flanqué de Deleau, annonça à ses collaborateurs français réunis dans son bureau les nouvelles qui les concernaient et la nomination à laquelle ils s'attendaient :

« Messieurs, leur dit-il, je vous ai convoqués pour vous annoncer une importante réorganisation de nos services et donc de votre travail. Vous allez désormais constituer une équipe pleinement autonome. Vous disposerez de vos propres locaux. Vous serez armés en permanence. Vous serez assimilés à la police allemande, vos rémunérations seront revues en conséquence, et il sera institué un système de primes en fonction des résultats obtenus. J'ai décidé de nommer M. Jean Deleau, ici présent à mes côtés, à la tête du nouveau service ainsi créé. Je ne vous présente pas M. Deleau. Il travaille avec nous depuis plus d'un an maintenant. Il m'a paru avoir les qualités requises pour le poste. Il a également désormais les titres nécessaires. M. Deleau est rentré hier d'un stage qualificatif dans la capitale du Reich à l'issue duquel il a été breveté par l'école de haute police de Berlin. Je suis sûr que sous sa direction vous ferez du très bon travail. M. Deleau prend son commandement à dater de ce jour. Vous lui devrez une totale obéissance. Il sera placé directement sous mes ordres et ne devra de comptes qu'à moi-même. Lui manquer, ce serait me manquer personnellement.

« Et maintenant, messieurs, buvons à vos succès. Bonne chance et bonne chasse. »

Tous levèrent leur coupe en l'honneur du nouveau promu et Deleau leva à la cantonade son verre de Vichy-Saint-Yorre.

Nul ne s'était autorisé la moindre observation mais, après cette sympathique petite réunion, Guastavi se permit de prendre à part son nouveau chef :

« L'école de haute police, hein ? J'aimerais bien voir la couleur de ton brevet. D'un côté, j'en ai rien à foutre, mais j'aime pas qu'on me prenne pour un cave.

— Tu as entendu Krebs, répliqua sèchement Deleau. Mettrais-tu sa parole en doute ?

— Non, évidemment.

— Alors, tu vas me faire le plaisir d'oublier ce que tu viens de dire, et je veux bien l'oublier aussi. À bon entendeur... »

Krebs fit passer les dossiers personnels de ses subordonnés à Deleau, qui en tira la synthèse suivante, reportée sur deux petites fiches cartonnées :

BRUNEAU Joseph, *né en 1909. Droguiste en faillite. Marié, quatre enfants.*

CALVIGNAC Théodore, *né en 1907. Ancien huissier de justice. Condamné à trois ans de prison pour faux en écritures et détournement de fonds.*

CARREYRAS Gérard, *né en 1903. Ancien inspecteur de police. Gérant de la Caisse régionale des œuvres sociales de la police. Révoqué pour malversations.*

DEMIDOV Nicolas, *né en 1896. Officier dans les armées blanches. Responsable des services spéciaux de l'hetman Petlioura. Danseur mondain. Joueur professionnel. Toxicomane.*

DUPIC André, *né en 1921. Garçon de café. Militant du PPF. Marié, un enfant.*

GUASTAVI Ange, *né en 1911. Hôtelier. Proxénète. Élément peu sûr.*

LAPRAYE Marcel, *né en 1902. Ancien officier de marine. Démissionnaire à la suite d'une affaire de mœurs. Personnellement protégé par l'amiral von Gerow.*

POINCHEVAL René, *né en 1918. Garçon boucher aux abattoirs de Neuville.*

SCHNERB Gustave, *né en 1914. Ancien boxeur. Champion de France des mi-lourds 1937.*

Des déclassés, des voyous, des escrocs, des gangsters, des brutes analphabètes. Ah, la belle équipe ! Il fallait bien faire avec.

XIV

L'immeuble qu'avait réquisitionné Krebs pour y loger l'antenne française du SD de Neuville, situé au 6 de la tranquille rue des Prouvaires, abritait jusqu'alors une compagnie d'assurances. Deleau s'attribua l'ancien bureau directorial et ses subordonnés se répartirent comme ils l'entendaient entre les autres pièces du premier et unique étage. La porte d'entrée, blindée, et les barreaux aux fenêtres du rez-de-chaussée mettaient à l'abri aussi bien d'un coup de main que d'un lancer de grenade. Un tour de garde fut cependant instauré par précaution. Quant à un assaut en règle, le risque en paraissait exclu vu l'immédiate proximité de l'ancien quartier d'artillerie où étaient casernés plus d'un millier de soldats allemands. De fait, aucun incident de ce genre ne se produisit jusqu'au dernier jour de l'Occupation à Neuville. Des grilles qui montaient du sol au plafond, comme on en voit dans les films américains et dans certains vieux commissariats de police, furent posées, et quatre cellules sommairement aménagées au rez-de-chaussée. Une fois vidées de leurs archives, les caves voûtées de la Mutuelle d'assurances du Centre, qui dataient du XIVe siècle, se prêtèrent parfaitement à l'usage qu'on voulait en faire. Elles n'avaient aucune ouverture sur l'extérieur. On n'y fut jamais obligé, comme dans l'ancienne chapelle de la Maladrerie, de jouer de l'orgue à pleins tuyaux ou de recourir à toute autre source de diversion sonore pour couvrir les hurlements des suppliciés.

Puisque l'ennemi était partout, il fallait aussi être partout. Labourer inlassablement le terrain. Tout voir sans être remarqué. Tout entendre sans se faire repérer. Débusquer l'adversaire et l'amener si possible à se démasquer. Reprendre le contrôle de la situation, et d'abord à Neuville.

Poincheval et Schnerb étaient de toute évidence inaptes à ce travail de police. Les deux hommes portaient leur identité et pour ainsi dire leur spécialité sur le visage. Ils avaient l'air de ce qu'ils étaient : deux brutes aux oreilles en chou-fleur. Pas montrables. Aussi bien furent-ils pratiquement assignés à résidence au « château », comme on prit très vite l'habitude d'appeler le « 6 », par référence à la prétentieuse tourelle d'angle, flatteuse et discrète enveloppe des lieux d'aisance, qu'avait voulue le constructeur et premier propriétaire de la maison, aux environs des belles années 1890. Assis toute la journée derrière l'ancien comptoir d'accueil de la compagnie d'assurances, leurs revolvers et un liquide rempli de quelque boisson réconfortante toujours à portée de la main, ils menaient l'existence monotone et confinée des gardiens de prison et, dans les longs intervalles de temps où on ne leur demandait pas de se servir de leurs poings, tapaient le carton avec conviction.

L'incontrôlable accent étranger de Demidov limitait ses possibilités d'intervention. Bruneau se récusa formellement. Il prétendit n'être pas doué pour l'espionnage, puis finit par avouer qu'il ne se ressentait pas, eu égard à ses charges de famille, de prendre des risques. Ce petit homme grisâtre et geignard ne se cachait pas d'être totalement apolitique et de n'être entré dans le service que pour « faire croûter », comme il disait, sa femme « tubarde » et ses quatre mômes en bas âge. Par chance, il se révéla en revanche un prodigieux comédien et triompha dans le rôle classique du « mouton » où, plus vrai que nature en pauvre type victime innocente d'une erreur policière, comme en résistant qui craint la torture mais qui serre les dents, il savait s'attirer la commisération ou l'estime et finalement les confidences de ses codétenus d'une journée ou d'une nuit.

Calvignac, Carreyras et Lapraye faisaient les gares, les cinémas, les cafés. Ils excellaient à se fondre dans le paysage, à se mêler à la foule, à sonder les gens, mine de rien, sur les restrictions, les bombardements, les attentats, à écouter, à exciter, à provoquer les doléances, les racontars et les indiscrétions. Dupic, au bénéfice de son jeune âge, faisait avec profit la sortie des lycées et des facultés. Lapraye, après qu'il eut été deux fois appréhendé et emmené au commissariat pour attitude suspecte puis pour incitation de mineur à la débauche, et qu'il ne se fut tiré d'affaire qu'en exhibant sa carte jaune de la police allemande, fut fermement invité à plus de retenue. Guastavi s'était spécialisé dans la surveillance des hôtels, des garnis, des maisons de tolérance, des cercles de jeu, de l'hippodrome. Comment s'y prenait-il ? Il savait comme personne tirer les vers du nez aux femmes de chambre, aux concierges, aux gardiens de nuit, aux loufiats, aux croupiers et aux voyous.

Deleau, parfois, les enviait. Il aurait bien aimé, lui aussi, faire ses preuves sur le terrain, à Neuville. Mais il fallait être réaliste : il était trop connu sur la place. Brûlé. Grillé. Au reste, Krebs lui rappela qu'il n'avait plus à perdre son temps dans des tâches subalternes, que ses responsabilités se situaient désormais à un autre niveau, qu'il avait assez à faire avec la supervision des interrogatoires, le suivi des enquêtes, la préparation et la réalisation des opérations de police, tant en solo avec sa petite équipe qu'en collaboration avec les divers services, officiels ou parallèles, français ou allemands. « Lancez-vous, mon cher. Mettez-vous bien dans le crâne que votre compétence s'étend à toute la région. Que vous avez carte blanche. Et que je vous attends aux résultats. »

Pour ce qui était de ses chenapans, contrairement à ce qu'il avait craint, Deleau avait vu son autorité immédiatement reconnue. Puisqu'il était le chef. Puisqu'il était au-dessus d'eux, sur les degrés de la pyramide dont ils étaient la base, comme Krebs était au-dessus de lui, Oberg et Knochen au-dessus de Krebs, puis Kaltenbrunner, Himmler, le gouvernement du Reich, le Führer. Ils lui obéissaient au doigt et à l'œil. Au moins en apparence. Car, au fil des semaines, Jean Deleau s'aperçut que commander, c'est aussi apprendre à composer.

Du petit discours inaugural qu'il tint à leur adresser, ils n'avaient bien sûr retenu que ce qui les arrangeait. Il leur avait dit par exemple qu'il les sommait d'être sans peur et sans pitié. Le deuxième terme allait de soi. Quant au premier, ils lui firent assez vite entendre qu'ils n'étaient pas des soldats payés pour se faire trouer la peau et qu'il n'y avait rien de déshonorant à faire appel aux militaires dès lors qu'on se heurtait à une résistance armée.

Il avait surpris le regard ironique de Carreyras et la grimace sceptique de Demidov, dans le genre « cause toujours tu m'intéresses », lorsqu'il avait déclaré qu'il ne transigerait pas sur la probité et que le premier qu'il prendrait à piller aurait affaire à lui. Comment interdire à ses hommes ce que les Allemands qui leur prêtaient main-forte s'autorisaient, devant eux, sans vergogne et sans limites ? Y avait-il deux poids et deux mesures ? Avec tous les risques qu'ils prenaient, n'avaient-ils pas droit à quelques compensations ? Le partage du butin n'avait-il pas de tout temps été associé à la guerre ? Ne valait-il pas mieux, tant qu'à faire, que tout ça reste entre Français ? « Quand j'étais petit, ma mère me disait toujours en me faisant manger ma soupe : "C'est autant que les Prussiens n'auront pas" », avait osé Dupic. La consigne s'était effritée au fil des semaines. Toute perquisition suivie d'arrestation comporta bientôt une troisième mi-temps de défoulement : main basse sur les économies, les bijoux, les vêtements, les alcools... Deleau lui-même s'abstenait, ou à peu près. Il n'était pas pour rien fils d'un caissier à la Banque de France. Il tint même, en deux occasions, à faire restituer solennellement à deux suspects reconnus innocents ce qui leur avait été dérobé. Geste symbolique, accompagné d'un peu de pédagogie, ou de propagande : « Nous ne sommes pas des voleurs, comme ceux du maquis. »

Ce fut au tour de Poincheval d'écarquiller ses gros yeux lorsqu'il entendit son nouveau chef énoncer ce qu'on pourrait appeler son deuxième commandement : « On ne touche pas aux femmes. » Il y avait là de quoi dérouter l'ancien garçon boucher qui ne transportait dans la vie qu'un très léger bagage culturel, mais où figurait en tout premier le fameux adage censé à l'époque résumer toute la sagesse arabe : « Bats ta femme quand tu rentres chez toi : si tu ne sais pas pourquoi, elle le saura toujours. » Vivant seul, il n'avait d'ailleurs pas tellement l'occasion de le mettre en pratique. Après s'être gratté la tête, il ne put s'empêcher de faire part de sa perplexité, de cette petite voix fluette qui contrastait si étrangement avec sa morphologie : « Comment on va faire alors, chef ? On croirait que vous les connaissez pas. Les femmes, c'est une engeance. Elles sont... elles sont pires que les hommes. » Il répéta fermement : « On ne touche pas aux femmes. C'est comme ça. J'ai dit... » L'occasion lui fut bientôt donnée de préciser sa doctrine à ce sujet.

Alors qu'il avait commencé en compagnie de Demidov à cuisiner un dentiste de Segré dont toute la famille avait été mise sous bonne garde, il entendit des bruits suspects à l'étage. Il gravit l'escalier quatre à quatre, ouvrit la porte d'une chambre : le sournois

Calvignac, pantalon baissé sur les chevilles, s'apprêtait à forcer la jeune fille de la maison que le gros Carreyras, dans la même tenue, maintenait fermement sur un lit. Une colère blanche prit Deleau, il dégaina son Luger : « Je ne veux pas de ça chez moi. Vous êtes pires que des animaux. Je ne sais pas ce qui me retient de vous descendre tous les deux. » Quelques heures plus tard, la même jeune fille sauvée du déshonneur, nue, entravée, était allongée sur une table, les jambes écartées, une pince électrique sur la langue, deux sur les seins, et Deleau, penché sur elle, lui disait froidement : « Tu vas parler, salope ! » C'est qu'entre-temps le dentiste avait reconnu appartenir à une filière de passage vers l'Espagne. Calvignac, Carreyras et les autres ne savaient plus très bien où ils en étaient. Le soir au « château », à tête reposée, il essaya de mettre les choses au point. « Quand vous avez une femme en face de vous, leur expliqua-t-il, pensez toujours qu'elle pourrait être votre mère, votre sœur, votre épouse, et qu'elle a droit au même respect, à la même considération. Vous ne supporteriez pas, vous n'imagineriez même pas qu'on s'en prenne sous vos yeux à votre maman ou à votre femme. Il y a des choses qui ne se font pas. Mais quand une femme se mêle de terrorisme, de "résistance", quand elle prétend combattre comme un homme, elle ne doit pas être traitée avec plus de ménagements qu'un homme. Vous êtes en droit d'user envers elle des mêmes moyens de persuasion et de contrainte qu'avec un homme, mais sans jamais la blesser dans sa dignité de femme. »

S'ils trouvèrent le *distinguo* spécieux et l'argumentation bien jésuitique, ils gardèrent leurs réflexions pour eux. Ce qui était clair, c'est qu'ils avaient toute licence de frapper et de soumettre les femmes à la question, mais qu'il n'était pas question de rigoler, même un peu.

Jour après jour, les expéditions montées par les soins conjugués de Krebs et de Deleau menaient les petits commandos du SD plus loin de leur base, là où ils n'étaient ni connus ni attendus, là où les multiples organisations de la Résistance avaient mis à profit la carence des divers services de police français et l'absence de troupes allemandes pour tisser silencieusement leur toile et étendre leur influence. De retour à Neuville, recrus de fatigue et saturés de violence, les hommes, après avoir déposé leur cargaison de prisonniers au « château », avaient du mal à se séparer. Ils avaient besoin de revivre la journée écoulée, d'en retracer les épisodes saillants, de magnifier les dangers courus, de récapituler leur tableau de chasse, de dépenser leur trop-plein d'excitation, de se changer les idées, de dépenser l'argent qui leur brûlait les doigts, de noyer dans l'alcool et le plaisir leurs doutes, leurs craintes et leurs souvenirs. Ce fut bientôt un rite pour toute la bande de terminer la soirée au *Clair de lune*, la maison la plus cotée de la rue Neuve-des-Remparts. C'était bien le seul endroit à Neuville où ils fussent assurés de trouver à toute heure le gîte, le couvert et un accueil chaleureux. Même Bruneau, qui vouait à sa femme un amour exclusif, même Lapraye, soucieux de prouver sa normalité, étaient de la partie. Krebs lui-même ne dédaignait pas d'y faire escale. Le seul Deleau s'y refusait catégoriquement, ignorant les commentaires auxquels donnait lieu cette abstention.

Le Kommandeur en personne dut user amicalement de son autorité pour le faire changer d'attitude. « Vous vous coupez de votre équipe, lui dit-il. Ils se demandent de quel bois vous êtes fait, si vous avez prononcé des vœux monastiques ou si vous avez une raison, bonne ou mauvaise, qui leur échappe. En tout cas, ils ont l'impression que vous les méprisez. Faites un effort, ne serait-ce que de temps en temps. Après tout, ce n'est pas si déplaisant. »

Jean Deleau franchit donc le seuil du *Clair de lune*, comme il serait allé se faire pendre, mais résigné et décidé à faire bonne figure.

Il jeta son dévolu sur la fille qui lui parut la plus jeune et la plus fraîche et monta aussitôt avec elle. C'était une petite brune piquante qui avait plus l'air d'une étudiante que d'une prostituée. La porte de la chambre refermée sur eux, elle se collait contre lui et commençait à lui desserrer sa cravate. « Ne me touche pas », ordonna-t-il. Il l'écarta doucement, la fit asseoir sur un des deux fauteuils et prit l'autre.

« Depuis quand es-tu en maison ?

— Avril 1942.

Elle n'avait donc pas pu connaître son père.

« Et comment t'appelles-tu ?

— Yvonne. »

Elle vit qu'il fronçait les sourcils et se hâta d'ajouter :

« Mais ici, on m'appelle Greta.

— Et combien demandes-tu ?

— Tu veux dire pour le grand jeu ?

— C'est ça.

— Deux cents francs, plus mon petit cadeau. Mais je peux te faire un prix.

— En voici mille. » Les yeux de la fille s'allumèrent. « Mais j'ai mes conditions. Nous allons rester ensemble une heure et demie sans rien faire, puis nous redescendrons comme si de rien n'était. Si tu ne dis rien à personne, tu auras tes mille francs chaque fois que je viendrai. Un seul bavardage, un seul mot, à qui que ce soit, à commencer par tes copines, et non seulement je fais fermer la boîte mais je m'occupe personnellement de ton cas et je te fais foutre en taule comme vénérienne. Compris ? »

Quand ils redescendirent, toute l'équipe lui fit une ovation. Par la suite, toutes les fois qu'il revint, il demandait Greta. On pensait qu'il avait le béguin. Elle lui racontait sa vie. Ils tuaient le temps en jouant aux dames. Finalement, elle le distrayait. En sa compagnie, il oubliait les aspects un peu sales, ou disons ingrats, du métier. Et puis, elle avait le bon goût de perdre à tous les coups.

En fait, il n'est pas fou de la torture, même s'il la pratique sans états d'âme. Qu'on lui indique un meilleur moyen d'arriver aux mêmes fins, il est preneur. Mais honnêtement, il a beau chercher, il ne voit pas comment se passer d'une technique qui a fait depuis la nuit des temps ses preuves et continue de les faire chaque jour.

Tout ce qu'il veut, ce sont des résultats. Ce n'est pas par plaisir et pour le plaisir qu'il est amené à faire souffrir. Rien à voir avec Poincheval et Schnerb, ces deux abrutis qui n'y voient pas plus loin que le bout de leurs poings, de leur matraque et de leur nez, ni avec Demidov dont les inventions et les raffinements sadiques l'étonnent et lui feraient presque peur.

Il regarde d'un œil inquiet et désapprobateur Poincheval qui bourre de coups de poing puis bientôt de coups de pied au ventre, au visage, partout, comme il taperait dans un punching-ball, un homme recroquevillé sur le carrelage et qui ne sait plus que gémir chaque fois que le colosse shoote. À quoi riment d'ailleurs ces sévices qui ne laissent même pas de place aux questions ? Ce n'est pas du travail. « Ah la vache, s'énerve la brute, il va m'avoir à la fatigue ! — Arrête, imbécile, tu seras bien avancé quand il t'aura claqué entre les doigts. » Il se penche sur le supplicié, qui respire bruyamment, dont le souffle tourne au râle, et qui ne réagit même plus quand le géant lui balance à la tête un plein seau d'eau. « Maintenant ça suffit. Et gare à toi si tu nous en as bousillé encore un. On ne peut vraiment pas te laisser tout seul. » Penaud, Poincheval baisse la tête. « Tu sais bien que quand j'ai commencé, je ne peux plus m'arrêter. — Tu devrais comprendre que tu n'es plus aux abattoirs, ou alors tu pourrais bien y retourner. »

Ce n'est pas avec Demidov que de tels incidents pourraient se produire. Comme il s'étonnait un jour de le voir les mains nues, le Russe a souri : « Vous me faites rire avec vos cravaches, vos schlagues, vos nerfs de bœuf, vos gourdins. Pourquoi s'encombrer de matériel ? On trouve tout ce qu'il faut dans un hangar de ferme, dans l'atelier d'un bricoleur, dans un appartement, dans la moindre cuisine. Tu n'imagines pas ce qu'on peut faire avec les objets les plus ordinaires, les plus quotidiens : un tisonnier porté au rouge, un fer à repasser bien chaud, une casserole d'eau bouillante, une bouteille, un manche à balai, un rasoir, des tenailles, une paire de ciseaux, un simple tournevis... »

Comme un pianiste les touches de son instrument, Demidov connaît les points vulnérables du corps humain et il en joue en virtuose. Sans mépriser ou sous-estimer les aspects physiques de la question, Deleau mise davantage sur les ressorts psychologiques. C'est dans ce domaine qu'il vise à passer maître. Peut-être à son insu un reste de compassion, un soupçon d'humanité enfouis au fond de lui-même entrent-ils dans le pur pragmatisme qu'il affiche. Pourquoi, dit-il, se fatiguer et s'obstiner à travailler quelqu'un au corps s'il est possible d'arriver au résultat voulu en trouvant le défaut de l'armure morale ou mentale, en spéculant sur la peur, la crédulité, le doute, et la gamme infinie des sentiments humains ?

Lorsqu'il lui semble que le fruit est mûr, il congédie d'un geste théâtral ses comparses, non sans s'être assuré que son prisonnier n'est pas en état de lui nuire. Tête à tête, il se fait persuasif : « Voilà, nous sommes seuls, toi et moi. À quoi bon continuer à jouer les héros ? Nul ne le saura jamais, nul ne t'en saura gré. Tu as été exceptionnellement courageux mais tu en as assez fait maintenant. Tous tes camarades ont parlé. Tous. Ça n'a d'ailleurs rien de déshonorant. Si tu te décides à parler, je te donne ma parole que ça restera entre nous. Personne n'en saura rien, et tu seras envoyé dans un lieu où tu seras considéré comme prisonnier de guerre et parfaitement bien traité. À toi de choisir. Tu veux vraiment remettre ça ? Si je les fais revenir, ils vont t'arracher les ongles, les dents, les yeux, ils feront de toi une loque humaine. Tu les supplieras de t'achever. Tu ne sais pas de quoi ils sont capables. Ce sont de véritables bêtes féroces. Réfléchis bien, dans cinq minutes je ne pourrai plus rien pour toi. »

Variante plus audacieuse, et qui suppose de véritables dons d'acteur. Baisser la voix sitôt la porte de la cave refermée derrière ses acolytes, se pencher sur le détenu : « Il n'y a pas un moment à perdre. Je suis le lieutenant Souvestre du réseau Honneur et Patrie, Saint-Just dans la Résistance, matricule X341. Fais-moi confiance, tu peux tout me dire. Je transmettrai à Londres. »

Il inscrit en tête de son palmarès le stratagème qu'il a essayé avec succès lors d'une descente de l'équipe chez un maître d'école de Cosne-sur-Loire. L'homme, coriace, tenait tête sans faiblesse face aux questions. À vrai dire on n'avait contre lui qu'une dénonciation véhémente et même outrancière, mais que rien n'étayait. Or, Deleau avait remarqué le fils de l'instituteur, un garçon d'une dizaine d'années au regard intelligent et sensible. Il lui vint l'idée d'interroger l'enfant seul à seul.

Le garçonnet lui répondit sans crainte et sans embarras. Il s'appelait Denis, il travaillait « très bien » à l'école, il suivait le catéchisme. « Eh bien mon petit Denis, lui dit Deleau en extrayant de son imperméable un gros sachet de bonbons tout crissant dans son emballage de papier cristal orangé, moi aussi j'ai fait le catéchisme quand j'avais ton âge, je suppose que ça n'a pas beaucoup changé et que M. le curé t'a bien dit que c'était un gros péché de mentir ? — Oh oui ! — Bien. Denis, si tu me dis la vérité, non seulement je te donnerai ces bonbons, mais tu rendras un grand service à ton papa et ta maman. Tu aimes bien ton papa, je suppose ? J'en étais sûr. Tu ne voudrais pas qu'il lui arrive du mal ? » Le gosse, très concentré, cherchait le piège. Il fit signe que non. « Bien. Tu as vu les messieurs qui sont venus avec moi tout à l'heure ? Ils n'ont pas l'air commode, n'est-ce pas ? Eh bien ils sont capables de faire beaucoup de mal à ton père s'ils ont l'impression qu'on leur ment ou qu'on leur cache des choses. Il n'y a que toi qui puisses empêcher cela. Dis-moi la vérité, et je te jure qu'on ne touchera pas à un cheveu de ton père. Compris ? » Le gamin fit signe que oui. « Alors, réponds-moi bien franchement. Est-ce qu'il n'est pas venu ici ces derniers temps des gens que tu ne connaissais pas et qui rendaient visite à ton père la nuit ? »

« Bon, c'était un peu salaud, reconnaît Deleau, mais ça a marché, c'est l'essentiel. » Il n'ajoute pas qu'il n'est pas près d'oublier le regard de désespoir que lui a jeté l'enfant lorsque son père lui a dit tristement adieu avant de disparaître encadré de deux malabars, qu'il a compris qu'il ne le reverrait plus, et que c'était sa faute.

Deleau n'en pense par moins que lorsqu'on peut éviter les cris, le sang, les pertes de temps et tout le reste, il serait stupide de s'en priver. Les solutions élégantes, comme il dit, valent mieux que les méthodes violentes. À l'atroce et monotone routine de la torture dans l'atmosphère méphitique du « château », il préfère les déplacements sur le terrain, le parfum grisant d'aventure et d'imprévu de ses sorties. Les opérations de repérage, en particulier, c'est la reconnaissance avant la chasse. Demidov ou Dupic, qui savent conduire, le déposent discrètement à proximité de l'objectif. C'est comme s'il était parachuté en territoire hostile, chez les sauvages ou les Indiens de ses lectures d'enfance. En fonction de la cible et au gré de son inspiration, il sera un voyageur de commerce, un agent d'assurances, un étudiant réfractaire, un résistant recherché par la police. Suivant le cas, il procède seul ou, de plus en plus souvent, avec le petit Pirotte, qui a l'art d'inspirer confiance.

En octobre, l'équipe s'est enrichie de ce nouvel et précieux élément. Étudiant en première année de droit, de bonne famille, Pirotte s'était laissé embringuer avec d'autres camarades dans un groupe constitué autour de son professeur de droit romain. Son nom figurait dans une liste trouvée sur un autre étudiant avec la mention « sympathisant », suivie d'un point d'interrogation. Il n'y a pas eu besoin de le menacer, moins encore de le frapper. Quand il a vu le comité d'accueil que formaient Poincheval, Schnerb et Demidov, il s'est allongé tout de suite, il a donné son chef de réseau et il a désigné trois étudiants à la sortie des cours. Finalement, il n'avait rien contre le Maréchal ni même contre les Allemands. Il ne comprenait même plus pourquoi il avait souhaité entrer dans la Résistance. Depuis, il est devenu le plus insoupçonnable et le plus sûr des agents. Il sait qu'il a été condamné à mort par les siens, sans retour ni pardon possible. Il n'a pas vingt ans, il est encore imberbe, on lui donnerait le bon Dieu sans confession. Il fait des ravages.

Jean Deleau aime bien le petit Pirotte. D'abord parce qu'il dispose avec celui-ci d'un interlocuteur de son milieu, de son niveau, et à peu près son contemporain. Mais aussi parce que Pirotte, de trois ans son cadet, s'est pris pour lui d'une admiration sans bornes et qu'il peut lui faire gober absolument n'importe quoi, qu'il croit dur comme fer. Il lui conte, sous le sceau du secret, ses exploits pendant la guerre d'Espagne, du côté nationaliste, évidemment, et la part, héroïque et peut-être déterminante, qu'il a prise à la défense de l'Alcazar de Tolède. Il entre avec lui dans le détail de son fameux stage à l'école de haute police de Berlin. Il lui confie, dans la foulée de sa participation à la Cagoule, son affiliation à la Main bleue, la garde rapprochée de Bucard. Amplifiées par Pirotte et déformées par le bouche-à-oreille, ces inventions seront un moment tenues pour fondées lors de l'instruction de son procès et scrupuleusement reprises par la presse avant de se dégonfler comme les baudruches qu'elles sont.

Deleau, donc, aime bien se faire admirer et accompagner de Pirotte.

Il aime, flanqué de ce disciple de prédilection, déjeuner à midi avec ceux qu'il reviendra arrêter le soir, être hébergé la veille par ceux qu'il démasquera le lendemain. Il aime surprendre les gens au moment où ils vont passer à table ou les tirer du lit avant que le jour se lève. Cueillis à froid et aussitôt mis sur le gril, c'est là qu'ils sont le plus vulnérables. Il aime s'approprier un repas qui n'a pas été préparé pour lui. Il aime se faire préparer à manger et servir, lui et les siens, par ceux mêmes qu'il s'apprête à cuisiner. C'est affirmer très clairement qu'ils ne sont plus chez eux dès lors qu'il y est. Il aime frapper comme la foudre au milieu d'une soirée en famille ou, mieux, d'une réunion clandestine : « Police allemande ! Les mains en l'air et que personne ne bouge ! Vous avez été dénoncés ! »

Il n'aime rien tant que traiter de haut et rabaisser les notables, châtelains, médecins, avocats, professeurs, hauts fonctionnaires. Il ira jusqu'à inscrire un préfet – hors cadre – à son tableau de chasse. Il adore les voir trembler comme des enfants devant un petit jeune homme de rien du tout. Il a une dent contre les gendarmes dont la mollesse croissante dans la répression des menées antinationales confine à la complicité. Que les gardiens assermentés de l'ordre public trahissent le gouvernement qui les paie dépasse son entendement. « Vous déshonorez l'uniforme », dit-il en lui arrachant ses galons et en lui confisquant son arme à un commandant de gendarmerie, de vingt-cinq ans son aîné, accusé d'avoir informé le maquis du mont Beuvray de l'imminence d'une opération de police.

Il aime avoir le dernier mot. À tel qui lui fait reproche d'être à la solde des Allemands, il réplique que les communistes sont vendus à Moscou, les gaullistes subventionnés par Londres, les soi-disant Forces françaises libres équipées par les Américains et qu'il ne voit pas ce qu'il y a de glorieux à être payé en dollars et ce qu'il y aurait de honteux à être payé en marks. Ça le fait franchement rire quand certains s'indignent d'être maltraités : « Il fallait y penser avant. Tu ne savais pas que les conventions de Genève ne s'appliquent pas aux francs-tireurs ? » À une femme qui, arrêtée par ses soins, s'inquiète de ce que deviendra sa vieille mère, il réplique gravement : « Et vous, Madame, avez-vous pensé à toutes ces mères allemandes dont les fils sont tombés à Stalingrad ? » Mais il sait faire preuve, aussi, d'humanité, par exemple envers les animaux : à une femme, encore, qui se lamente de devoir laisser son chien derrière elle sans personne pour s'en occuper, il promet de régler la question. Et le meilleur est qu'il tient parole.

Ce qu'il n'aime pas du tout, c'est qu'on lui manque de respect. L'insolent qui s'autorise à le tutoyer sous prétexte qu'il a été lui-même tutoyé a automatiquement droit à son aller-retour. Il est maintenant parfaitement rodé à taper sur plus fort et plus âgé que lui. Le mensonge – le mensonge stupide dans lequel on s'obstine – le met hors de lui. Il ne supporte pas qu'on le prenne pour un con. Quand ses hommes découvrent entre matelas et sommier un parachute soigneusement plié, quand ils trouvent dans le grenier à foin des armes et des munitions dissimulées sous la paille, quand ils tombent sur quatre convives installés devant une table dressée pour dix et que personne n'a entendu parler du moindre parachutage, d'hommes ou d'armes, ou n'est capable de dire qui venait dîner ce soir, il entre dans des rages folles et les coups partent sur place avant même tout interrogatoire en forme.

Il faut dire qu'il est submergé de travail et que, s'ajoutant au surmenage, les conditions dans lesquelles il exerce ont de quoi alimenter sa nervosité. Aurait-il eu le goût d'une vie sociale, il aurait dû y renoncer. Il ne se déplace plus dans Neuville que sous escorte et partout où il passe, partout où il entre, sa vue et celle de ses amis suscitent un silence de mort. Lorsque la voiture du service vient le chercher le matin et le raccompagne le soir, il ne s'y engouffre ou ne s'en extirpe pas avant que deux hommes ne se soient postés de part et d'autre du véhicule, braquant leurs pistolets-mitrailleurs dans la direction d'un ennemi invisible et supposé omniprésent. Lui-même garde la main crispée dans la poche de son imperméable sur la crosse familière de son Luger. À croire que c'est lui le hors-la-loi.

À l'automne 1943, les diverses succursales neuvilloises du SD – les gens disent improprement « la Gestapo de Neuville » – tournent à plein régime. On parlerait aujourd'hui de flux tendu. Alimentée par le flot énorme et toujours renouvelé des lettres et des coups de téléphone de délation, des enquêtes et des aveux extorqués, des imprudences, enfin, de la Résistance, l'usine de la terreur, comme le labyrinthe d'un moderne Minotaure ou l'antre du Cyclope, réclame, absorbe et recrache chaque jour, dans quel état, son contingent de chair fraîche. À la même époque, Paris a l'avenue Foch, la rue Lauriston, la rue de la Pompe, l'avenue Henri-Martin, la rue des Saussaies. Il est à Neuville trois lieux dont on ne prononce plus le nom qu'en baissant la voix, et qu'entoure un halo d'épouvante : la Maladrerie, la vétuste maison d'arrêt, la rue de la Préfecture, siège du SD allemand et la rue des Prouvaires, siège de l'antenne française du SD. Les rares piétons qui empruntent cette dernière voie, naguère paisible, hâtent le pas et souvent même changent de trottoir plutôt que de passer devant le numéro 6. Ceux qui le peuvent font carrément le détour pour éviter l'endroit.

Plusieurs fois par jour, les riverains assistent à la sinistre noria des tractions avant aux jantes peintes en rouge ou en jaune, qui sortent du garage comme des rapaces quittent leur aire et rentrent quelques heures plus tard avec leurs proies. À bord, des hommes qui, avec leurs canadiennes, leurs manteaux et leurs blousons de cuir, leurs bottes et leurs culottes de cheval, cherchent à se donner une allure paramilitaire, mais que leurs chapeaux aux larges bords rabattus et leur dégaine apparentent plutôt aux flics et aux gangsters popularisés par le cinéma américain. Celui qui semble les commander est tête nue, sagement peigné, la raie au milieu. Il porte toujours, avec une certaine affectation, des guêtres blanches. « Attention, disent les gens à mi-voix, c'est le pire de la bande. »

Au début de 1944, la réputation de Deleau et le bruit de ses exploits auront débordé la ville et franchi les limites du département pour s'étendre au Bourbonnais, à la Touraine, à l'Anjou et jusqu'au Poitou. La rumeur en rajoute même sur la réalité.

C'est une réputation singulière et douteuse. D'abord en ce qu'elle est faite de peur, de boue et de sang. Mais aussi parce qu'elle demeure anonyme. Comme les résistants et pour les mêmes raisons de sécurité, les hommes du SD se sont choisi des pseudonymes et des sobriquets par lesquels ils prennent soin de se désigner devant les tiers. Ainsi Deleau lui-même est-il « Der Chef », « Weiss » ou « Franchard », Demidov « le Terrible », « Potemkine » ou « Raspoutine », Schnerb

« Dempsey » ou « Carpentier », Poincheval « King Kong » et « Barbe bleue », Pirotte « l'Avocat » et « le Bavard ». « Nous aussi nous sommes des clandestins », dit Deleau avec un ricanement amer. Il n'ignore pas que la Résistance locale n'a pas tardé à le repérer, à l'identifier et à le « loger ». Mais pour les bonnes gens il n'est connu que comme « l'homme aux guêtres blanches » ou « l'homme au monocle ».

Il a emprunté l'idée de cet accessoire emblématique de la caste militaire prussienne et du beau monde, qu'il juge donc à la fois parfaitement approprié et follement aristocratique, au von Stroheim de *La Grande Illusion* et aux illustrations de la série des *Arsène Lupin* en édition populaire. Les prisonniers qu'on lui amène en fin de journée dans son bureau directorial, hagards, apeurés, poignets enflés par les menottes, visage tuméfié, déjà *traités* ou mis en condition, le découvrent assis dans son fauteuil tournant, jambes croisées, buste penché en arrière, tour à tour caressant ou fouettant du bout de sa cravache le bord de son bureau ou les fameuses guêtres blanches, morceau de verre, donc, vissé à l'œil, soignant ses effets. Il envisage longuement le prisonnier ou la prisonnière, puis annonce d'une voix blasée la décision : « Maladrerie. » C'est le transfert du détenu et de son dossier aux autorités allemandes avant jugement, condamnation, déportation, exécution en tant que résistant ou otage. Au moins estce en principe la fin des séances d'interrogatoire. Deuxième hypothèse, redoutée : « On le redescend, je m'en occuperai moi-même. » Troisième cas de figure, le plus rare : « Sortie immédiate. »

« Tout le monde est contre nous, dit-il. Les gens nous détestent. C'est notre orgueil. Nous faisons la besogne dont personne ne veut. Nous sommes aussi indispensables que les éboueurs. Si les gens se pincent le nez et trouvent que nous sentons mauvais, qu'ils se débarrassent eux-mêmes de leurs ordures. »

À vingt-trois ans à peine, il dirige un service de police. Il est le bras droit d'un officier de haut rang. Des milliers, peut-être des dizaines de milliers de personnes tremblent devant lui ou à sa seule évocation. Il vit en permanence dans un mélange de peur et d'exaltation qui l'excite. Il s'enivre de sa toute-puissance.

XV

Carnet de bord de Jean Deleau 10 juin 1943 – 6 juin 1944 (extraits)

Ce petit carnet à spirale fut saisi lors de l'arrestation de Jean Deleau avec tous les documents accumulés par celui-ci – des dizaines de milliers de pages – durant ses vingt années de claustration. Deleau y a consigné en abrégé et en clair à une date inconnue, mais semble-t-il postérieurement aux faits, soit pour préparer sa défense soit, plus vraisemblablement, dans le seul but de se remémorer les événements qui lui paraissaient les plus marquants, un relevé succinct de ses principales activités d'agent du SD en 1943 et 1944. Quoi qu'il en soit, ce carnet figurait dans l'inventaire des pièces communiquées au premier juge d'instruction désigné par le Parquet de Lille. Il semble qu'il se soit égaré soit lorsque le dossier fut transmis au Tribunal permanent des forces armées de Rennes soit lorsque celui-ci fut dessaisi à son tour au profit de la Cour de sûreté de l'État, juridiction d'exception créée par le général de Gaulle, mécontent des verdicts rendus par le Haut tribunal militaire à l'encontre des chefs de l'OAS.

Il ne fut en tout cas fait mention ni lors de l'instruction ni lors du procès de cette pièce qui aurait réduit à néant le système de dénégation, au demeurant inutile, dans lequel tenta de se réfugier l'accusé. Retrouvé à une date inconnue et on ne sait par qui, ce document fut finalement versé en 1975 aux archives de la Cour de sûreté de l'État. Il y est conservé aujourd'hui sous la cote W-H14.

Les abréviations S/D et S/E signifient apparemment « sur dénonciation » et « sur enquête ». B = baignoire (le supplice dit « de la baignoire »). E = électricité.

10.6.1943 *Neuville. Lycée Victor-Hugo. Réseau des professeurs d'anglais. Six arrestations. Fait donner une cellule propre à Mlle Leboucher.*

15.6.1943 *Saumur. Opération combinée avec Feldgendarmerie. Sept arrestations. Mme Duquaire (E) casque bricolé par Demidov. Mangé cerises. Douze arrestations. Retour à Neuville. Dr Gleize* (B). *Destruction réseau Century.*

20.6.1943 *Cheffes-s/-Sarthe. Prisonnier évadé d'Allemagne. Conversation au café des Amis. Arrestation cafetier et deux clients. Trafic fausses cartes d'alimentation. Arrestation maire, secrétaire de mairie, quatre employés.*

20.7.1943 *(S/D) Château de la Frappinière. Étudiant réfractaire. Dîné et couché au château. Arrestation comte de Vaucelles, son fils, garde-chasse, trois réfractaires.*

27.7.1943 *Neuville. Propos anti-allemands. Deux arrestations.*

23.8.1943 *Amboise.* Agent Intelligence Service. *Arrestation radio réseau Buckmaster (E). Parle.*

25.8.1943 *Amboise. Interception parachutage avec intervention 4e régiment division Deutschland. Treize arrestations.*

10.9.1943 *Château-Gontier (S/D)* Représentant de commerce. *Démantèlement filière évasion. Sept arrestations.*

27.9.1943 *(SD) Parcé. Démantèlement groupe saboteurs. (B) Acheté deux kilos de beurre.*

16.10.1943 *Neuville (S/E) Hervé Pirotte. Donne son réseau. Recruté.*

17.11.1943 *La Charité-s/-Loire (S/D). Perquisition Mulot. Bagarre. Coups de feu. Intervention SD (Krebs)*

19.11.1943 *(S/E) Neuville. Liquidation réseau « Honneur et Patrie ». (B + E). 35 arrestations.*

2.12.1943 *Perquisition ferme de la Villardière. Dépôt d'armes. Fait creuser sa tombe au fermier. Dénonce ses complices. Transfert à la Maladrerie. Exécutés comme otages.*

24.12.1943 *Connerré. Chef du réseau Résistance-Nord. Dîner réveillon avec membres du réseau. Douze arrestations. Rillettes.*

10.1.1944 *(S/D) Seiches s/Le Loir. Arrestation Me Gautier. Relâché. Filé. Avoue (B). Donne ses complices. Recruté homme de confiance SD.*

10 au 23.2.1944 *Le Mans. (S/E) Démantèlement réseau Libération Nord. Vingt-cinq arrestations. B + E. Vingt-six arrestations.*

17.3.1944 *Despiau agent double. Avoue (B). Fusillé dans le dos.*

22.3.1944 *Infiltré le maquis de Laffray avec Pirotte.*

23.3.1944 *Destruction maquis de Laffray avec 153e régiment Wehrmacht et brigade géorgienne. 44 maquis au tapis.*

13 au 16.4.1944 *(S/E) Château-du-Loir. Rescapé maquis de Laffray. Cinquante arrestations.*

1.5.1944 *Descente à Saint-Sever (S/D). Six arrestations. Acheté chocolats au Soldatenheim pour fête des Mères.*

20 au 30.5.1944 *Neuville (S/D). Colonel Poitevin, chef de l'AS pour l'Indre-et-Loire. Dix-huit fois interrogé (B + E). Ne parle pas !!!*

Plus tard, au procès, il dira : « La baignoire ? C'est impossible. Il n'y avait pas de salle de bains rue des

Prouvaires ! » Le président : « Allons, M. Deleau, vous jouez sur les mots. Il n'y avait peut-être pas de baignoire rue des Prouvaires, mais un lavabo, un baquet, la cuvette des WC, tout ce qu'il faut à des tortionnaires pour infliger le supplice dit de la baignoire. » À la réflexion, il concédera : « J'ai assisté parfois à des scènes semblables. Le moins souvent possible. »

Il dira aussi : « J'ai dû entrer au SD pour éviter d'être envoyé en Allemagne et d'être ainsi éloigné de ma mère. De par mon âge, j'étais assujetti au STO. » Le président : « Vous êtes entré au SD en avril 1942, le STO a été institué en février 1943. »

Accusé par une femme déportée à Ravensbrück de lui avoir lancé : « Toi, la morue, tu passeras à la casserole comme tout le monde. En attendant, tu la fermes ou tu prends ma main sur la gueule », il répliquera : « Je n'ai pu tenir ces propos. J'ai une trop bonne éducation. »

Il dira encore : « Je répugnais aux sévices, mais j'étais prié d'y assister. » Puis : « J'ai pu prêter une assistance passive, tenir quelqu'un qu'on battait. Si tenir quelqu'un pendant qu'on l'interroge, c'est exercer des sévices, alors, j'ai exercé des sévices. » Puis : « Je n'ai jamais frappé personne. » Puis : « Il m'est arrivé de frapper quelqu'un, mais très rarement. » Puis : « Monsieur dit que je l'ai frappé, je ne m'en souviens pas. » Puis : « Si ce monsieur dit que je l'ai frappé, c'est possible. » Puis : « Impossible de dire si j'ai frappé Untel ou Untel. Ça fait si longtemps. » Puis : « Je ne peux pas avoir fait cela. Le témoin se trompe... Je ne pense pas avoir fait cela... Peut-être que le témoin ne se trompe pas... Il est possible que j'aie fait cela. » Puis : « J'ai quelquefois été obligé de frapper, sinon j'aurais perdu mon emploi, la liberté et peut-être la vie. Il y a eu des exemples. En tout cas, je n'ai jamais frappé une femme. Il y a un cas où je suis intervenu pour qu'on donne une cellule propre à une femme. Même comme simple interprète, je n'ai jamais vu les Allemands brûler les seins d'une femme... Je n'ai jamais assisté à des scènes d'une barbarie aussi abominable... Souvent, je suis parti, ne pouvant supporter la violence. »

Il dira : « Faire arrêter un prêtre pendant la messe, jamais je n'aurais pu faire cela. »

Il dira : « Si j'ai fait le salut nazi ? C'est possible... Si j'ai dit : "Heil Hitler !" Évidemment, c'était officiel et obligatoire. »

Il dira : « Je ne posais pas directement de questions. Je ne faisais que traduire. Je n'avais absolument aucun pouvoir. J'étais au courant de tout, mais je ne donnais pas d'ordres. C'était plutôt le contraire. Je suis allé assez souvent à la prison de Neuville, pour traduire. Je n'avais pas le pouvoir d'arrêter... J'ai pu participer à des arrestations. »

Il dira : « J'aurais mauvaise grâce à me faire passer pour résistant. Mais j'intervenais rarement loin de Neuville. Je ne suis pas Dieu le père, qui est omniprésent. Nous étions soixante au SD de Neuville. »

Il dira : « Je n'étais jamais armé... J'étais quelquefois armé quand j'accompagnais les Allemands... Je ne me suis jamais servi de mon arme... S'il m'est arrivé d'utiliser mon arme, c'est exclusivement en légitime défense. »

Il dira : « J'ai fait des choses que je n'aurais pas dû faire. J'en demande pardon. Mais je jure sur la tête de ma mère que je n'ai jamais tué personne. »

Il dira enfin : « Si j'avais quoi que ce soit à me reprocher, je ne serais plus de ce monde, je n'aurais pu survivre. »

XVI

Le mois de mars 1944 à Neuville ne fut marqué par aucun attentat. C'était la première fois depuis un an et demi. Le mérite en revenait largement à l'antenne française du SD. Le bilan de la rue des Prouvaires, sur moins d'un an, était éloquent : outre plus de deux cents arrestations de réfractaires, saboteurs et autres mauvais Français, les réseaux Alliance, Honneur et Patrie, Century, Libération-Nord et Buckmaster avaient été démantelés, leurs organigrammes étaient connus, leurs chefs arrêtés ou en fuite, trois maquis en formation ou en activité liquidés. Selon Krebs, optimiste, la Résistance dans la région était décapitée, en tout cas réduite à se terrer. Le Kommandeur exultait : « Ah, Deleau, si nous avions seulement vingt hommes comme vous, la France entière serait bientôt purgée de tous ces bandits. Vous devriez voir plus loin maintenant, viser plus haut, vous construire un plan de carrière. J'ai vu dernièrement que votre ministère de l'Intérieur organisait un concours d'aptitude aux fonctions de chef de cabinet de préfet. Pourquoi ne tenteriez-vous pas votre chance ? Personnellement, je serais désolé d'avoir à me séparer de vous, mais je ne veux pas me conduire en égoïste. Il faut penser à votre avenir.
— Franchement, ce que je fais ici auprès de vous me plaît davantage. » Krebs n'insista pas, mais cherchait comment récompenser son poulain. Il crut avoir

trouvé dans la deuxième quinzaine d'avril. « La IVe section à Paris nous réclame ce lieutenant anglais que nous avons pincé l'autre jour. Il paraît qu'il pourrait avoir des choses intéressantes à leur révéler. Que diriez-vous de faire un petit tour dans votre belle capitale ? Ça vous changerait les idées. »

À deux pas de l'Arc de triomphe, le 93 de la rue Lauriston était un hôtel particulier de belle apparence, dont rien, de l'extérieur, ne laissait deviner la nouvelle destination. Un judas s'ouvrit dans la porte cochère et l'on examina longuement les papiers de Deleau et de ses deux accompagnateurs allemands avant de les laisser entrer avec leur prisonnier. Une fois dans le hall monumental, deux armoires à glace en blouson de cuir les palpèrent en vrais professionnels tandis que trois autres costauds du même acabit les tenaient sous la menace de leurs armes. Vérification faite, celui qui paraissait être le chef se radoucit : « Par les temps qui courent, on ne sait plus qui est qui, pas vrai ? » Il poussa l'Anglais devant lui, d'une bourrade, et invita Deleau à les suivre. « T'en fais pas, on va soigner ton copain aux petits oignons. » Capitonnées et insonorisées, les chambres de bonnes sous les toits, dont les lucarnes avaient été murées, étaient aménagées en cellules. « C'est petit, fit le costaud, mais il y a l'eau, l'électricité, tout le confort moderne, quoi. — Avant de repartir, dit Deleau, il me faut une décharge du commandant Lafont. — Le commandant ? Ah oui, rigola l'autre, allez, viens, je t'emmène. » Redescendu au deuxième étage, le guide de Deleau frappa à une double porte lambrissée, passa la tête. « Qu'est-ce que c'est, Abel ? », fit une voix peu engageante. « Quelqu'un pour toi, Henri. » Jean Deleau entra dans un magnifique salon dont les murs étaient revêtus de somptueux Gobelins et le sol recouvert d'épais tapis persans. En pyjama et robe de chambre de soie à deux heures de l'après-midi, celui qui se disait volontiers l'homme le plus puissant de France – et il exagérait à peine –, assis derrière un bureau Boulle authentique, arborait un air maussade et d'assez lourdes valises sous les yeux. Il avait fait la noce, la veille, comme l'avant-veille, comme il la ferait dans quelques heures, et il avait le réveil bougon. À ses côtés, une ravissante jeune femme, elle aussi en robe de chambre, se polissait les ongles en attendant que ça se passe. Chamberlin, dit Lafont, écrivit quelques lignes et signa en maugréant – « J'ai horreur de la paperasse » – le formulaire que lui avait remis Deleau. « Ah, tu viens de Neuville ? Tu salueras pour moi ce vieux Krebs. — Voyons, Henri, intervint la jeune femme, en voilà des manières ! Tu ne vas pas laisser ce jeune homme repartir comme ça après un si long voyage. Faites-nous le plaisir de rester à dîner ce soir avec nous, Monsieur, si toutefois vous n'êtes pas déjà retenu ailleurs. C'est à huit heures, nous serons en petit comité. Vous direz au poste de garde que vous êtes l'invité de la comtesse Tchernicheff. Vous avez une voiture ? C'est bien. Alors, huit heures, c'est convenu et surtout ne m'oubliez pas. En attendant, profitez bien de Paris. » Elle lui tendit gracieusement la main, qu'il ne sut s'il devait baiser.

Il se fit d'abord conduire à la porte de la Chapelle, à Auteuil, à Boulogne-Billancourt, par curiosité. Neuville n'avait pas encore subi de raids. Il voulait constater *de visu* les effets des récents bombardements, qui ne l'impressionnèrent pas outre mesure. Puis il se fit déposer à l'Étoile, descendit les Champs-Élysées, traversa les Tuileries, poussa jusqu'à Notre-Dame, revint par la rive gauche. Paris, cet après-midi-là, lui apparut sous un tout autre jour, multicolore et insouciant, comme si de rien n'était. Les cyclistes court vêtues, leurs jupes en corolle volant au vent coquin de la course et découvrant leurs jolies jambes, les terrasses bondées, les jardins grouillants de promeneurs et d'enfants, les berges et les bains du Pont-Royal et Deligny envahis de baigneurs et d'amateurs de bronzage, tout avait un air fallacieux de fête et de vacances. Ce dimanche d'avril, en cette sixième année d'une guerre interminable, quatrième d'une Occupation insupportable, sous la caresse tiède d'un printemps précoce, les Parisiens, pas encore dans le combat, mais déjà sous les bombes, débordaient d'une furieuse envie de vivre…

« Château-yquem 1929, Monsieur », murmura à son oreille une grosse voix qui se voulait suave. Il fit un geste de refus et le serveur d'occasion répandit un peu du précieux liquide sur sa voisine de gauche qui voulut bien en sourire. C'était Magda Fontanges, la journaliste-aventurière qui s'était fait gloire de ses brèves amours avec le Duce en personne et ne finissait pas depuis plus de dix ans d'en toucher les dividendes mondains. Outrageusement décolletée, maquillée et volubile, elle l'impressionna. À sa droite, la comtesse Tchernicheff avait placé la fameuse et scandaleuse Violette Morris qui fumait comme un sapeur, buvait, parlait, s'habillait, vivait et aimait comme un homme – un homme qui aurait aimé les femmes. Cheveux courts, costume-cravate et carrure de déménageur, l'ancienne championne de France du javelot, du disque et du poids, à la solde des services allemands dès avant la guerre, lui fit peur.

Mal rasés, la barbe déjà noire, il reconnut dans les valets qui servaient le dîner en perruque poudrée, culotte de soie noire, bas de coton blanc et habit à la française galonné d'or certains des hommes de main qui l'avaient accueilli dans la matinée. Sans doute officiaient-ils aussi dans les mansardes et dans les caves. Quand les pans de leur habit s'écartaient, on voyait apparaître la crosse de l'arme qu'ils avaient passée dans leur ceinture.

Les couverts d'argent, les verres et les carafes de cristal étincelaient dans la lumière d'une débauche de chandelles. Deux magnifiques surtouts de vermeil et des corbeilles de fleurs coûteuses ornaient la table gigantesque, dressée pour trente personnes bien que les convives pour l'instant ne fussent qu'une vingtaine.

L'effroyable tuerie de Voiron, quelques jours plus tôt, était sur toutes les lèvres. Trois jeunes résistants infiltrés dans la Milice de cette petite ville de l'Isère y avaient abattu le chef Jourdan, deux de ses hommes, sa vieille mère et, pour faire bonne mesure, un bébé de quinze mois dans son berceau. Une telle barbarie soulevait le cœur. Lafont ne fit pas chorus avec l'indignation générale. Il était le dernier homme qui pût se le permettre et l'hôtel où il recevait le dernier endroit où l'on eût le droit de stigmatiser un massacre.

Les convives, dans la foulée, rivalisèrent d'anecdotes édifiantes et merveilleuses sur les exploits des forces de l'ordre. Les résistants, ce ramassis pouilleux de Rouges, de juifs polonais et de républicains espagnols y détalaient comme des lapins à la seule vue des GMR et de la Milice. Après s'être couverte de gloire au plateau des Glières, la Franc-Garde faisait des miracles en Limousin. Les mieux informés savaient qu'il n'en était rien et Lafont, là encore, était particulièrement bien placé, lui dont la brigade nord-africaine venait d'être mise en déroute par les maquisards de Dordogne. Il s'assombrit.

Hélas, c'était aux terroristes qu'allait la sympathie des masses ignorantes tandis que les admirables petits gars de Darnand passaient – un comble – pour des brutes et des soudards. « Quatre ans après, les Français n'ont toujours pas compris. – Les Français sont des moutons. — Dites plutôt des ânes. » Lafont mit tout le monde d'accord. « Le gouvernement ne sait pas y faire. Le Français est prêt à tout accepter si on a la manière. Donnez-lui un coup de pied au cul. Il protestera. Un deuxième. Il ne dira rien. Un troisième. Il en redemandera. » On rit.

« Qu'est-ce que c'est ? ne put s'empêcher d'interroger Deleau après qu'on eut mis d'autorité dans son assiette une grosse louchée de granulés grisâtres, lisses et luisants, assez répugnants, accompagnés d'un cristal roederer 1936.

— Ne me dites pas que vous n'avez jamais mangé de caviar, s'étonna Magda Fontanges.

— Du caviar, mais comment est-ce possible ?

— Rien n'est impossible à Michel.

— Michel ?

— Vous ne connaissez pas non plus Sokolnikoff, dit-elle en lui désignant du menton un personnage assez huileux lui aussi, en grande conversation avec son voisin. Il va falloir décidément que je m'occupe de votre éducation. »

Des conciliabules s'ébauchaient, entre hommes, où revenaient des noms de matières premières et des chiffres fabuleux : cuivre, zinc, manganèse, caoutchouc, pétrole, métaux non ferreux, milliers de tonnes et millions de francs. Voyous et margoulins, le visage allumé par la cupidité, les lèvres tremblantes, la main négligemment posée sur la cuisse ou carrément plongée dans le décolleté de leur compagne du moment, s'entendaient à demi-mot et, marché conclu, topaient comme au foirail.

Les femmes, encouragées par la comtesse Tchernicheff et la marquise d'Abrantès, s'efforcèrent d'imprimer à la soirée un ton et un tour plus parisiens. Elles mirent la conversation sur Schiaparelli, Paquin, Lanvin, Lelong, Rochas et Maggy Rouff. De là on passa naturellement aux courses, à Longchamp, au prix de Diane, à la journée des Drags.

Puisqu'on en était au chapitre des élégances et des mondanités, on se tourna vers Marcel Jouhandeau, qui avait eu le rare privilège d'assister à l'une des dernières répétitions d'*Andromaque* mise en scène par Jean Marais à la Comédie-Française. L'écrivain confirma le bruit qui courait dans Paris. Le petit ami de Jean Cocteau avait trouvé moyen de faire de la tragédie racinienne une apologie de la Résistance. On pouvait s'attendre à un beau scandale et à une belle *bronca*. Déjà Alain Laubreaux avait appelé la partie saine de la jeunesse à réagir violemment à cette ordure.

« Quel dommage ! soupira Philippe de Bellune, descendant authentique mais dévoyé du maréchal Victor. Il était si beau dans *L'Éternel Retour* !

— On ne peut quand même pas laisser passer n'importe quoi, surtout en ce moment, s'emporta Violette Morris. S'il n'avait tenu qu'à moi, on n'aurait jamais projeté *Le Corbeau*. Comment la censure a-t-elle pu laisser passer un film où les Français sont présentés comme des délateurs, des lâches, des hypocrites ? Pourquoi ne nous fait-on pas des films sur les combattants de la LVF, la Franc-Garde ou un héros comme Skorzeny ? Ce dont nous avons besoin dans cette période, c'est de leçons et d'exemples de courage. »

Ce langage viril fut chaudement approuvé.

Vers onze heures du soir, il y eut des « oh », des « ah » des « enfin ! », un grand bruit de chaises bousculées, des « Monsieur l'ambassadeur », « Monsieur le président », « Monsieur le conseiller », des embrassades. Lafont et la comtesse se levèrent pour accueillir les nouveaux arrivants.

À son long nez, son front dégarni et son visage bourbonien qui s'amollissait curieusement et se terminait par une dégoulinade de menton, Deleau reconnut Fernand de Brinon, l'ambassadeur de France à Paris, si souvent présent à la une des journaux et dans les actualités cinématographiques. Il était flanqué de son inséparable secrétaire et maîtresse, Mlle Mitre. Magda Fontanges qu'émoustillait la jeunesse et qu'attendrissait la naïveté de son voisin – il lui avait avoué n'être qu'un petit provincial anonyme – lui nomma Jean Luchaire, l'ancien président de la Corporation de la presse française, qui enlaçait d'un bras la belle et sensuelle Maud Sacquard de Belleroche, de l'autre sa propre fille, l'actrice Corinne Luchaire. Dans leur sillage, Achenbach, conseiller culturel à l'ambassade d'Allemagne. Ils s'invitaient en familiers qui savent qu'ils peuvent toujours venir au débotté. C'est du reste à leur intention qu'on avait laissé des places libres à tout hasard. Ils parlèrent aussitôt politique.

L'exécution de Pierre Pucheu, quinze jours plus tôt, avait dissipé tous les mirages et levé toute ambiguïté. L'ancien ministre de l'Intérieur qui, à ce titre, avait dressé la liste des otages de Châteaubriant, avait cru pouvoir rejoindre Alger sur la foi du général Giraud qui lui avait garanti qu'il lui suffirait de s'engager dans le corps expéditionnaire français en Italie pour être exonéré de ses fautes passées. En sacrifiant Pucheu à la soif de vengeance des communistes, de Gaulle avait fait d'une pierre trois coups : il avait donné un gage fort à ses redoutables alliés ; il avait fait apparaître en pleine lumière que le pauvre Giraud était nu, que sa parole ne valait rien, que son autorité ne pesait rien ; il avait signifié à tout ce qui tenait de près ou de loin à « l'État de fait » que rien ne serait pardonné à personne, sans souci du coup de pouce, ou de fouet, qu'il donnait ainsi aux ultras de la collaboration.

Perdus pour perdus, puisqu'il n'y avait pas de compromis possible, ceux-ci n'avaient plus qu'à aller jusqu'au bout de leur voyage.

« Nous n'avons guère contre nous, dit plaisamment Luchaire, que les juifs, les communistes, les gaullistes, les chrétiens, les ouvriers, les étudiants, les réfractaires, les attentistes, les opportunistes et les dégonflés. Certes les putes sont avec nous – excusez-moi, Mesdames – et nous avons aussi les maquereaux. Mais si nous continuons à ne rien faire, même eux vont nous lâcher. Quand on pense qu'il a fallu la chute de la Corse pour qu'on mette Darnand au maintien de l'ordre et l'exécution de Pucheu pour que Déat entre au gouvernement, on se demande quelle catastrophe il faudra pour former le gouvernement milicien qui seul peut encore nous sauver : Doriot, Déat, Darnand, M. de Brinon, ici présent, et quelques autres. Je ne sais pas pourquoi on dit le président Laval. Moi, je dis le président Lavette. »

Luchaire avait bu et peut-être inhalé quelques substances énergisantes. Ivre ou sobre, il enrageait en permanence depuis qu'il avait été débarqué de son poste à la tête de la presse française, ce somptueux fromage où il avait si longtemps fait son trou.

Brinon fronçait les sourcils en songeant à la fable du pavé de l'ours. Lafont, qui trouvait que Luchaire allait trop loin et qui n'ignorait pas que tout ce qui se disait chez lui était le lendemain sur le bureau de Laval, intervint : « Ne dites pas de mal de mon ami Pierrot. » Corinne Luchaire se fit câline : « On est là pour s'amuser, papa. » Du reste, la flamboyante Ginette Leclerc faisait son entrée. On bascula dans la futilité.

Éberlué, Jean Deleau, qui ne connaissait de la politique que ce que la censure voulait bien en montrer, un ballet sans signification, un théâtre d'ombres où les mêmes noms et les mêmes personnalités revenaient en boucle depuis quatre ans, découvrait les querelles et les haines du microcosme parisien, ces tempêtes dans un bocal, ces guerres picrocholines dans un mouchoir de poche, ce jeu d'ambitions et de rivalités autour d'un pouvoir en peau de chagrin.

L'alcool produisait ses effets qu'il constatait une fois de plus, de l'extérieur, avec dégoût. Les hommes parlaient de plus en plus fort ou de plus en plus bas, ou ne parlaient plus. Les femmes partaient dans de grands éclats de rire forcés. Certains, sans façons, quittaient la table. Des couples d'habitude ou de rencontre, des trios, des quatuors se formaient dans les pièces voisines, plongées dans une savante pénombre. Magda Fontanges essaya mollement de l'attirer sur un canapé où elle s'effondra. Il s'éclipsa discrètement.

Cinq jours plus tard, sur une petite route de Normandie, au volant de sa 15 CV, Violette Morris tombait dans une embuscade après avoir chèrement disputé sa vie, revolver au poing, aux hommes du maquis Surcouf. Première d'une longue série. Puis vint le tour de Lafont, de Sokolnikoff, de Luchaire, de Brinon, de Danos. Jean Deleau s'aperçut rétrospectivement qu'il avait été convié à un banquet de condamnés à mort.

XVII

Le répit n'avait pas duré. Krebs dut convenir qu'il avait péché par optimisme. La Résistance avait repris ses activités, obsédante et insaisissable comme un moustique qu'on entend voler dans l'obscurité.

Neuville elle-même ne bougeait pas. Mais l'insécurité commençait aux portes de la ville. Longtemps, dans cette région rurale où le goût de l'ordre et le catholicisme étaient de tradition, l'influence prédominante du clergé et des notables conservateurs, unanimement acquis au maréchal Pétain, avait joué un rôle modérateur. La topographie n'était pas favorable aux maquis, les esprits n'étaient pas enclins à la rébellion.

Les quelques groupes armés qui s'étaient constitués s'étaient d'abord rendus impopulaires en « réquisitionnant » nourriture, boisson, bétail payés en promesses, en menaces ou en monnaie de singe. Les paysans réprouvaient les attentats et le cortège de représailles qui s'ensuivait. L'excès de ces représailles en était venu à légitimer les attentats passés et à venir.

Il faut dire aussi que l'espoir changeait de camp. Les nouvelles des différents fronts, si habilement présentées, si elliptiques, si obscures qu'elles fussent, étaient évidemment mauvaises pour le Reich. Après s'être battus sur les rives de la Volga et de la Neva puis dans les boucles du Dniepr et du Dniestr – on ne savait jamais exactement duquel des deux fleuves il s'agissait et dans quelle portion de son cours –, les Allemands progressaient toujours, mais dans la région de Vitebsk, apparemment entre Vistule et Beresina, les Germano-Roumains enregistraient de substantiels gains de terrain, mais dans les environs de Iassi, les Germano-Italiens consolidaient leurs positions, mais au Nord de Monte Cassino. Les avions anglo-américains, abattus par centaines, étaient toujours plus nombreux dans le ciel, les chars soviétiques étaient détruits par milliers, mais toujours plus à l'ouest. L'ingénieuse et amusante utilisation par la Propaganda Staffel de la notion de défense élastique faisait la joie des chansonniers. Le concept d'apparence philosophico-poétique, emprunté à Lénine : « Céder de l'espace pour gagner du temps », digne d'être proposé comme sujet du bac, paraissait à la réflexion encore plus absurde qu'abstrus. On comprenait bien que le temps dont il était question était le délai nécessaire à la mise au point des fameuses armes secrètes, dont la menace, incessamment brandie et jamais mise à exécution, tournait à la farce. En attendant, les petits drapeaux que des millions de stratèges en chambre déplaçaient sur des cartes punaisées au mur disaient crûment la vérité : l'espace grand-allemand se faisait tout petit. La Wehrmacht, de succès en succès, était en pleine retraite.

Le 15 mai, Neuville fut la cible d'un raid aérien massif. La gare fut rasée, plusieurs dizaines de maisons détruites, la caserne d'artillerie et la Maladrerie touchées. Il y eut en tout cent vingt morts. Le lendemain, toute la ville se pressait sur les sites bombardés et la jubilation à peine retenue des badauds trouvait un écho chez les détenus requis pour déblayer les ruines – une douzaine d'entre eux avait pourtant péri dans les flammes. Le dimanche suivant, un tract largement répandu et relayé par le bouche-à-oreille invita les chrétiens à joindre aux victimes civiles dans leurs intentions de prière les aviateurs des deux forteresses volantes abattues par la DCA. La cathédrale ne suffit pas à contenir les milliers de fidèles qui, à défaut de drapeaux, combinèrent d'une façon ou d'une autre les trois couleurs nationales dans leur habillement.

Il n'y avait pas à s'y tromper et Deleau ne s'y trompait pas. L'hostilité à l'occupant et à ses collaborateurs suintait de partout. Il lui semblait entendre comme un grouillement dans l'ombre. Toute la population neuvilloise, en dépit du brouillage et des interdictions, écoutait les émissions de Londres et en suivait les consignes. Tous les indices concordaient : l'Armée secrète et les FTP avaient reconstitué leurs forces et n'attendaient que le signal de passer à l'action. Le feu couvait sous la cendre. Ne manquait plus que l'allumette.

Il devenait un étranger dans son propre pays. Les sources d'information les plus élémentaires tarissaient une à une. Une sympathie plus forte que la peur gagnait chaque jour des appuis aux maquis. Une terreur plus forte que celle qu'il inspirait scellait les lèvres des paysans dont il sollicitait des renseignements. Les têtes de l'hydre à peine coupées ressurgissaient plus nombreuses. Il lui revint des souvenirs de cours et de livres d'histoire où des empereurs, des rois, des meneurs révolutionnaires regrettaient que le peuple romain, ou la communauté protestante, ou la Vendée n'eussent pas une seule tête que l'on pût couper une fois pour toutes. Il se sentait parfois pris de vertige. On ne pouvait quand même pas arrêter toute la population.

L'État s'affaissait tout doucement sur lui-même et l'État milicien sorti du néant pour le supplanter, avec ses préfets, ses intendants, ses tribunaux et sa loi martiale n'était qu'une structure de papier sans prise sur la réalité.

Les médecins, presque ouvertement, défiaient la loi et soignaient les résistants. Les pharmaciens les fournissaient en médicaments, les châtelains abritaient bon gré mal gré les résistants, les paysans ravitaillaient les résistants. Les gendarmes, à peine on les prévenait d'une opération, s'empressaient d'alerter ceux qui devaient en être la cible. À l'inverse, lorsque le maquis, de plus en plus audacieux, s'en prenait à un bureau de poste, une mairie, un débitant de tabac, à un des derniers notables restés ouvertement fidèles au gouvernement ou à une famille milicienne, ils arrivaient toujours après que les maquis étaient repartis et attendaient pour donner l'alerte que les liaisons téléphoniques fussent rétablies. Les policiers eux aussi, exception faite des Brigades spéciales qui redoublaient de zèle, hésitaient de plus en plus à apporter leur concours au maintien de l'ordre. Qui ne retournait pas sa veste ? Qui ne trahissait pas ? À qui pouvait-on encore se fier ?

Et maintenant, lui aussi ! Jean Deleau tournait et retournait, songeur, le message anonyme, fait de lettres patiemment découpées dans le journal et collées une à une sur une feuille de papier quadrillé : « ALLEZ VOIR À SAINTE-MARIE-MADELEINE. LE CURÉ ABRITE DES AVIATEURS AMÉRICAINS. »

À la réflexion, il n'en était pas autrement étonné. Depuis le sermon prononcé aux obsèques du docteur Simon, il s'interrogeait sur les véritables sentiments de l'abbé Legrandier. Celui-ci n'avait-il pas, de plus, concélébré la messe séditieuse du dimanche passé à la cathédrale ? Le clergé, à l'instar des autres corps de la société, sentait le vent tourner. Les girouettes des clochers viraient comme les autres ; et en même temps, il ne pouvait y croire. Un ancien combattant de 14, un ancien des Croix-de-Feu, un curé d'Action française ne pouvait s'acoquiner avec la racaille bolchevique !

Il se ressaisit, sortit de son bureau. Son devoir était clair. « Allez, tout le monde sur le pont, on y va ! » Quelques minutes plus tard, deux tractions avant du service filaient dans les rues désertes. Il était sept heures du matin.

Il sonna puis frappa rudement à la porte massive du vieux presbytère. Aucune réponse, aucune réaction à ses coups réitérés. Enfoncer la porte ? Mais avec quel matériel ? Repartir bredouilles et ridicules ? Déjà des fenêtres s'ouvraient dans les maisons voisines, des gens se penchaient. Passer par l'église, qui communiquait sans doute directement avec le presbytère ? Il hésitait devant le sacrilège. Enfin, au bout d'un temps qui lui parut interminable, il entendit un pas traînant à l'intérieur. « Qu'est-ce que c'est ? » demanda une voix chevrotante. « Police allemande. Ouvrez. — Tout de suite. Je vais chercher les clés. » Les pas s'éloignèrent, l'attente reprit. L'homme, revenu, s'embrouillait dans le trousseau, les serrures. « Alors, ça vient ? — Je fais tout mon possible. » Enfin, la porte s'entrebâilla, que Deleau poussa brutalement. Ses hommes firent irruption à sa suite. Ils avaient en face d'eux, en effet, un vieillard effaré, coiffé d'une toque de velours noir d'où s'échappaient de maigres touffes de cheveux blancs hérissés par la peur. « Où est le curé ? — Il dit sa première messe. — Et il en a pour longtemps ? — Encore un petit quart d'heure. — Eh bien, dis-lui de se grouiller. »

Deleau entra dans ce qui était apparemment le bureau du curé, une petite pièce aux murs habillés jusqu'à mi-hauteur de boiseries sombres, aux meubles cirés, qui sentait bon l'encaustique. Il s'assit face à la porte, posa son Luger sur la table. « Bon, je vais l'attendre ici. Vous autres, fouillez-moi cette baraque de fond en comble et ouvrez l'œil. Vous pourriez faire de mauvaises rencontres. »

Dans le bureau on n'entendait que le battement d'une horloge qui rythmait le temps ecclésial. À l'étage, c'était un piétinement de troupeau, le raclement sur le plancher de meubles qu'on traîne ou qu'on renverse, des chutes d'objets. L'abbé se fit attendre encore un bon quart d'heure, le temps, sans doute, de quitter ses habits sacerdotaux. « Ah, c'était toi », dit-il à la vue de Deleau, sans marquer ni surprise ni émotion particulière. « Tu permets que je m'assoie ? Tu veux bien ranger ça ? » ajouta-t-il en désignant l'arme posée sur son bureau. « Tu n'as rien à craindre ici... dis donc, observa-t-il avec un parfait détachement, on pourrait même dire une sorte de gaîté, tes amis là-haut – il leva l'index en direction du plafond – n'y vont pas de main morte. Il va y en avoir du travail pour remettre tout ça en ordre. Et à quoi bon tout ce remue-ménage ? Vous ne trouverez rien parce qu'il n'y a rien à trouver. »

Il poursuit, avec gravité :

« Jean, il y a bien longtemps que tu m'évites. J'aurais préféré que tu viennes me voir pour d'autres raisons, et seul. Mais je suis heureux de te rencontrer et puisque ta visite impromptue m'en donne l'occasion, je vais te dire ce que j'ai sur le cœur. Il y a quelque temps que j'entends parler de toi beaucoup plus que je le souhaiterais et autrement que je le voudrais. De toi, de ta bande de criminels, de tes méthodes, de tes agissements. Tous ces gens, tous ces braves gens que tu arrêtes, que tu interroges, que tu humilies, que tu tabasses, que tu tortures et que tu livres en pâture à tes maîtres qui les jettent dans des cachots, qui les déportent, qui les fusillent, tu sais parfaitement, au fond de toi, que ce ne sont pas des bandits, mais des patriotes, de bons Français, qui luttent à mains nues contre l'occupant. Quel triste métier ! Ce que tu fais est abominable... »

Deleau a d'abord baissé la tête sous l'orage. Il n'est plus habitué à ce qu'on lui parle sur ce ton. Il se rebiffe enfin, et tente de ricaner :

« Épargnez-moi vos homélies, mon père. Nous ne sommes plus au catéchisme. Si vous avez la recette pour faire avouer les terroristes sans leur chatouiller un peu les doigts de pied, donnez-la-moi...

— Jean, ce ne sont pas des terroristes et tu ne te contentes pas de les chatouiller. Seraient-ils même ce que tu dis, il n'y a pas de cas où la torture soit excusable. Tous les coups ne sont pas permis. Ce sont des hommes que tu as en face de toi, des créatures de Dieu, tes semblables, tes frères...

— Chacun creuse son sillon où il l'a commencé. Vous ne pouvez pas me reprocher de faire mon travail aussi bien que je peux !

— Ton travail ! Quel travail ?

— Mon travail de policier...

— Tu connais l'étymologie du mot travail ? Mon pauvre Jean, il n'y a que toi qui te prennes pour un policier. Tout le monde te voit comme un gangster qui s'est mis au service de tortionnaires, un valet de l'occupant...

— Monsieur l'abbé, comment un homme comme vous peut-il me condamner, moi qui prends tous les risques pour maintenir l'ordre. Comment pouvez-vous absoudre des gens qui bombardent, qui pillent, qui assassinent ? Comment pouvez-vous vous retrouver du même côté que les Rouges ?

— Ce ne sont pas les Russes qui occupent la France et fusillent des Français.

— Mais dans quel camp êtes-vous finalement ?

— Dans quel camp ? Mais tu ne comprends donc rien à rien. Hélas, même des prêtres, même des serviteurs du Dieu d'amour m'ont posé cette question lorsque j'ai célébré la messe aux obsèques du docteur Simon. On a dit et on a colporté en ville, je l'ai su par la suite, que j'avais de la sympathie pour le défunt, donc pour ses idées, pour son parti, pour la collaboration, pour Hitler, pendant qu'on y était. Or, je condamnais cet homme qui, au nom d'une idéologie barbare dénonçait et persécutait des innocents. Mais qui serais-je, quel homme et quel prêtre, si en lui fermant les portes d'une église, je prétendais fermer les portes du Ciel à un homme, quel qu'il soit, et quoi qu'il ait fait ? »

Jean Deleau sent bien que cette discussion ne peut mener à rien. Tandis que l'abbé continue à parler, il laisse son œil errer dans la pièce et tout d'un coup son attention est attirée par un détail. Le vieux blouson du prêtre est suspendu derrière lui au portemanteau et quelque chose de blanc et de brillant dépasse de la poche de poitrine. Deleau se lève d'un bond et se saisit d'un paquet de Camel, encore intact sous son emballage de cellophane. Il l'ouvre, en respire voluptueusement l'odeur de miel, le pousse sous le nez du curé :

« Alors, l'abbé, on se fournit à Londres ? »

Le curé est devenu tout pâle d'un seul coup, mais il ne cille pas, et sa voix ne tremble pas :

« Eh bien oui, j'ai recueilli la semaine dernière deux aviateurs américains qui ont pu sauter en parachute. Tu te rappelles l'appareil qui est tombé sur Saint-Sever. Inutile de les chercher maintenant. À l'heure qu'il est, ils doivent avoir franchi la frontière espagnole et ils sont en sûreté. Si ces deux mots, charité chrétienne, ont encore un sens pour toi, fourre-toi bien dans la tête que ce n'est pas parce qu'ils sont américains, mais parce qu'ils étaient traqués et ne savaient où aller que je les ai cachés. Maintenant, fais de moi ce que tu veux. Mon sort n'a pas d'importance, je ne crains ni la souffrance ni la mort. Ce n'est pas pour moi, c'est pour toi que je m'inquiète. Jean, mon petit Jean, as-tu vraiment fermé ton cœur à toute pitié ? Tu es devenu un criminel, il n'y aura pas de pardon pour toi sur la terre des hommes. Mais moi qui t'ai enseigné les saintes vérités de l'Évangile, qui te connais depuis toujours, je ne peux pas croire qu'il ne reste rien de la graine que j'ai semée et je continuerai à prier pour le salut de ton âme. »

Les hommes redescendaient en troupeau bruyant. Deleau empocha le paquet de cigarettes. Demidov entrait sans frapper – une fois n'est pas coutume.

« Chef, on n'a rien trouvé. Qu'est-ce qu'on fait ?

— On remballe. Et je vous prie, Monsieur l'abbé, d'accepter les excuses du SD. »

Déjà, les policiers tournaient les talons. L'abbé Legrandier prit Deleau à part :

« Encore un mot. Les choses vont vite. Tu auras peut-être besoin de moi beaucoup plus tôt que tu ne penses. Voici mon numéro de téléphone. Sache que tu peux m'appeler à toute heure du jour et de la nuit. Ma porte te sera toujours ouverte. »

Les tractions avant redémarrèrent. Quelques instants plus tard le vieux sacristain, toujours effaré, fit sa réapparition :

« Si vous voyiez là-haut ! Ils ont tout saccagé. C'est une désolation...

— Ce n'est pas grave. Va t'assurer qu'il n'y a personne dans l'église. Tu trouveras nos deux amis dans le confessionnal, au fond de la nef, et tu les ramèneras ici. Nos visiteurs sont partis et ne reviendront plus. Sois prudent. »

Resté seul, le prêtre s'agenouilla et joignit les mains. « Le pauvre enfant », murmura-t-il.

XVIII

« Attends, c'est l'heure de Philippe Henriot. »

Cinq fois par jour, Radio-Vichy, relayée par Radio-Paris et toutes les stations françaises, diffusait l'éditorial de l'homme politique et polémiste ultra-collaborationniste, secrétaire d'État à l'Information depuis le début de 1944. Cinq fois par jour, des millions de Français de toutes opinions et de toutes conditions se mettaient à l'écoute de ses éloquentes diatribes contre la Résistance et suivaient avec passion, passant d'un poste à l'autre, l'étrange dialogue, assaisonné d'invectives et de menaces, qui s'était noué au fil des mois, par-dessus la Manche, entre les *speakers* français de Radio-Londres, Pierre Bourdan, Maurice Schumann, Pierre Dac et le porte-parole de « Radio-Paris ment ». Après trois ans et demi de tâtonnements, d'erreurs, de maladresses et de provocations sur le front brûlant de la propagande, la collaboration avait trouvé tardivement en la personne du ministre-journaliste un défenseur crédible dont on ne pouvait nier le talent, fût-il dévoyé, contester la sincérité, fût-elle entachée de fanatisme ni, chose plus rare, mettre en doute l'intégrité. Mais on était en guerre et la « France libre », qui avait enfin trouvé un adversaire à sa mesure, loin de prendre goût à cette situation inédite, ne songeait plus, inquiète de son influence grandissante, qu'à le faire taire.

Henriot lui-même venait de provoquer une nouvelle passe d'armes dans cette guerre des ondes lorsqu'il s'en était pris avec une lourde agressivité, dans une chronique à tous égards mal venue, aux origines de Pierre Dac : « Dac s'attendrissant sur la France, c'est d'une si énorme cocasserie qu'on voit bien qu'il ne l'a pas fait exprès. Qu'est-ce qu'Isaac, fils de Berthe et de Salomon, peut bien connaître de la France, à part la scène de l'ABC où il s'employait à abêtir un auditoire qui se pâmait à l'écouter ? La France, qu'est-ce que ça peut bien signifier pour lui ? »

Dès le lendemain, l'humoriste, dans un registre qui ne lui était pas habituel, avait proprement rivé son clou à Henriot : « Puisque vous avez si complaisamment cité les prénoms de mon père et de ma mère, laissez-moi vous signaler que vous avez oublié celui de mon frère. Je vais vous dire où vous pourrez le trouver ; si, d'aventure, vos pas vous conduisent du côté du cimetière Montparnasse, entrez par la porte de la rue Froidevaux, tournez à gauche dans l'allée et à la sixième rangée, arrêtez-vous devant la huitième ou dixième tombe. C'est là que reposent les restes de ce qui fut un beau, brave et joyeux garçon, fauché par les obus allemands, le 8 octobre 1915, aux attaques de Champagne. C'était mon frère. Sur la simple pierre, sous ses nom, prénom et le numéro de son régiment, on lit cette simple inscription : "Mort pour la France, à l'âge de vingt-huit ans." Voilà, Monsieur Henriot, ce que cela signifie pour moi, la France.

« Sur votre tombe à vous, si toutefois vous en avez une, il y aura aussi une inscription. Elle sera ainsi libellée : "PHILIPPE HENRIOT. Mort pour Hitler. Fusillé par les Français." »

La cause était entendue et la victoire du comique sur le ministre acquise par KO. Maurice Schumann, catholique comme Henriot, mais de gauche, et un certain Lesage, qui n'est pas autrement connu, crurent cependant devoir voler au secours de Pierre Dac, qui n'en avait pas besoin, et broder finement sur le thème alors fort à la mode : « Miliciens assassins fusillés de demain. » C'était replacer l'offenseur dans la position de l'agressé et lui donner l'occasion inespérée d'avoir le mot de la fin. La réplique de Philippe Henriot, en ce 27 juin 1944, ne manquait ni de hauteur ni de dignité :

Philippe Henriot répliqua le 27 juin 1944 :

« Qu'est-ce qu'on veut que cela me fasse d'être promis aux attentats par *Bir Hakeim* ou toute autre feuille clandestine, aux balles de mitraillette sous lesquelles sont tombés tant de mes amis et de mes camarades ? Si je devais être sensible à ce genre de menaces, il y a longtemps que je me tairais… Grâce à Dieu, je mourrai avant d'avoir dénoncé un seul Français… Injuriez-moi, couvrez-moi de ce que vous appelez vos outrages. Mais je ne répondrai plus. S'il y a du sang entre nous, c'est vous qui l'aurez versé. On ne discute ni avec les diffamateurs ni avec les meurtriers. Je vous ai déjà fait trop d'honneur, Lesage. Je ne peux pas vous haïr, car je ne haïrais qu'un nom que vous avez sans doute volé. Mais je vous méprise trop pour avoir encore quelque chose à vous dire… »

Cet éditorial, écrit dans le pressentiment, l'acceptation et comme à l'ombre de sa mort prochaine, devait être le dernier de Philippe Henriot. Vingt-quatre heures plus tard, il tombait sous les balles d'un commando, au siège de son ministère, en plein Paris, 10, rue de Solférino.

« Ah, dis donc, s'exclama Dupic, c'est torché ! — La vache, renchérit Poincheval, qu'est-ce qu'il cause bien ! » Deleau fut frappé par les inflexions testamentaires du message. Lui-même et son équipe, malgré les difficultés du moment, faisaient de leur mieux pour honorer leur rendez-vous quotidien avec un homme dont l'habileté dialectique, le souffle puissant et la sombre ardeur parvenaient encore à les convaincre, au moins le temps d'une émission, que leur cause n'était ni intrinsèquement perverse ni définitivement perdue.

Trois semaines s'étaient écoulées depuis le Débarquement. « Enfin ! », s'était réjoui Marcel Déat en commentant le lendemain dans *L'Œuvre* la nouvelle de l'« invasion », comme disait la terminologie officielle. Enfin, se réjouissait-il, on allait en découdre. Enfin, on allait voir ce qu'on allait voir. Enfin, les soldats américains, de notoriété publique les plus mauvais du monde, et leurs auxiliaires britanniques qui ne s'étaient pas montrés bien brillants sur terre, de Dunkerque à Héraklion, allaient apprendre ce qu'il en coûte de se mesurer à des troupes aguerries, commandées par des Rommel, des von Kluge, des von Rundstedt. Fini de rire (si tant est qu'on eût vraiment beaucoup ri jusqu'alors). Enfin, l'heure avait sonné du grand affrontement à l'Ouest, dont l'issue ne faisait pas de doute, garantie qu'elle était par la puissance inentamée de la Wehrmacht, le savoir-faire inégalé de l'OKW, l'incomparable génie stratégique du Führer, sans oublier les armes nouvelles. La chose réglée, on en finirait avec les Cosaques.

L'heure n'était plus à l'attentisme. Il fallait prendre parti. Déat n'était pas neutre, Doriot n'était pas neutre, Darnand n'était pas neutre, Henriot n'était pas neutre. « Nous ne sommes pas des dégonflés », proclamait en manchette la rédaction de *Je suis partout*. Les partis collaborationnistes et leurs organisations paramilitaires, la Franc-Garde et autres corps de supplétifs avaient décrété la mobilisation générale. À genoux dans la cour d'honneur des Invalides, un millier de miliciens renouvelèrent leur serment de mourir en chantant. Jamais il n'y avait eu autant de dénonciations anonymes, jamais non plus autant d'engagements volontaires.

Trois semaines s'étaient écoulées depuis le Débarquement et c'est à croire qu'il ne s'était rien passé. À Neuville comme à Paris les drapeaux frappés de l'araignée maléfique flottaient toujours sur les mêmes façades devant lesquelles, aux mêmes heures, la garde montante, au pas de l'oie, relevait la garde descendante.

À Paris, les théâtres donnaient *Antigone*, *Les Mouches* et *Le Soulier de satin*, les cinémas *Les Visiteurs du soir* et *Les Aventures du baron de Münchausen*. Édith Piaf, Fernandel et Reda Caire étaient à l'affiche des music-halls. Gérard Philipe et Michel Bouquet brillaient aux concours du Conservatoire. Le premier congrès de la Milice restait prévu pour la fin du mois de juillet. Les concerts donnés par les grands orchestres allemands, civils et militaires étaient toujours programmés, les cinémas, restaurants, foyers et bordels réservés aux soldats allemands toujours en activité, les bureaux de recrutement de la LVF, du NSKK, de l'organisation Todt toujours ouverts. La presse et la radio reproduisaient intégralement les déclarations et recensaient fidèlement les activités d'un gouvernement de plus en plus fantôme, pour ne pas dire fantoche, et notamment les déplacements du Maréchal, acclamé partout où il apportait le réconfort de sa présence. Les apparences de la normalité étaient sauves, le temps semblait suspendu et l'Occupation éternelle.

C'est qu'entre le nazisme et le désastre, entre les collaborateurs et l'abîme, la Wehrmacht interposait son épaisseur rassurante. Le front de Normandie tenait. Les Alliés piétinaient. Certes, Cherbourg, un peu vite qualifiée de Stalingrad normand, venait de tomber entre leurs mains, mais le port était inutilisable, paraît-il. En revanche, Caen, but premier du haut commandement allié, n'avait toujours pas été atteinte. Les mêmes noms, ou à peu près, de villes, de bourgades, de villages inconnus revenaient dans le communiqué quotidien. Les analyses des journaux étant fort succinctes et les cartes qu'ils publiaient, à dessein incompréhensibles, on pouvait en retenir que la zone des opérations et des combats se situait du côté de Vire et de Valognes, d'Argentan et de Saint-Lô, quelque part entre Tilly-sur-Seulles, Villers-Bocage et Thury-Harcourt. Loin, en tout cas, et même, semblait-il, de plus en plus loin de Paris. Autant dire sur la Lune, ou nulle part. Les envahisseurs étaient contenus, peut-être même étaient-ils en train de tomber dans un piège. Il n'était pas tout à fait absurde d'imaginer que le commandement allemand, interdisant aux Alliés toute progression en direction de Paris, les laissait accumuler hommes et matériel dans une vaste poche et que, lorsqu'il estimerait venue l'heure de la grande contre-offensive annoncée dès le premier jour, il refermerait sur cette masse imprudemment aventurée les cordons de la nasse.

Rome – un détail de l'histoire – déclarée ville ouverte, avait été abandonnée sans combat. Le Führer – on le reconnaissait bien là – avait décidé d'épargner les horreurs et surtout les ravages de la guerre à ce joyau du patrimoine de l'humanité. Mais les Chemises noires, endivisionnées par la République fasciste de Salo, montaient se battre en première ligne aux côtés de leurs camarades allemands.

La guerre continuait dans le Pacifique où l'autre grande puissance de l'Axe, le Japon, occupait toujours une partie de la Chine, l'Indonésie, l'Indochine française.

L'apparition spectaculaire des V1 dans le ciel de Londres vint à point revivifier le mythe déclinant des armes secrètes. Les journaux et la radio décrivaient en termes vagues mais lyriques – le secret militaire interdisait toute précision – des engins sans pilote qui n'étaient ni des obus ni des avions mais des sortes de torpilles téléguidées, des « météores à la dynamite » vecteurs de terreur, de destruction et de mort. L'Angleterre, qui s'était un peu vite vue victorieuse, replongeait dans le cauchemar du Blitz. Le Führer, encore une fois animé par des préoccupations humanitaires, avait longuement balancé à jeter dans la bataille ces armes si terrifiantes qu'elles effrayaient même celui qui les possédait. Mais puisqu'une fois de plus on avait pris sa bienveillance pour de la faiblesse, il s'était résigné, à son cœur défendant, à découpler ces « chiens de l'enfer », et ce n'était qu'un début : le V1, comme l'indiquait son numéro, ne correspondait qu'à la première génération des armes de représailles.

Henriot – encore lui – qui se trouvait en Allemagne le 6 juin 1944, avait déclaré le jour même dans une interview au *Matin* : « Au moment où j'apprends sur le territoire allemand la première tentative d'invasion, ma pensée de Français se porte immédiatement vers ceux de nos amis et de nos camarades qui portent l'uniforme de la Waffen SS. À la minute décisive qui va fixer pour des siècles le destin de l'Europe, c'est avec une ferveur particulière que je songe à ceux qui ont décidé de prendre rang parmi les artisans officiels de la victoire. »

Si un homme aussi informé que Philippe Henriot croyait (ou disait croire) à la victoire de l'Allemagne, comment ceux qui, comme lui, avaient tout à redouter d'une défaite du Reich, n'auraient-ils pas persisté à croire, même contre l'évidence, à ce qu'ils souhaitaient ?

Trois semaines s'étaient écoulées depuis le Débarquement, et tout avait changé. Comme quatre ans plus tôt à la même période de l'année, la France était le champ de bataille. Les « asperges de Rommel », ces obstacles de fer répandus à profusion sur les plages, les marais et les prairies de Normandie, n'avaient ni transpercé tous les planeurs ni éventré tous les bateaux. Le mur de l'Atlantique s'était avéré aussi coûteux, aussi poreux et moins efficace encore que la ligne Maginot. On cherchait vainement au ciel saturé de traînées blanches la trace d'un avion allemand. Les Anglo-Américains avançaient lentement, mais ils avançaient. Les Allemands reculaient pied à pied, mais ils reculaient. Et quelques arguties que l'on pût inventer, aucun esprit rassis ne pouvait concevoir pourquoi la Wehrmacht, si elle en avait réellement les moyens, n'avait ni encerclé, ni capturé, ni rejeté l'ennemi à la mer.

Les rares nouvelles de l'étranger allaient toutes dans le même sens, qui était clair : plus aucun gouvernement responsable n'était disposé à parier un pfennig sur l'Allemagne. Des pays jusqu'alors alliés, voire satellites du Reich revenaient à la neutralité. Franco reprenait ses billes et rappelait la division Azul. La Roumanie du roi Michel, la Bulgarie du tsar Boris, la Hongrie du régent Horthy faisaient ou tentaient de faire défection. Des pays accommodants et conciliants avec Berlin – la Suisse, la Suède, la Turquie, le Portugal – prenaient leurs distances. Des pays jusqu'alors neutres, notamment en Amérique du Sud, rejoignaient, comme en 1918, le camp allié.

Dunkerque, Rouen, Lisieux, Cherbourg, Caen, Le Havre, Saint-Malo, Brest, Nantes, Saint-Nazaire, Saint-Étienne, n'étaient plus que des monceaux de ruines sous lesquelles étaient ensevelis des milliers de morts. Les vieilles maisons à pans de bois, les églises, les quartiers anciens étaient la proie des flammes. Le soir, le ciel était rouge.

Les pénuries alimentaires, la désorganisation des transports, les coupures de gaz et d'électricité faisaient de la vie quotidienne un calvaire.

Les journaux de ce printemps 44, réduits à leur plus simple expression, quatre pages les bons jours et deux les mauvais – une feuille recto-verso petit format contraints d'aller à l'essentiel, ressemblaient à un carnet mondial qui n'aurait été ouvert qu'à la rubrique « Nécrologie ». Guerre en Europe, guerre en Asie, guerre à l'ouest, guerre à l'est, guerre au sud, insécurité et banditisme. Certaines régions échappaient désormais à tout contrôle. Aux ravages de la guerre « régulière » s'ajoutaient les horreurs de la guerre civile, de la guérilla et de la contre-guérilla. La liste s'allongeait chaque jour des maires, des châtelains, des notables, des prêtres, des commerçants, des paysans, des miliciens assassinés chez eux, sur le trajet de leur travail, dans leurs champs, enlevés et retrouvés dans les bois, des hommes politiques, des châtelains, des universitaires, des étudiants, des ouvriers, des juifs, des maquisards arrêtés, abattus, exécutés. Le pays sombrait dans le chaos.

Le désordre était aussi dans les têtes. On pouvait voir se multiplier les signes d'un proche effondrement de l'Allemagne et, n'en croyant pas ses yeux, refuser d'admettre que le pays qui avait conquis et asservi l'Europe pût être battu par ceux-là mêmes qu'il avait écrasés. On pouvait déplorer la défaite et approuver l'armistice de 1940, abhorrer Vichy et vénérer le Maréchal, s'indigner des bombardements et se réjouir des coups portés au potentiel militaire allemand, espérer les Américains et redouter les Russes, admirer la Résistance et détester les maquis, souhaiter ardemment la fin de l'Occupation et craindre la Libération. C'était un temps déraisonnable.

Au signal donné par Londres, avec plus ou moins de moyens, plus ou moins d'ardeur et plus ou moins de succès, les maquis étaient entrés en action sur l'ensemble du territoire. À l'audace nouvelle de la Résistance répondait une répression d'une férocité accrue.

« On nous demande, résuma Krebs à l'intention de Deleau, d'assurer la tranquillité de l'arrière de telle sorte que rien ne vienne perturber les mouvements de nos troupes et en priorité l'acheminement des renforts vers le front, et que rien n'oblige à maintenir sur place des unités qui seraient plus utiles en Normandie. En même temps, on ne cesse d'opérer sur nos effectifs des ponctions qui nous privent de nos meilleurs éléments. Bref, on attend de nous plus de résultats avec moins de moyens. C'est parfaitement absurde. Nous ne pouvons faire face partout. Il faut donc chercher l'exemple. Nous devons taper d'autant plus fort que nous sommes en réalité plus faibles. »

XIX

Les Borderies, 27 juin 1944

« Hô ! Hô ! » Le paysan tire à fond sur les rênes et sa vieille carriole poussive s'arrête à la hauteur des deux hommes qu'il vient d'apercevoir en train de sauter maladroitement, l'un soutenant l'autre, du talus sur la route déserte. Le vieil homme à l'épaisse moustache grise plisse les yeux et les inspecte curieusement, de haut en bas. Son regard descend des visages à peine hâlés aux vieux vestons de velours marron rapiécés aux coudes, comme le sien, aux pantalons sans forme, tenus à la taille par des sandows, jusqu'aux godillots éculés et maculés d'une boue à peine séchée, alors qu'il n'est pas tombé d'eau dans le coin depuis deux jours. Ils doivent venir de loin. Des Parisiens, peut-être, en tout cas des jeunes gens de la ville, des petits messieurs dont les mains n'ont pas dû souvent manier la bêche, la pelle ou la pioche. Des étudiants réfractaires, sans doute. En ce moment, il en pleut comme à Gravelotte. À croire qu'ils tombent du ciel comme une nuée de sauterelles.

Les fétus de paille et les chatons accrochés aux vêtements et mêlés aux cheveux des deux jeunes gens sont assez parlants : ils ont dormi à la dure, à la belle étoile, dans une grange, sur une meule de foin. Le vieux en est, dans le fond, tout attendri :

« Alors, les gars, où est-ce que vous allez comme ça ?

— Vers Le Breuil. C'est encore loin ?

— Au Breuil ! Eh ben vous n'êtes pas rendus. Vous en avez pour deux bonnes heures, et encore en marchant bien.

— Deux heures ! Et mon copain qui a du mal à marcher ! Dites, vous ne pourriez pas nous avancer un peu ?

— C'est justement là que je vais à c't'heure. Allez, monter les gars. Vous avez de la chance. »

Les deux jeunes gens ne se le font pas dire deux fois. Le premier aide le second, qui claudique, à se hisser.

Les trois hommes, assis côte à côte sur la banquette rembourrée en noyaux de pêche, restent un bon petit peu sans se parler. L'époque ne s'y prête pas. On est dans une période où tout le monde se méfie de tout le monde, par peur de faire confiance à n'importe qui. C'est dire que les paysans qui en temps normal ne sont pas très causants se font encore plus circonspects et taiseux. Ils sont d'autant plus méfiants qu'ils ont appris par expérience à se méfier d'eux-mêmes et de leur propre crédulité. Mais une fois franchie la barrière de leur méfiance, le champ de leur naïveté est absolument sans limites.

Laisser l'initiative de la conversation à leur cocher. Qu'il ait le sentiment, si on lui parle, d'avoir soutiré des confidences qu'on ne voulait pas lui faire. Appâter, laisser venir, ferrer d'un bon coup.

Le paysan respecte d'abord les usages et reste prudent. Le silence est le mode de communication le moins dangereux. Une demi-heure s'écoule ainsi. C'est long. Enfin, la curiosité est la plus forte. Il se racle la gorge, crache sur le côté un long jet de salive :

« Et comme ça, vous connaissez du monde au bourg ?

— Non, on n'est pas d'ici. On va peut-être devoir aller jusqu'à Sarzeau.

— Avec ça, ça vous fait encore une trotte. Et vous venez de loin ?

— Encore assez... »

Silence. La réponse a mis fin au dialogue. Mais Les deux jeunes gens échangent discrètement de longs coups d'œil aussi appuyés qu'un aparté sur la scène du théâtre municipal de Saint-Flour. Chuchotements. « *On lui dit ? — Tu crois ? — Oui, vas-y. — Non, vas-y toi.* »

« Bon, écoutez. Vous nous avez déjà rendu service. On va vous faire confiance. Vous avez entendu parler du maquis Bertrand à Champagnac ?

— Euh... Il me semble, oui.

— Nous avions rejoint le commandant Bertrand il y a dix jours. Je crois qu'on a été donnés. Les Fritz et les milicos nous ont attaqués l'autre nuit. Nous avons pu nous sauver. Nous sommes les seuls survivants. »

C'est un principe élémentaire du mensonge qu'il faut toujours mêler au faux un maximum de vrai pour que la mayonnaise prenne. Champagnac est un gros bourg à cinquante kilomètres du Breuil. Assez près pour que l'endroit soit connu. Trop loin pour qu'on ait pu vérifier la réalité des faits. Quarante-huit heures plus tôt, une action conjointe de la Milice et des Allemands a permis d'y mettre la main sur une famille juive et deux réfractaires. Deux ou trois coups de feu ont été tirés, pas plus.

« Voilà, conclut le plus vieux. Maintenant, ce qu'on voudrait, c'est renouer le fil avec d'autres maquis. »

Le vieux réfléchit :

« J'ai peut-être ce qu'il vous faut. Laissez-moi faire. »

Il a gobé l'hameçon.

Il y a maintenant cinq heures qu'une voiture du service a déposé Deleau et Pirotte à l'orée du bois dont ils viennent de sortir. Contrairement à ce que croit le paysan, ce n'est pas lui qui les a surpris, mais eux qui le guettaient et l'ont vu venir du plus loin. Quant à leur habillement, la rue des Prouvaires y a pourvu. Au fil des mois, le « château » est devenu un véritable vestiaire qui fournit à la demande de quoi composer tous les personnages du répertoire contemporain, du radio parachuté au postier, en passant par l'étudiant, le scout, le gendarme, le cheminot.

Une heure plus tard, il arrête sa carriole devant le café de L'Espérance, place de l'Église, au Breuil. Pendant que Pirotte et Deleau, restés en terrasse, se font servir une fillette de rosé, le paysan a un long conciliabule, dans sa cuisine, avec le cafetier. Celui-ci vient enfin en grand mystère et tout en faisant mine de nettoyer le guéridon de marbre leur murmure : « Bougez pas, je me fais remplacer et je vous emmène chez M. Monange. » Mission accomplie, le paysan, tout fier et tout glorieux, remonte dans sa carriole : « Allez, bonne chance, les jeunes. »

Deux fois certifiés conformes, par le paysan au cafetier, puis par le bistrot, fort des informations données par le paysan, Deleau et Pirotte sont présentés comme d'indiscutables maquisards à M. Monange. Celui-ci, après leur avoir énergiquement serré la main, n'hésite donc pas à leur révéler qu'il n'est rien de moins que le capitaine Achille, chef de l'Armée secrète au Breuil. Il n'a jamais entendu parler du maquis Bertrand, mais rien d'étonnant. Les questions qu'il pose aux deux jeunes gens orientent leurs réponses dans la direction qu'elles leur indiquent : le maquis Bertrand, paix à ses cendres, était un maquis « rouge » et les relations entre FTP et AS sont exécrables. Deleau rassure leur interlocuteur :

c'est un pur hasard, un tuyau donné par un copain, s'ils ont atterri chez les partisans. Son camarade et lui sont catholiques, ils étaient aux JEC. Le soir à table – M. et Mme Monange ont tellement insisté pour les garder à dîner et à coucher – « On ne va pas vous laisser comme ça dans la nature, vous ne savez pas où aller et puis après toutes ces aventures vous avez besoin de manger et de dormir » – le capitaine Achille leur expose son plan. Son frère, qui dirige une entreprise de collecte du lait dispose à ce titre d'une autorisation de circuler valable pour tout le département. Une fois sa tournée effectuée, il pourra conduire les deux nouvelles recrues de l'AS jusqu'à Sarzeau où il a un contact qui les mènera au maquis de la forêt des Moulières. Les yeux de Deleau s'illuminent : « Vous avez un camion ? Mais alors, on pourrait récupérer les armes ? » Et d'expliquer que huit jours plus tôt, après un parachutage, ils ont planqué avec les hommes de Bertrand dans une ferme abandonnée des mitraillettes Sten, une cinquantaine peut-être, des cartouches, du plastic, des grenades et une douzaine de pistolets « comme celui-ci ». Il tire de sa veste et exhibe un magnifique pistolet canadien qui fait l'admiration de son hôte, apparemment fin connaisseur. « Mais est-ce que les Allemands n'auront pas mis la main dessus ? — Impossible. » Et il raconte de nouveau avec un grand luxe de détails l'assaut donné à leur campement, la résistance héroïque et désespérée des maquisards et comment son copain Fred, ici présent, et lui-même, Jacques, partis pour la corvée d'eau, ont assisté, cachés dans les buissons, au combat, puis à l'exécution sur place des cinq partisans faits prisonniers.

« Et tu es sûr de retrouver l'endroit ?

— Pas difficile. Vous avez une carte de la région ? Voilà. Vous voyez, c'est juste à mi-chemin entre le Breuil et Champagnac. On quitte la nationale au croisement, on fait trois cents mètres en direction de

Coudray-le-Vieux et juste à trois cents mètres vous avez la ferme des Borderies. Ce serait trop bête de laisser perdre tout ça. Ce sera mon cadeau d'entrée à l'AS. Ma dot, en quelque sorte. »

Le mot fait rire.

« Mais dis donc, ça doit peser lourd ?

— Je pense bien. Il y en a facilement pour une tonne et demie.

— Alors, il vaudrait mieux que je vous accompagne avec deux amis. Nous partirions après que mon frère aura fini sa tournée, disons vers cinq heures. Il y en a pour trente minutes au maximum, et on transporterait tout ça ici, dans un premier temps. »

M. Monange questionna longuement encore les deux jeunes gens sur leur vie dans le maquis et ils lui répondirent de leur mieux. « Allons, dit enfin Mme Monange, à leur grand soulagement, laisse un peu ces pauvres enfants. Tu vois bien qu'ils tombent de sommeil. »

« C'est bien gentil ton truc, dit Pirotte à Deleau quand ils se retrouvèrent seuls. Mais il n'y a pas plus de dépôt d'armes que de beurre en branche. À quoi ça rime ? Et qu'est-ce qui va se passer quand on arrivera là-bas ?

— Laisse, j'ai tout prévu. »

Le lendemain, Jean Deleau manifesta l'intention d'aller à la poste du Breuil pour téléphoner à ses parents qui étaient sans nouvelles de lui depuis plus d'un mois. « Vous n'y pensez pas, lui dit la bonne Mme Monange, utilisez notre appareil. » Elle insista tant qu'il dut accepter. Elle demanda pour lui le 25 à Neuville. « Voilà votre communication », dit-elle quand la sonnerie retentit. C'était Dupic à l'autre bout du fil. « Allô, André, c'est Jacques. Oui, Jacques. Est-ce que papa est là ? Tu me le passes ? »

Comme il l'avait espéré, Mme Monange s'éloigna par discrétion. « André, oui, c'est bien moi, Jean. Est-ce que tu peux prévenir papa de venir nous attendre à partir de cinq heures, sans faute, à la ferme que nous avons visitée l'autre jour. Les Borderies. Il sait de quoi il s'agit. Je ne serai pas seul. Oui, il y aura quatre amis avec nous. Qu'il prépare tout pour les accueillir comme ils le méritent. » Mme Monange rentrait dans la pièce. « Alors, s'inquiéta-t-elle, vous avez de bonnes nouvelles ? — Allez, je t'embrasse. Embrasse bien maman. Et dis à André qu'il n'oublie surtout pas ce que je lui ai demandé. » Il raccrocha. « Oui, Madame, excellentes. »

Krebs était aux Borderies dès quatre heures avec une section de feldgendarmes. Sa voiture et les deux camions dissimulés derrière les bâtiments de la ferme, il enferma le fermier, sa femme, leurs trois enfants et les deux ouvriers agricoles dans l'étable, avec interdiction de sortir sans son autorisation. « Ne vous étonnez pas si nous faisons un peu de bruit, il va y avoir une petite fusillade. »

Il était un peu plus de cinq heures et demie lorsque le camion conduit par le frère de M. Monange arriva aux Borderies. Les quatre hommes étaient dans la cabine. Les deux jeunes gens étaient restés sur la plate-forme. Deleau et Pirotte, qui n'avait plus besoin de boiter, sautèrent lestement à terre et ouvrirent les deux battants du portail massif. Le camion pénétra lentement dans la cour. Une mitrailleuse ouvrit le feu…

Lorsque le fermier et ses journaliers osèrent sortir de l'étable après avoir attendu plus d'une heure, ils trouvèrent quatre cadavres dans la carcasse du camion incendié.

« Arrêter Mme Monange et le patron du café. Retrouver le paysan », nota Deleau sur le chemin du retour.

Précy-le-Sec, 21 juillet 1944

« C'est ici, dit Krebs, et il désigna de l'index un point sur la carte. Précy-le-Sec, entre Ouzouer et Morée. Il y a deux jours, à la sortie de ce village, une voiture de commandement a été prise sous le feu de tireurs embusqués. Par bonheur, le chauffeur a pu faire demi-tour, mais un soldat a été tué et un officier blessé. Cette agression ne peut rester impunie. Le maire a juré ses grands dieux que ses administrés n'y étaient pour rien. Mais même en admettant que les terroristes ne soient pas du village même, ils sont forcément connus des villageois. J'ai fait savoir par voie d'affiche que si les auteurs de ce lâche attentat se dénonçaient, il en serait tenu compte et que s'ils étaient dénoncés il y aurait une récompense. Naturellement, rien n'est venu. Je voudrais pourtant éviter des représailles aveugles. Mais il y a peut-être un moyen de faire sortir les rats de leur trou. Voici ce que nous allons faire... »

Le 21 juillet à onze heures du matin, un cortège composé de deux tractions avant et d'une camionnette découverte fit son entrée en klaxonnant dans Précy-le-Sec et s'immobilisa devant la mairie. Des V majuscules encadrant des croix de Lorraine et des inscriptions « FFI » avaient été peintes sur les flancs des véhicules. Les portières des voitures avaient été enlevées et des hommes armés de fusils étaient allongés sur les ailes. Les passagers de la camionnette, en bras de chemise, agitaient des drapeaux tricolores et arboraient des brassards aux couleurs nationales. Le chef, un très jeune homme aux cheveux châtain séparés par une raie, en culottes de cheval et bottes de cuir, portait une vareuse de toile beige dont les épaulettes s'ornaient de quatre galons dorés. Il gravit les marches du perron de la mairie et prit la parole : « Honneur et patrie. Je suis le commandant de

Villehardouin. Les Américains sont à Châteaudun. Nous sommes libres ! »

Les portes et les fenêtres des maisons s'ouvraient. Les gens sortaient, timidement d'abord, doutant de ce qu'ils voyaient et entendaient, n'en croyant ni leurs yeux ni leurs oreilles. Le commandant dut répéter sa proclamation, à laquelle il ajouta cette fois : « Vive la France ! Vive les États-Unis d'Amérique ! Vive l'Union soviétique ! » Alors, la joie éclata. Les drapeaux apparurent. *La Marseillaise* retentit. On chantait, on dansait, on s'embrassait, on s'arrachait les braves FFI, on débouchait des bouteilles. Un vieil homme s'approcha du commandant, une bouteille de vouvray et deux verres à la main : « Je suis M. Maheu, l'ancien maire révoqué par Vichy. C'est le plus beau jour de ma vie. Tenez, dit-il en prenant par l'épaule un beau jeune homme qui regardait le commandant avec admiration, voilà mon petit-fils. Il voulait s'engager dans la Résistance ! Maintenant, je vais pouvoir le garder pour moi. J'ai déjà perdu son père. Alors... » Il remplit un verre et l'offrit au commandant qui déclina l'offre. « Merci, je ne bois pas. » Le jeune officier observait les scènes de liesse et gardait tout son sang-froid, comme il sied à un chef. Ses hommes, contrairement à la légende noire qui courait sur les maquis, faisaient preuve d'une grande retenue et restaient groupés autour de leurs voitures.

Des hommes qui étaient rentrés chez eux ressortaient maintenant en brandissant des fusils et des revolvers. Le jeune Maheu entra en courant dans l'église. On le revit quelques instants plus tard dans le clocher. Il agitait un drapeau. On l'acclama. Tout d'un coup, il lâcha son drapeau et fit de grands gestes incompréhensibles. Il criait quelque chose que l'on n'entendait pas. « Chut ! Chut ! Écoutez-le ! » On comprit enfin : « Les Boches arrivent ! Les Boches sont là ! Rentrez chez vous ! » De son poste d'observation, il pouvait voir deux colonnes de camions allemands arrêtés aux deux entrées de Précy où des mitrailleuses étaient mises en batterie. Des dizaines de soldats casqués, armés de fusils et de pistolets-mitrailleurs, progressaient vers le centre du village à travers champs et jardins. L'attitude des FFI était stupéfiante. Ils ne cherchaient pas à prendre la fuite. On admira leur courage. Mais ils ne se préparaient pas davantage au combat. On comprit un peu tard pourquoi.

Lorsque Krebs rejoignit Deleau devant la mairie, les rues du village étaient vides et les habitants claquemurés. « Des Croates, c'est tout ce qu'on m'a donné. C'est tout ce qu'ils avaient de disponible. Ça ne va pas être joli. » Les soldats enfonçaient à coups de crosse les portes des maisons d'où l'on entendit bientôt monter des cris aigus de femmes. Ils en ressortaient, certains chargés de butin, d'autres poussant devant eux des hommes qui gardaient les mains en l'air. Une centaine d'hommes âgés de dix-huit à soixante ans furent bientôt rassemblés dans un verger où ils se tinrent agenouillés sous la menace des armes. Il revint à Deleau et à ses hommes de désigner ceux d'entre eux qui s'étaient le plus signalés par leur ardeur patriotique, et notamment ceux qui avaient été vus en possession d'armes. Ils furent ainsi une trentaine à être mis à part. Les soldats répandirent de la paille et du pétrole sur le seuil de leurs maisons et mirent le feu. Une fumée noire monta au-dessus du village

Les hommes sélectionnés – une trentaine – furent conduits dans la cour d'une ferme. Quand il vit passer parmi eux son petit-fils le vieux M. Maheu s'élança vers lui. Mais un Croate s'empara d'une fourche et à la pointe de l'outil, sous les rires approbateurs de ses camarades, il le poussa dans une meule en flammes.

Krebs désigna le jeune homme à Deleau : « C'est lui, me disiez-vous, qui a prévenu la population de notre approche. À cause de lui, je suis sûr que des criminels ont réussi à nous échapper. Je vous le donne. Il vous appartient. »

Jean Deleau sortit son Luger, mais sa main tremblait :

« Je ne peux pas, dit-il. Je ne l'ai jamais fait.

— Vous connaissez l'adage. *Alle Anfang ist schwer*. Tous les commencements sont difficiles. Mais il faut bien commencer. Il y a une première fois pour tout.

— Je ne peux pas, répéta Deleau.

— Vous êtes le chef, vous devez donner l'exemple. Ne vous rendez pas ridicule. Venez. »

Ils disparurent derrière la meule, l'adolescent marchant le premier, puis l'Allemand armé de son pistolet-mitrailleur, puis Deleau son Luger à la main. On entendit un coup de feu.

Deleau reparut. Il remettait son pistolet dans son holster. Il était livide, mais il plastronnait. « Il n'y a que ça de vrai », dit-il.

« Eh bien, vous voyez que ce n'était pas si difficile. »

Les hommes retenus furent fusillés cinq par cinq. Les Allemands quittèrent Précy-le-Sec en fin d'après-midi. Comme ils traversaient un village, le pneu d'un des camions éclata. Un jeune homme et une jeune fille à bicyclette s'étaient arrêtés pour voir passer la colonne. L'incident les fit rire. Deleau fit crever les pneus de leurs vélos.

Saint-Amand, 5 août 1944

Monsieur le Commandant,

Je viens par la présente vous signaler le comportement SCANDALEUX *de la femme Marguerite Terrasse, épouse Vivier. Cette grosse* COCHONNE, *après avoir honteusement trompé son mari prisonnier de guerre avec tous les soldats allemands de passage à Saint-Amand, s'en prend maintenant aux hommes du village qu'elle détourne de leur femme en leur montrant ses seins et tout le reste à la baignade. Elle fricote en ce moment avec le dénommé* BAUDRY *Jacques. Je crois de mon devoir, comme bonne Française, de vous signaler que cet individu est avec le dénommé* PARDOUX *Augustin un très grand* RÉSISTANT. PARDOUX *est le chef du maquis à Saint-Amand. Ils sont tous trois* TRÈS DANGEREUX *avec la femme Vivier.*

Rien ne manquait en somme à cette lettre – que la signature. L'expéditeur devait être distrait.

Pirotte était absent depuis trois jours, parti sur « un très gros coup ». « Tu savais qu'il y avait un maquis à Saint-Amand ? Allons toujours voir, ça nous promènera », dit Deleau à Lapraye.

Saint-Amand, doublement endormie, dans la torpeur de midi et la touffeur du mois d'août, semblait tout ignorer de la guerre. On indiqua aux deux messieurs en complet gris la baignade, au bord du Loir. C'était une petite langue de sable, ou plutôt de terre et de gravier mêlés, agrémentée d'un ponton aux planches de bois vermoulues. Une assez jolie brune en maillot de bain, les ongles des mains et des pieds passés au rouge, étendue sur une serviette de plage, la main en visière sur les yeux, y devisait gaiement avec un beau garçon en slip, tout bronzé, debout au-dessus d'elle, qui faisait des effets de torse et de biceps. C'était le genre beau parleur et tombeur à casquette, l'école de Gabin et Préjean. Quant à la Viviane Romance de chef-lieu de canton, c'était évidemment Marguerite Vivier. Son compagnon l'appelait Guite.

« Monsieur Jacques Baudry ? demanda poliment Lapraye qui, lui, faisait plutôt dans le style Jean Tissier, en touchant le bord de son chapeau. Est-ce que nous pourrions vous dire quelques mots ? Rien de bien grave, rassurez-vous. » Les trois hommes s'éloignèrent de quelques pas. « Robert Lapeyronnie, poursuivit Lapraye, et mon collègue Delahousse. Nous sommes inspecteurs à la Délégation ministérielle aux Prisonniers de guerre. Est-ce que vous savez que votre amie et vous, vous risquez jusqu'à trois ans de prison pour adultère et complicité d'adultère alors que le mari est dans un stalag ?

— Eh bien dites donc, fit Baudry, qui semblait avoir une forte propension à tout prendre à la blague, ça va en faire du monde en taule.

— On voulait seulement vous mettre en garde, intervint Deleau. C'est vrai que vous n'êtes malheureusement pas les seuls. Après ça, vous prenez vos responsabilités. Vous ne pourrez pas dire que vous n'avez pas été prévenu. Au fait, vous connaissez Augustin Pardoux ?

— Bien sûr, c'est la plus grosse ferme du pays.

— Vous êtes amis ?

— C'est-à-dire que je l'ai fréquenté un temps, mais je ne le vois plus ces temps-ci. Je suis occupé ailleurs, vous comprenez ?

— Parfaitement, eh bien, je vais vous donner un conseil d'ami, surveillez vos fréquentations. Je me suis laissé dire qu'il est à la tête du maquis de Saint-Amand.

— Lui, s'étrangla Baudry, la bonne blague ! D'abord, il n'y a pas de maquis ici, et de toute façon s'il y en avait un… Ce sont des airs qu'il se donne le soir, quand il a un coup dans le nez, mais y a pas plus pétochard que lui. Moi, en tout cas, ce n'était pas pour ça que je venais chez lui. C'était plutôt pour sa femme. Je trouve la vie bien trop courte pour aller la perdre dans des idioties. L'amour, croyez-moi, y a que ça de vrai ! J'ai pas raison ? Bon, c'est pas tout ça. Il ne fait pas chaud à l'ombre. Vous avez encore des questions à me poser ?

— Mais non, dit Lapraye. Ce qu'on vous en disait, c'était juste pour causer. Nous, vous savez, aux Prisonniers, c'est pas nos affaires.

— Ah bon, parce qu'à force, je me demandais si vous n'étiez pas de la police. On n'est sûr de rien par les temps qui courent.

— Nous, la police ? dit Deleau. Ce serait plutôt le contraire.

— Ce que j'en dis. C'est que vous avez l'air bien informé. Au fait, si vous passez chez les Pardoux, faites gaffe à la Josette. Elle en veut. Je crois aussi qu'elle m'en veut depuis que... enfin, vous me comprenez, on est entre hommes. Allez, bonne journée à vous aussi. »

Le joyeux garçon tourna les talons et alla rejoindre sa compagne du bord de l'eau en roulant des épaules et en sifflotant *Comme tout le monde*, une scie de Ray Ventura. En voilà un, au moins, qui ne se faisait pas de bile.

« Et si on rendait une petite visite aux Pardoux ? » suggéra Deleau à Lapraye. Il avait maintenant son idée sur l'auteur de la lettre anonyme.

Le tas de fumier au milieu de la cour et la mare à purin, à deux pas du puits où l'on tirait l'eau potable eurent le don de l'irriter : « Cochons, on ne voudrait même pas d'eux comme cochons en Allemagne ! » Justement, une jeune femme sortait d'un bâtiment au toit de tôle avec une bassine vide sous le bras. La fermière, sans doute, qui venait de donner à manger aux porcs. Elle portait une robe légère qui laissait les bras nus et quand elle aperçut des visiteurs, elle s'arrêta pour arranger son décolleté, de façon à mettre ses avantages mieux en valeur. Elle était jeune encore et accorte, mais avec déjà un pli d'amertume au coin des lèvres, et elle se négligeait.

Elle les fit entrer dans sa cuisine, posa une bouteille de vin et trois verres sur la toile cirée.

« Madame Pardoux, sans doute ? demanda Lapraye. Monsieur Pardoux n'est pas là ?

— Si, mais le médecin lui a dit de garder la chambre. Il est là-haut. C'est à quel sujet ?

— Je suis le capitaine Conan, dit Lapraye, de l'état-major des FFI de l'Indre-et-Loire. Et voici le lieutenant Éric.

— Vous êtes de la Résistance ? demanda Josette, saisie, qui s'en assit, le souffle coupé.

— Un peu, dit Éric qui sortit son pistolet canadien, lequel fit son effet, comme d'habitude.

— Josette, dit une voix d'homme qui venait du premier étage. Qu'est-ce que c'est ?

— Deux messieurs qui veulent te parler. Je les fais monter.

— Je croyais que votre mari était malade, s'étonna le capitaine Conan.

— Malade, lui ? Oui, malade de trouille. Votre visite le guérira. »

Un homme était en effet couché, en plein midi, ou plutôt enfoui sous ses édredons, dans une chambre où les persiennes closes filtraient une lumière grisâtre. Il transpirait abondamment et ses petits yeux porcins que rétrécissaient la peur et la ruse étaient toujours en mouvement. Il garda constamment ses mains sous les draps, ce qui laissa supposer à ses visiteurs qu'il tenait une arme.

« Vous êtes bien Augustin Pardoux ? demanda, sévère, le capitaine Conan.

— Oui.

— C'est bien vous qui dirigez le maquis de Saint-Amand ?

— Oui, enfin, le maquis, c'est peut-être un bien grand mot pour un petit groupe de patriotes, une dizaine peut-être, qui cherchent comment se rendre utiles. Ils se retrouvent chez moi, autour de moi, une fois par semaine. En ce sens, oui, on peut dire que je suis le chef.

— Vous n'êtes pas au courant des directives du général Kœnig ?

— Si, mais comme tout le monde, pas plus. Saint-Amand est très isolé.

— Les instructions sont pourtant claires. Qu'est-ce que vous attendez pour passer à l'action ? Que les Allemands soient partis ? Ne me dites pas que vous êtes de ces résistants de la vingt-cinquième heure qui escomptent tous les profits sans avoir pris aucun risque !

— Certainement pas, mais nous manquons terriblement de moyens.

— Les moyens, je vais vous les donner. Dans cette valise – le capitaine Conan frappa du plat de la main une élégante mallette – il y a de quoi faire sauter le pont de chemin de fer et couper la route de Vendôme. De combien d'armes disposez-vous ?

— Ah voilà, c'est bien le hic. Quelques revolvers et deux fusils de chasse.

— J'aime mieux ça. Ce n'est pas le courage qui manque, mais le matériel. Demain matin, nous vous apporterons de quoi armer votre groupe. Quels sont vos effectifs, exactement ?

— Eh bien, il y a moi, le père Cholet, Louis Vernaison, les deux frères Dumas, Albert Lacaze, Potier, le petit Salavin. Huit en tout.

— Parfait. Convoquez-moi tout votre monde demain à onze heures. Vous aurez tout ce qu'il faut, des fusils, des grenades, du plastic, nous mettrons au point l'opération pour demain soir. Que tous vos gars soient présents. La Résistance est sans pitié pour les déserteurs. À demain. »

Pardoux suait à grosses gouttes, écartelé entre les risques du passage à l'acte et l'impossibilité de se dérober, tenaillé par la peur et l'ambition qui lui soufflaient des conseils contradictoires.

« Attendez, dit-il. Il y a un type, ici, un gros marchand de porcs qui a gagné des millions à trafiquer avec les Fritz. Est-ce qu'on ne pourrait pas profiter que vous êtes là pour lui régler son compte ?

— Pour avoir demain la police et peut-être la Gestapo sur le dos ? dit le lieutenant Éric. Non merci. Ça peut bien attendre encore quelques jours, non ?

— On pourrait peut-être déjà lui faire rendre gorge, dit le capitaine Conan, sans tenir compte des signes négatifs que lui adressait son lieutenant. Ce serait toujours ça de pris.

— Je peux prendre les frères Dumas au passage, dit Pardoux. Il vaut mieux y aller à cinq, des fois qu'il se défende. Moi, je vous guiderai, mais je resterai dans la voiture. Il pourrait me reconnaître. »

Il rejeta ses couvertures et se leva d'un bond. Ses petits yeux brillaient de cupidité et de méchanceté. Sa femme le regardait, étonnée de le voir si martial, et tout excitée à l'idée qu'il se passe enfin quelque chose à Saint-Amand.

« Au fait, comment s'appelle-t-il, votre trafiquant ? questionna Deleau.

— Pardoux, comme moi », répondit Augustin Pardoux, légèrement embarrassé.

L'autre Pardoux, Joseph, habitait une sorte de manoir dont la taille et l'ameublement attestaient ses affaires florissantes. Il ne tenta aucune résistance face aux quatre hommes, cagoulés et armés, qui le tenaient en joue, mais il ne put s'empêcher de grommeler : « Je parie que c'est mon fumier de neveu qui est derrière tout ça, ça se paiera. » Cela dit, il ouvrit son coffre devant ses agresseurs et en retira cinquante mille francs qu'il leur remit en soupirant : « C'est tout ce que j'ai ici. » Dans le coffre il n'y avait rien d'autre.

Le butin du hold-up fut scrupuleusement divisé en cinq. Lors de son procès, Deleau affirmera que Lapraye et lui-même, dès leur arrivée à Neuville, avaient remis à la trésorerie du SD leur part, diminuée de deux mille francs de frais. La chose ne put être ni confirmée ni infirmée.

Le lendemain dès sept heures du matin, le capitaine Conan et le lieutenant Éric étaient de retour à Saint-Amand, comme promis, mais accompagnés d'une trentaine d'hommes, allemands et français. Deleau commença par les Pardoux et procéda à l'arrestation du couple. Il fit monter le mari à l'avant de sa voiture : « Maintenant, tu vas nous conduire chez tous tes amis, et tâche de ne pas en oublier. » Au vu de tout le village, Augustin Pardoux livra donc tout son petit groupe dont les membres, avant d'être emmenés, purent voir leurs maisons brûler. L'opération n'entraîna pas la moindre effusion de sang.

Le convoi – deux camions et deux tractions avant – roulait depuis dix minutes lorsque Deleau aperçut un side-car qui arrivait en sens inverse. Dupic, conduit par un motocycliste allemand, occupait le siège du passager. Dès qu'il eut mis pied à terre, il se précipita vers Deleau, le visage décomposé : « Chef ! Chef ! Ils ont coxé Pirotte ! »

Le jeune homme avait réussi à infiltrer le maquis des Moulières. C'était le « gros coup » dont il parlait. Avait-il commis une imprudence ? Avait-il été démasqué ? On apprit bien plus tard qu'il avait en effet été reconnu par un ancien camarade de la fac.

« Ils l'ont laissé bien en évidence au milieu de la route, poursuivit Dupic. Ils lui ont arraché la langue, ils lui ont crevé les yeux, ils lui ont cloué sa carte de police allemande sur le front. »

Il s'effondra en larmes.

Deleau resta prostré quelques minutes. Puis il alla trouver le feldwebel qui commandait le détachement allemand. L'autre fit un geste d'indifférence, l'air de dire : « Ils sont à vous. »

Le convoi repartit pour stopper trois kilomètres plus loin, au lieu-dit Le Calvaire. Six des hommes arrêtés à Saint-Amand furent extraits de leur camion et alignés devant la vieille croix de pierre. Soldats allemands et gestapistes français formèrent, au coude à coude, le peloton d'exécution.

« Et moi ? » balbutia Augustin Pardoux, tremblant de tous ses membres, lorsque Deleau remonta dans la traction. « Toi, tu ne perds rien pour attendre. Je n'aime pas les donneuses. »

Augustin et Josette Pardoux furent condamnés à mort le surlendemain par un tribunal militaire allemand, pour avoir constitué un maquis. Mais les Allemands évacuèrent Neuville le 8 août et les oublièrent. Ils comparurent devant une cour de justice en octobre et furent derechef condamnés à mort pout avoir dénoncé des résistants. Le jugement cassé, leur peine fut ramenée à quatre ans. Sortis de prison en 1947, ils héritèrent de l'oncle marchand de porcs, assassiné à la Libération.

XX

Il marche. Il marche entre les façades éclatantes de blancheur, chauffées à blanc par le soleil, de l'avenue du Maréchal Pétain, et la réverbération lui blesse les yeux. Il marche, la main crispée sur la crosse de son Luger dans la poche de sa veste de cuir. Hier encore, il pouvait à son gré déchaîner la terreur et la mort chez ces bourgeois hautains qui, tapis dans leurs salons, bien à l'abri derrière les lourds rideaux de velours grenat soigneusement tirés, penchés sur le récepteur, écoutent la BBC. Aujourd'hui, c'est à son tour de raser les murs, de se retourner à tout moment pour vérifier si on ne le suit pas, de se demander d'où viendra la balle qui le couchera au pied d'une de ces maisons orgueilleuses. La peur est comme son ombre, la peur ne le quitte plus, et vivre avec sa peur n'a plus rien d'excitant. Il sent, comme dans un cauchemar, le nœud coulant se resserrer autour de son cou.

Du jour au lendemain, le lapin était devenu chasseur, et le chasseur, gibier – de potence. Le front avait crevé.

Il repassait en pensée les signes avant-coureurs auxquels il avait refusé de prêter attention.

C'était Gégène, à la mi-juillet, qui, plastiqué pour la deuxième fois, s'était résigné à baisser le rideau de fer. « Cette fois, je mets les bouts, avait dit le cafetier.

J'ai une baraque à Espalion, dans l'Aveyron. Je me mets au vert en attendant que les choses se tassent. »

C'était ce commissaire des RG – bien informé et bien disposé – qui lui avait glissé en confidence, « entre collègues » : « Pour moi, je ne crains pas grand-chose. Je n'ai fait que mon métier, convenablement mais sans zèle excessif. On aura toujours besoin de gens comme moi. Mais vous, vous figurez en tête de la liste des gens à abattre. »

C'étaient ces lettres anonymes et ces petits cercueils très parlants qui s'accumulaient dans sa boîte. Le fils, autant qu'il l'avait pu, les avait cachés à sa mère, et la mère à son fils. Ils se l'étaient avoué l'un à l'autre, en riant, lorsque Krebs, quinze jours plus tôt, avait averti Deleau qu'il ne pouvait plus garantir sa sécurité et celle de ses hommes s'ils restaient en ville. Sa mère elle-même lui avait dit : « Ne reviens plus à la maison. Ils te tueraient. Tu sais comme je suis heureuse de te voir, mais il faut d'abord penser à toi. Protège-toi. » Depuis, comme presque toute son équipe, il couchait au « château ». Sa mère lui apportait du linge propre et remportait le sale. Elle lui confectionnait des gâteaux qu'il mangeait avec dévotion. Ils convenaient à chaque fois de la date et de l'heure de leur prochain rendez-vous, « comme deux amoureux », plaisantait-elle, le sourire aux lèvres, les yeux humides.

Depuis la veille, enfin, la garnison de Neuville était consignée. Les voitures du maquis circulaient librement dans la campagne et se hasardaient jusqu'aux portes de la ville.

Il n'avait rien voulu voir. Il s'était jusqu'au bout raccroché à toutes les branches, même pourries, à tous les raisonnements, même tordus, à tous les mensonges, même patents.

De l'attentat du 20 juillet contre Hitler et de son échec, il n'avait voulu retenir, négligeant ce que l'événement avait laissé entrevoir de lézardes, de failles et de trahisons, que l'intervention miraculeuse de la Providence et la bienveillance toute particulière qu'elle témoignait au Führer.

Il avait répété avec Déat, enchanté de la formule, que la guerre est comme un film dont il faut attendre la dernière séquence pour connaître la fin. Il avait donc refusé d'accorder une signification quelconque à des épisodes mineurs tels que la chute de Cherbourg ou la percée d'Avranches, il n'avait pas pris la peine de se reporter à la carte pour voir exactement où se situaient les localités secondaires dont les noms apparaissaient dans des communiqués lénifiants au fur et à mesure qu'insensiblement s'élargissait comme une tache d'huile la zone tenue par les Alliés. Lorsque pour la première fois les journaux avaient vanté la résistance acharnée de l'armée allemande à l'offensive de Patton en Bretagne – en Bretagne ! C'était il y a trois jours ! – il en avait conclu avec le stratège de *L'Œuvre* que la route de la capitale était décidément fermée à l'envahisseur. Preuve s'il en fallait : la très rassurante inauguration du centre pour enfants Philippe Henriot, à Septeuil, en Seine-et-Oise.

Et voilà qu'il était soudain question, à l'ouest, d'Alençon, de Saint-Malo, de Brest, de Nantes, de Saint-Nazaire, à l'est, de Laval, de Sablé, de Mayenne, du Mans, voilà qu'on devait préciser qu'Angers, Chartres et Dreux étaient toujours aux mains des Allemands. Neuville pouvait tomber demain ou après-demain. C'était fichu. Le front avait crevé.

Il trouva Krebs dans la cour de l'immeuble du SD, rue de la Préfecture. Le Kommandeur contemplait un énorme tas de papiers en feu sur lequel une noria de soldats déversait inlassablement de nouveaux papiers. Lorsque les flammes faiblissaient, un soldat les faisait repartir d'une giclée de pétrole. Pêle-mêle, les dossiers du personnel, les fiches de paye, la liste des indicateurs et leurs rémunérations, les lettres de délation, les rapports administratifs, les procès-verbaux d'interrogatoires, les transcriptions d'écoutes, les comptes rendus de filatures, la recension des résistants retournés devenus agents doubles, quatre années de travail partaient en fumée.

« Il y a là de quoi faire fusiller cinq cents personnes. Je ne sais pas combien devront à cet autodafé de conserver la vie, la liberté, l'honneur. C'est mieux ainsi. Vous allez en faire autant chez vous, mon cher Deleau. Nous évacuons Neuville demain. Vous venez avec nous, je pense. Nous emmènerons naturellement avec nous tous ceux de nos collaborateurs qui le souhaitent. Il est malheureusement exclu que nous nous chargions des familles. Le départ est fixé demain à huit heures du matin. Rendez-vous au quartier d'artillerie à sept heures. Vous revêtirez l'uniforme allemand. C'est préférable, je pense. Vous informerez votre équipe des dispositions prises, et vous me communiquerez au plus tôt la liste complète des partants. Voilà ce que j'avais à vous dire. »

Il tenait à la main un document : « Vous savez ce que c'est ? "On" exige que je donne une priorité absolue, toutes affaires cessantes, à un convoi de déportés qui est parti de Rennes il y a cinq jours, qui est actuellement le diable sait où, et que je profite de l'arrêt de ce convoi fantomatique en gare de Neuville, comme s'il y avait encore une gare à Neuville, pour y adjoindre au passage tous les détenus juifs et politiques de la Maladrerie ! C'est à croire que là-haut ils vivent sur une autre planète. » Il fit de la feuille une boule et la jeta sur le brasier. « J'ai cru que le choix était de perdre mon âme ou de perdre la guerre. J'ai perdu mon âme et nous perdons la guerre ! »

XXI

Jean Deleau dut renoncer à embrasser sa mère une dernière fois. Dupic, qui s'était risqué dans le centre de Neuville, l'en dissuada. La rumeur du départ des troupes allemandes s'était répandue comme une traînée de poudre. Toute la ville était en révolution. Des hommes armés, portant le brassard « FFI » contrôlaient les passants. Il avait vu, de ses yeux, une bande d'énergumènes mettre à sac les maisons de la rue Neuve-des-Remparts et s'en prendre aux filles qui leur tombaient sous la main.

Il était près de huit heures et ni Guastavi ni Demidov ne se manifestaient. Bruneau, quant à lui, avait prévenu qu'on ne devrait pas compter sur lui : « C'est mon village. J'y suis né. Je connais tout le monde et tout le monde me connaît. Je n'ai participé à aucune opération dans le coin. Je vais tranquillement me faire oublier. Au besoin, je suis prêt à répondre de mes actes. Et puis, il y a la patronne et les quatre mouflets. Je ne peux pas les planter là et puisqu'ils ne peuvent pas partir avec nous... »

Le gros Carreyras, on aurait pu s'y attendre, avait sa combine. Il s'était fait prier avant d'avouer d'un air fat qu'il avait déniché une fille, « une poule superbe, je ne te dis que ça, et une vicieuse... Elle est folle de moi, elle ne demande qu'à me planquer jusqu'à la fin des temps ».

Restaient Dupic, Poincheval, Schnerb, Lapraye, Calvignac, Deleau lui-même, tous en tenue feldgrau, plus ou moins bien ajustée, mais plutôt contents de l'occasion qui leur était offerte de revêtir (enfin) l'uniforme de leur choix. Krebs fit dire qu'on ne pouvait plus attendre. Ils grimpèrent dans le camion qui leur était assigné.

La colonne, lorsqu'elle fut en rase campagne, s'étirait sur plus de deux kilomètres. En tête venaient un régiment SS motorisé, puis un régiment d'artillerie tractée, puis un bataillon de chasseurs de montagne. Suivait un méli-mélo de voitures militaires ou civiles, souvent sans portières et sans vitres, certaines en état de marche, d'autres en panne de ceci ou cela et tirées par des chevaux, de canons automoteurs, d'automitrailleuses, d'ambulances, de chars à bœufs, de soldats à pied déjà exténués, poussant des vélos aux pneus à plat qui semblaient les conduire, une cohue de téléphonistes, de trésoriers, de secrétaires, de cuisiniers, d'employés civils de la Wehrmacht, de travailleurs de l'organisation Todt plus ou moins inaptes à la marche, un ramassis de Vlassov, russes, ukrainiens, géorgiens, arméniens, tartares, de Bosniaques, de Croates et d'Albanais. Il y avait encore une trentaine de voitures diverses : c'étaient les miliciens des centres de Nevers, Châteauroux, Bourges et Neuville, avec leurs familles. Un bataillon d'infanterie et un bataillon de feldgendarmes venaient en serre-file. Les camions, comme les canons, les blindés et les voitures civiles étaient plus ou moins bien camouflés par des feuillages. Sur certains s'entassaient cartons d'archives, valises, cantines, meubles et tout le butin que la soldatesque de l'empire qui s'écroulait tentait d'emporter avec elle. D'autres étaient surchargés d'éclopés, de blessés extraits de l'hôpital, de femmes – les « souris grises ». D'autres, sans que l'on sût pourquoi, roulaient presque à vide : sur la plateforme ne se prélassaient que deux ou trois soldats assis, goguenards ou somnolents, le fusil entre les jambes.

La population des villages traversés, dont la curiosité était plus forte que la peur, se pressait, silencieuse, au passage de la colonne. C'était donc là le visage de la défaite. Comment croire que quatre ans plus tôt, cette même armée, jeune, fringante, fière, virile, triomphante, marchait sur les mêmes routes, en sens inverse, vers la victoire ?

La progression de l'hétéroclite colonne Werner – du nom du général qui la commandait – s'avéra très vite difficile. Le général avait décidé de mettre le cap sur l'est, de peur, s'il passait par Paris, d'être pris dans les ultimes remous de ce qui avait été la bataille de Normandie, et pour éviter autant qu'il se pouvait les grands axes encombrés de fuyards, de destructions et constamment bombardés. Mais les petites routes, étroites, mal commodes, mal entretenues, étaient finalement à peine moins surveillées par l'aviation alliée dont le bourdonnement obsédant, préalable à des attaques brutales, emplissait le ciel, et se prêtaient de surcroît aux actions de harcèlement des maquis. Les virages, les ponts, les bois, le moindre accident de terrain pouvaient favoriser une embuscade. La crainte de ces attaques ralentissait, et les attaques elles-mêmes, fussent-elles réduites à quelques tirs sporadiques suivis d'un décrochage, immobilisaient chaque fois l'ensemble de la colonne dont la vitesse de déplacement, en tout état de cause, ne pouvait qu'épouser la cadence des plus lents.

Alerte au maquis. S'arrêter. Combat. Repartir. Alerte aérienne. Se mettre à couvert. Compter et enterrer les morts, soigner les blessés. Pousser sur le côté les véhicules inutilisables. Repartir. Alerte au maquis. S'arrêter. En deux jours on n'avait fait que cinquante kilomètres, et l'épuisement, nerveux autant que physique, gagnait. Le général céda alors à l'insistance du colonel des SS qui préconisait les méthodes habituelles et éprouvées : actions préventives, actions de représailles, intimidation et vengeance. Une réputation de terreur précédait désormais la colonne. Les maquis suspendirent leurs activités. On était tranquille de ce côté-là.

Une longue ligne droite, en terrain découvert, précède l'entrée dans Toucy. C'est là, le quatrième jour, que deux avions kaki marqués de l'étoile blanche prirent la route en enfilade. Après avoir effectué un premier passage, ils virèrent et repassèrent tranquillement pour achever le travail. Quand ils reprirent de la hauteur, ils laissaient derrière eux un chaos de voitures en feu, d'attelages brisés, de corps étendus et toute une agitation de fourmis impuissantes qui couraient dans tous les sens et dont les cris ne troublaient pas le silence indifférent du ciel.

Ceux qui avaient eu le temps de plonger dans les fossés étaient presque tous indemnes. Dupic, Lapraye, Calvignac, Schnerb, tout le monde était là. *Et Poincheval ?* Le colosse n'avait pas été assez rapide. Il gisait sur la route, à demi engagé sous le camion. Au moins deux balles explosives lui avaient traversé le corps, au-dessous de la ceinture.

On le sortit de là comme on put, on l'adossa au talus. Ils firent cercle autour du blessé. Deleau se força à regarder. Ce n'était pas beau. Heureusement, Poincheval, incapable de se redresser, ne pouvait pas se voir. Le sang qui avait déjà coulé collait des lambeaux de vêtements à la chair en bouillie dans un magma indissociable et la tache noire qui ne cessait de s'étendre imbibait et empesait la grossière étoffe du pantalon. Un des deux pieds, encore dans sa chaussure, ne tenait plus que par un filament de chair à la jambe inerte.

« Je crois que j'ai pris un pruneau », dit Poincheval de sa petite voix fluette. Ils hélèrent un infirmier. L'homme se pencha, hocha la tête et fit la grimace.

« *Untransportiertbar*, fit-il. Intransportable.

— Au moins faites-lui une piqûre.

— On n'a pas assez de morphine pour la gaspiller. Celui-ci ne vaut pas la peine. Désolé.

— Qu'est-ce qu'il a dit, le Boche ?

— Qu'il y avait des cas plus urgents que le tien. Pourquoi dis-tu toujours "les Boches" ?

— Comment veux-tu que je dise ? Un Boche est toujours un Boche, non ?

— Mais tu as prêté serment à Hitler. C'est presque comme si tu étais allemand.

— Ah oui, mais Hitler, c'est pas un Boche. C'est Hitler… »

Épuisé par cet effort de réflexion, le blessé resta un moment prostré, et silencieux.

« Dis, reprit-il, c'est normal que je ne sente plus ma jambe ?

— C'est bon signe, ça montre que rien de vital n'a été touché.

— Ah bon. Et tu crois qu'on a eu raison, finalement ?

— Raison de quoi ?

— De prêter serment à Hitler, et tout le reste… »

Des coups de sifflet stridents retentirent. Le jour baissait. On allait pouvoir repartir.

« Tu ne vas pas me laisser maintenant dans l'état où je suis ?

— Mais non, bien sûr.

— Parce que si tu me laisses, ils vont venir me prendre.

— Qui ça, "ils" ?

— Tu sais bien. Comme Pirotte. » Sa voix devenait inaudible. Deleau devait mettre son oreille contre la bouche du moribond pour comprendre ce qu'il disait. « Tu sais qu'au début je pouvais pas t'encaisser ? Avec tes airs. Mais finalement tu es gentil. Dis, est-ce que tu peux fouiller dans la poche de mon pantalon ? Prends mon portefeuille. Tu trouveras l'adresse de ma mère... » Il n'acheva pas sa phrase et resta la tête penchée en arrière.

« Il faut y aller, murmura Lapraye.

— Une minute. »

Deleau arma son Luger et le tendit à Schnerb qui se plaça de telle façon que Poincheval ne pouvait pas le voir. Il prit la main du mourant et la serra fortement. Celui-ci répondit par une faible pression. Deleau détourna la tête en attendant le coup de feu. Il laissa Schnerb placer une grenade dégoupillée sous le cadavre. « Comme ça, même mort il en tuera encore », dit le boxeur.

Maintenant Deleau connaissait la guerre, son odeur d'huile, d'essence, de métal surchauffé, de caoutchouc brûlé et de charogne.

Après Toucy, on ne marcha plus que de nuit, dans une relative sécurité, mais plus lentement encore, les étapes étant abrégées par la contrainte de trouver avant le jour des sites où l'on serait à couvert de l'aviation.

Il était neuf heures du matin, le sixième jour, lorsque Krebs vint chercher Deleau à Tonnerre où il bivouaquait pour l'emmener de toute urgence au château de Tanlay où Werner avait établi son PC. Des représentants de la Résistance avaient demandé à le rencontrer. Non sans hésitation, le général allemand avait finalement accepté, sans prendre aucun engagement. On avait besoin d'un interprète. Krebs avait pensé à Deleau.

Werner, flanqué du colonel des SS et de son chef d'état-major, était assis face à trois hommes en tenue militaire qui se présentèrent comme le colonel Leroy, officier d'active, le commandant Kléber et le commandant Marceau.

« Mon général, dit Leroy, j'ai ici sous mes ordres trois mille hommes venus des maquis de toute la région, encadrés par des officiers expérimentés. Vous êtes plus nombreux et, sur le papier, plus forts que nous. Vous disposez de plusieurs unités aptes au combat et mieux équipées que les nôtres, mais vous êtes handicapés par les non-combattants et les pseudo-combattants que vous traînez avec vous et votre formation en colonne vous rend excessivement vulnérables. Nous avons pour nous la connaissance du pays, le moral, et nous recevons sans cesse des renforts en hommes et en armes. Nous pouvons nous opposer à votre passage. Quelle que soit l'issue des combats, ils se traduiront par une effusion de sang considérable et des conséquences meurtrières pour les populations civiles et les non-combattants. Nous vous garantissons le libre passage si vous acceptez de nous livrer les miliciens français que vous avez intégrés à votre colonne.

— Ce que vous me demandez, Monsieur, est contraire à mon honneur de soldat.

— Mon général, vous êtes un soldat, je suis un soldat et nous nous retrouverons sans tarder, j'en suis sûr, dans des combats loyaux, mais les hommes dont je vous parle ne sont pas seulement des tortionnaires et des assassins. Ce sont des traîtres à leur pays, qui relèvent des tribunaux de leur pays. »

Le général ne releva pas le propos. Il ne tenait pas en haute estime ces supplétifs.

Deleau, sur ces entrefaites, entendit « Kléber » glisser à « Marceau » en le montrant du doigt : « Tu ne trouves pas qu'il parle un peu trop bien le français pour un Allemand, celui-là ? » Dès lors, il prit garde de truffer sa traduction de quelques fautes et de l'assortir d'un léger accent tudesque.

Une estafette entrait et se penchait à l'oreille de Werner. Celui-ci demanda alors une suspension de séance de quelques minutes. Les reconnaissances confirmaient que toutes les hauteurs étaient solidement tenues par des troupes nombreuses et bien retranchées. On passerait sans doute en force, mais au prix de très lourdes pertes.

La discussion reprit et ce simple fait prouvait que le général, s'il protestait hautement pour la forme, était prêt à faire des concessions sur le fond. Un accord fut enfin trouvé et concrétisé par un document qui prévoyait que la colonne, lorsqu'elle repartirait, serait précédée d'une voiture où prendraient place des officiers allemands et des officiers des FFI qui garantiraient un cessez-le-feu de vingt-quatre heures. Quant aux miliciens, cantonnés dans ce couvent des dominicains à Tonnerre, ils ne seraient pas livrés, mais la colonne cesserait de les prendre en charge, le choix étant laissé à leurs chefs de recourir aux armes ou de négocier leur capitulation avec le commandement local des FFI.

Le général et le colonel se serrèrent la main, en professionnels qui se reconnaissaient comme tels. Le colonel SS et les commandants FTP se saluèrent froidement. « Je pense que j'ai bien fait de vous habiller en soldats allemands », dit Krebs à Deleau. Le soir, à l'étape de Châtillon-sur-Seine, le colonel des SS réunit un conseil de guerre qui reconnut le général Werner coupable d'avoir failli à l'honneur militaire et l'invita à en tirer les conséquences. Il s'exécuta dans la nuit.

Le commandement de la colonne revint au colonel SS qui la conduisit sans encombre par Langres, Chaumont et Vesoul, jusqu'à Belfort enfin derrière la ligne de front. Le voyage avait duré dix-sept jours. Entre-temps Paris était tombé et les Alliés qui avaient débarqué en Provence remontaient à marches forcées la vallée du Rhône pour faire leur jonction du côté de Dijon avec les troupes venues de Normandie.

Les habitants du petit village de Ribeaumont, à quelques kilomètres de Lure, virent débarquer chez eux, le 28 août, un élégant capitaine des Forces françaises libres. Il était bien jeune, jugèrent les vieux, mais l'époque était révolutionnaire et la mode était aux généraux de trente et aux colonels de vingt-cinq ans. Au reste le *battle dress* du jeune officier, le parachute, soigneusement plié, qu'il avait avec lui et surtout peut-être les cigarettes anglaises qu'il distribuait à profusion dissipèrent les doutes. Il avait pour mission, dit-il, de coordonner les actions de la Résistance locale avec la très prochaine reprise de l'offensive alliée. Les portes s'ouvrirent, les langues se délièrent. Dans les fermes, on sortit de vieilles eaux-de-vie de mirabelle pour trinquer à la santé des libérateurs, un peu déçu que le capitaine Blizzard ne bût que de l'eau et du lait-grenadine. Le lendemain, le prétendu capitaine reparut en civil accompagné de soldats vêtus de vert. Dix-huit hommes, arrêtés, furent fusillés dans la forêt voisine.

Ce fut la dernière opération de Deleau en territoire français et sa dernière opération tout court. Pourtant, bizarrement, elle ne fut pas retenue dans le dossier d'instruction.

La « colonne Werner » avait été dissoute. Krebs emmena tout son monde jusqu'à Stuttgart où il devait procéder à la liquidation de son service. Ils traversèrent des campagnes bucoliques, des forêts profondes et des villes en ruine, passant entre des pans de murs noircis et des monceaux de gravats où s'affairait une population laborieuse qui semblait ne rien remarquer d'anormal et maintenait avec des gestes de somnambule et des airs de zombie la fiction d'une vie ordinaire. Le Kommandeur fit le point. Lui-même, à sa demande, et la plupart de ses subordonnés allemands allaient être versés dans des unités combattantes. Quant à ses auxiliaires français, ne pouvant plus, et pour cause, exercer dans leur zone de compétence, il n'était évidemment pas question qu'ils eussent juridiction sur des ressortissants allemands. Il n'existait d'ailleurs aucune activité subversive sur le territoire du Reich. Ils étaient donc parfaitement libres, au gré de leurs affinités, de s'engager dans une des multiples formations ou organisations françaises qui continuaient la lutte, sous une forme ou sous une autre, aux côtés de l'Allemagne ou de se retirer sur l'Aventin pour voir les choses de plus haut et de plus loin. Il prit Deleau à part. « Qu'allez-vous faire ? » Le jeune homme lui répondit sans détour qu'autant il lui semblait avoir dans le sang l'instinct et la vocation de la police, autant il se sentait peu de goût pour les armes et pour la politique. Au demeurant, ce qu'il savait des sentiments de ses compatriotes et la tournure que prenait la guerre ne l'incitaient pas à l'optimisme. « Puisque vous n'êtes obligé à rien, lui dit Krebs, n'ayez pas honte de vivre ! Profitez des circonstances pour échapper à tout cela. Allez donc à Heidelberg. C'est là que j'ai fait mes études. Vous y serez bien. » Il le serra dans ses bras. « Sachez que vous êtes un fils pour moi. Portez-vous bien ! »

Deleau passa six mois agréables et studieux dans l'ancienne capitale du Palatinat, épargnée par les bombardements en vertu, prétendait-on, d'un accord ultra-secret passé par le plus écologiste des führers possibles avec Winston Churchill en personne au début de la guerre. « Nous ne toucherons pas à Oxford et Cambridge, vous oublierez Regensburg et Heidelberg. » Les seules et vénérables ruines qu'on y voyait étaient celles du château de l'électeur palatin, incendié et rasé par les soudards de Louvois. Grâce à l'entregent de Krebs, Deleau avait été rattaché administrativement au Centre local de paiement des affectés spéciaux et des isolés. Convenablement payé, fort bien logé dans un hôtel réquisitionné, fort bien traité au mess de la police, il avait tout loisir de suivre à l'université les quelques cours de philologie grecque, d'histoire des religions, de civilisation hellénistique, de philosophie et d'astrophysique qui s'y donnaient encore. Il fréquentait assidûment les bibliothèques, où il se nourrissait de tout et de n'importe quoi. C'est dire s'il était à cent lieues des intrigues complexes, des complots de sérail, des rivalités passionnées, des élucubrations géopolitiques et microcosmiques qui tinrent en haleine et opposèrent jusqu'au bout, dans les longs couloirs sombres de Sigmaringen, dans le bureau de Ribbentrop et dans l'antichambre du Führer, les fidèles du Maréchal, les partisans de Déat, la clique de Doriot, la faction de Brinon et quelques autres clans moins représentatifs. Il lisait cependant tous les jours *Le Petit Parisien* et *L'Écho de Nancy* made in Germany moins pour y lire les nouvelles du front, les résultats des courses à Longchamp et le compte rendu des matchs de football que pour la rubrique de l'épuration, aussi bien tenue et aussi suivie que celle des sports. Suarès, qui essuya les plâtres de la Haute Cour de justice, Paul Chack, Bony, Lafont, Brasillach, les préfets miliciens, les commissaires des Brigades spéciales, les militants politiques, ceux qui avaient été assez courageux, assez inconscients ou assez mal organisés pour n'avoir pas quitté la France, les têtes tombaient. Pas d'illusions à se faire. Il n'y couperait pas.

Il écoutait régulièrement aussi sur la fréquence de Radio-Patrie les bulletins d'information et les éditoriaux échevelés de Jean Hérold-Paquis. Le successeur spirituel de Philippe Henriot, qui n'avait pas son envergure, avait renoncé à son fameux *leitmotiv* : « L'Angleterre, comme Carthage, sera détruite. » Mais il prophétisait sans relâche, annonçant tour à tour les prodromes de la guerre civile entre gaullistes et communistes, la rupture imminente de l'alliance contre nature entre Wall Street, la City et le Kremlin, les fantastiques rebondissements qu'allait entraîner l'entrée en lice des nouvelles armes nouvelles, et même la mort de Roosevelt. Bobards, balivernes et fariboles.

Deleau se rendit quand même à Ulm pour y entendre Darnand, le 23 octobre 1944, adjurer trois mille miliciens, ses compagnons, de s'engager avec lui, comme lui, derrière lui, dans la Waffen SS française, pépinière du futur personnel politique « nécessaire au redressement national... Nous devrons revenir en France avec notre doctrine et notre force. » Le Chef avait été écouté dans un silence religieux. Quand il eut terminé, la salle salua le bras tendu et entonna une dernière fois le *Chant des cohortes*. Revenir en France ? Deleau sortit de là comme on s'échappe d'une maison de fous. Mais il tomba sur Calvignac et Schnerb, tout heureux de le revoir, qui lui annoncèrent qu'ils s'étaient portés volontaires pour la SS, et il n'eut pas le cœur de les décourager. Ils lui donnèrent des nouvelles de Dupic. Le jeune militant du PPF, renouant avec ses anciennes amours, s'était inscrit à l'école Violette, l'une des quatre sections, baptisées de noms de fleurs, de l'Université militante du Parti. Pâquerette dispensait des cours d'instruction politique et militaire. À Rose, on apprenait le sabotage, à Pensée le renseignement, à Violette le contre-espionnage. Dupic, du reste, s'apprêtait à sauter en parachute sur la France occupée par les Alliés pour y développer l'un de ces maquis bruns dont la presse issue de la Résistance agitait complaisamment le spectre. Folie...

Pourtant, lui-même, à la mi-décembre, crut avec beaucoup d'autres au miracle de l'offensive des

Ardennes. Comme une braise qui, soudain ranimée au cœur d'un foyer que l'on croyait éteint fait crépiter des brindilles, les succès de von Rundstedt firent palpiter quelques jours un fol espoir qui mourut aussitôt. Un feu de paille. Le dernier.

Il était sans nouvelles de sa mère et sans possibilité d'en avoir. Grâce à Lapraye qui avait su se faire embaucher aux nocturnes de Radio-Patrie, la voix du Comité de libération et du gouvernement provisoire en exil, il put faire passer sur les ondes, la nuit de Noël, un message personnel : « Jeannot à Mutti : *Tout va bien. Wie schlöss' ein Raum so eng und klein Die lieber einer Mutter ein.* » Une bouteille à la mer.

L'inexorable poussée des armées alliées contraignit Jean Deleau, fin février, à quitter Heidelberg pour Ulm, mi-mars à quitter Ulm pour Munich, mi-avril à quitter Munich pour Bregenz. Il ne chercha pas à prendre part aux ultimes combats. Comme des milliers de fugitifs, attirés par le mythe du réduit bavarois puis par le mirage du réduit alpin et l'illusion de refuges possibles, il tourna en rond pendant trois semaines. Passer en Italie, comme Déat et sa femme, comme Darnand et les débris de la Milice ? Mussolini, capturé par les partisans, venait d'y être fusillé. Passer en Suisse ? La Confédération helvétique admettait au compte-gouttes les personnalités, avec un visa de transit de vingt-quatre heures, et refoulait impitoyablement les anonymes comme lui. Le Vorarlberg se révéla un cul-de-sac adossé à l'Autriche dont l'Armée rouge occupait déjà la moitié.

Il était fait comme un rat.

XXII

Le Reich millénaire n'était plus, et Jean Deleau avait le sentiment de ne plus exister. La bureaucratie national-socialiste, tel l'orchestre du *Titanic*, avait tenu sa partition jusqu'au bout. Le 30 avril 1945, il avait encore touché son salaire mensuel, et même assorti d'une prime exceptionnelle. Depuis, plus rien, et il n'y aurait plus jamais rien. Du jour au lendemain, il se retrouvait sans aucune raison sociale, sans aucune identité avouable. Il se sentait gris, terne et froid, comme une planète perdue dans l'immensité noire et glacée de l'espace, qu'aurait cessé d'éclairer et de réchauffer son soleil.

Des millions d'êtres humains se bousculaient sur les routes de l'Europe en ruine, traversée de migrations humaines comme elle n'en avait pas connu depuis les derniers temps barbares. Déportés, prisonniers de guerre, travailleurs plus ou moins forcés, ils étaient des millions devant qui venaient de s'ouvrir les portes de l'immense camp de concentration, de détention et de rétention qu'était devenue l'Allemagne. La plupart n'avaient qu'une hâte, rentrer chez eux. Des Allemands, par millions aussi, fuyant l'envahisseur soviétique, erraient en quête d'un lieu où ils pourraient poser leurs bagages. Et il y avait encore ces centaines de milliers de perdants, devenus des passagers clandestins de l'histoire, appartenant à vingt nationalités mais relevant tous du même camp, celui des vaincus, qui tourbillonnaient comme une nuée d'insectes agités d'un mouvement brownien, cherchant à fuir sans savoir où aller et se heurtant à des frontières infranchissables comme des mouches à une paroi de verre. Deleau était de ceux-là, qui ne pouvaient pas plus rester en Allemagne où les vainqueurs avaient immédiatement entrepris de passer au crible les bons et les mauvais, que regagner leur pays natal dont la justice les attendait de pied ferme pour leur demander des comptes, et qui se voyaient interdire l'accès des rares États disposés à les accueillir. Fuir là-bas, fuir… mais l'Espagne, l'Argentine, la Bolivie ou l'Irlande étaient aussi inaccessibles par des voies légales que la Lune, avec les moyens de l'époque.

À Innsbruck, il acheta son livret militaire à un Belge en instance de rapatriement qui le lui vendit au prix fort. Au moins serait-il en état de produire un document authentique qui, sans résister à une vérification approfondie, lui permettait de franchir les contrôles ordinaires. Il enveloppa dans un chiffon lesté d'une pierre son Luger, inutile, ses papiers d'identité français, dangereux, sa carte de police allemande, accablante, et jeta le tout dans le fleuve.

Et maintenant ? Ce qui le taraudait le plus était d'être toujours sans nouvelles de sa mère et dans l'impossibilité d'en avoir sans courir un risque mortel. Il avait écrit de Heidelberg à sa cousine Helga et n'en avait pas reçu de réponse. Dans le chaos où s'abîmait l'Allemagne, sa lettre s'était sans doute perdue, mais tout était possible à vrai dire : que la maison des Teuber ait été détruite et que ses occupants aient péri sous les bombes, qu'ils aient déménagé, que Helga, pour une raison ou pour une autre, ne voulût plus entendre parler de lui… Il prit sans espoir la route de Neustadt où il arriva un dimanche matin.

Helga et la tante Rosa se jetèrent en pleurant dans ses bras. La maison était intacte, miraculeusement épargnée, mais le malheur avait frappé à coups redoublés les Teuber, et les deux femmes y survivaient seules. David, le fiancé juif de Helga, avait été tué quelque part sur le front de l'Est, Horst était porté disparu à Stalingrad, Manfred mort héroïquement sur la ligne Gothique, et mort aussi l'oncle Ernst, écrasé sous les décombres de la gare de Karlsruhe. « Maintenant, tu es le seul homme de la famille, lui dit la tante. Ton arrivée est la première bonne nouvelle que nous ayons eue depuis deux ans. Si seulement tu pouvais rester quelque temps avec nous ! La vie est si difficile ! Mais sûrement tu es pressé de retrouver ta chère maman ! » Il leur expliqua qu'au contraire il ne souhaitait pas rentrer tout de suite en France où le climat était détestable. Les communistes étaient à même d'y prendre le pouvoir d'un moment à l'autre. Quant à lui, il n'avait fait que travailler comme interprète à la Kommandantur de Neuville, mais c'était assez pour qu'il fût obligé de se cacher jusqu'à nouvel ordre. Les deux femmes lui dirent qu'il pouvait rester chez elles aussi longtemps qu'il le désirerait. Il leur suggéra, pour éviter toute équivoque, de le faire passer, sous sa nouvelle identité, pour un hôte payant. Mais à ce sujet, il insista pour prendre effectivement sa part des frais de la communauté. Il ne manquait pas d'argent, leur dit-il, il avait largement de quoi voir venir, et elles ne devaient pas rouler sur l'or. Après s'être fait prier, tante Rosa accepta cet arrangement : ça mettrait, dit-elle, *ein wenig Fett ins Kohl,* « de la graisse dans les choux », autrement dit du beurre dans les épinards. Il se réinstalla avec plaisir dans la chambre de Horst, nettoyée de son décor national-socialiste désormais sulfureux. Les cinq mois qui suivirent furent paisibles et même doux. Helga avait gardé son emploi à l'hôpital de Neustadt. Les blessés et les malades étaient bien ce qui manquait le moins dans cette Allemagne vaincue qui connaissait à son tour l'Occupation, les restrictions et la division. Jean donnait des leçons de français. Neustadt était incluse dans la zone qui avait été accordée à la France comme une charité. Le cousin et la cousine vivaient sans trouble comme frère et sœur. Il ne parlait pas de repartir. On ne lui en parlait pas non plus. Il allait souvent la chercher à la fin de sa journée et les collègues de Helga la plaisantaient gentiment sur son fiancé belge.

En rentrant à la maison, le 15 octobre, ils trouvèrent la tante Rosa en émoi. Un officier de la Sécurité militaire était passé dans la journée. Il lui avait posé toutes sortes de questions sur son locataire : qui il était, d'où il venait, ce qu'il faisait. Elle avait répondu que tout ce qu'elle en savait était qu'il s'appelait Guy Delerme, né à Bruges le 7 mai 1917, comme elle l'avait inscrit sur son livre de comptes, qu'il était donc belge et qu'il payait régulièrement son loyer, que pour le reste elle ne s'en mêlait pas. L'officier avait pris des notes, s'était informé des heures où ce M. Delerme était visible et avait annoncé qu'il reviendrait.

Le voisinage avait-il jasé ? Cette visite était-elle de pur hasard ? Le nom de Deleau n'avait pas été mentionné, mais qui pouvait dire si la justice française n'avait pas découvert le lien familial entre les Teuber et les Deleau ? Son *alias* ne tiendrait pas face à un professionnel soupçonneux. Sa résolution fut vite prise.

« Je m'en irai demain. »

Sa tante ne put le fléchir.

Après le dîner, Helga vint frapper à la porte de sa chambre :

« Hansi, ce que tu as fait était donc si grave ? »

Il fit signe que oui.

« Et tu peux me dire ce que tu as fait ? »

Il fit signe que non.

« C'est si terrible ?

— Oui. »

C'était sa dernière nuit à Neustatdt, pour longtemps et peut-être pour toujours. Elle s'assit sur son lit.

« Je reste avec toi.

— Il ne faut pas, dit-il faiblement. Qui sait quand je te reverrai ? »

Elle lui donna le lendemain, avec l'assentiment de tante Rosa, le meilleur costume et le pardessus de son père. Ses affaires tenaient dans un sac à dos. Elle l'embrassa tendrement.

À la mission de rapatriement belge à Munich, il présenta le livret militaire qu'il avait légèrement et habilement trafiqué, prolongeant « Guy » en « Guillaume » et changeant « Delerme » en « Delterme ». Ceci soit au cas où son vendeur aurait signalé la perte ou le vol de ce document soit dans l'hypothèse, plus redoutable et plus vraisemblable, où les services français auraient lancé un avis de recherche le visant. Le nom qu'il avait forgé ne figurait, et pour cause, sur aucune liste, ni de prisonniers de guerre, ni de disparus, ni de suspects. Dans le désordre ambiant, on ne s'en étonna pas. Ceci se passait quarante ans avant l'ère de l'informatique. A priori, du reste, il n'y avait pas de raison de se méfier d'un homme qui revenait dans son pays.

Il passa à la douche, à l'épouillage, à la visite médicale, à la radiographie, à la séance photo et fut dûment aspergé de DDT. À l'officier de sécurité qui s'étonnait qu'il eût tardé cinq mois après la capitulation de l'Allemagne avant de se manifester, il répondit avec un léger embarras, teinté d'un soupçon de fatuité, qu'il avait été embauché dans une ferme en Autriche et que la fermière, mon Dieu... Et comment se faisait-il que, né à Bruges, il ne parlât pas le flamand ? C'est que son père, soucieux de son avenir, l'avait mis en internat chez les Oratoriens de Louvain où tous les cours étaient donnés en français et le flamand proscrit. Une secrétaire indifférente lui établit un sauf-conduit valable quinze jours, le temps d'entreprendre les démarches administratives nécessaires pour récupérer des papiers.

Le port d'Anvers, dont il s'était fait une idée à travers le halo louche et romanesque du cinéma populaire et du roman policier, grouillait en effet d'une faune mêlée où se côtoyaient les casquettes des gens de mer, celles des voyous, les chapeaux mous des margoulins et les calots des GI's. La ville portait encore les stigmates des bombardements qui l'avaient dévastée et affichait pourtant une prospérité insolente en ces temps difficiles. Tous les trafics, essence, cigarettes, et déjà « surplus américains », s'y faisaient presque à ciel ouvert. Des cargos battant pavillon panaméen, costaricain, mexicain, argentin, alignés le long de l'Escaut, semblaient tirer sur leur ancre. L'impunité, la liberté, le soleil, les tropiques étaient à portée de passeport.

Il n'avait que le choix des établissements louches. Il opta au hasard pour l'une des tavernes enfumées qui se succédaient sur le quai. Il s'y attarda plusieurs soirs de suite, les yeux dans le vague, devant une chope de bière à laquelle il ne touchait pas.

Il avait parfaitement remarqué l'individu au visage de fouine qui l'observait depuis un bon moment. Il feignit pourtant la surprise lorsque celui-ci vint sans façon s'asseoir à sa table.

« Tu es français, toi aussi, camarade ? lui dit la fouine. Dis donc, on dirait que tu es dans les ennuis. Si je peux te dépanner, n'hésite pas. Entre compatriotes... Et puis j'aime rendre service. Je m'appelle Bernard. Tu m'offres un pot ? Allez, je t'écoute. »

Deleau hésita. L'homme ne lui plaisait pas. Mais pouvait-il se permettre de faire le difficile ? Et à qui d'autre qu'à des truands un clandestin pouvait-il s'adresser ? De ce point de vue, c'était plutôt une bonne chose que ce Bernard n'eût pas exactement la figure d'un enfant de chœur. Il se décida :

« Je voudrais quitter l'Europe et je suis sans papiers. »

Bernard émit un sifflement respectueux :

« Que ça ! Eh bien, tu pourras dire plus tard qu'aujourd'hui c'était ton jour de chance. T'as mis dans le mille. Je connais un monsieur, mais attention un grand monsieur qui peut te faire un passeport si chouette qu'à côté les vrais ont l'air de copies. Seulement minute, la qualité a un prix. C'est deux mille dollars à la commande, deux mille à la livraison. Ça te va ?

— C'est que c'est une somme...

— On n'a rien sans rien de nos jours. Il y a le risque et il y a le travail. Ça ne se trouve pas non plus sur le marché comme une botte de radis.

— Et quelles garanties puis-je avoir ?

— Écoute, t'as confiance ou t'as pas confiance, c'est à toi de voir. D'abord tu as ma parole. Ensuite, tu peux me retrouver ici tous les soirs. Si je ne suis pas là, tu demandes Bernard le mataf. Je suis connu sur la place. Au fait, c'est quoi ton blaze, enfin celui que tu veux mettre sur tes papiers ?

— Pirotte. Jean Pirotte.

— Et tu as des photos sur toi ?

— Non.

— Bon. Alors, tu reviens demain à la même heure avec les photos, toutes les indications nécessaires, et l'argent. Dans trois jours, tu as les faffes et dans six semaines tu te la coules douce à Copacabana, les doigts de pied en éventail et tu dis "Merci Bernard." Allez, on se tape dans la main... Non, laisse, c'est ma tournée. »

Il paya Bernard le lendemain et le revit le surlendemain. Le troisième jour, Bernard lui dit : « Ça y est, tout est OK. » Il s'en voulut de l'avoir mal jugé. La loyauté des voyous n'était pas une légende. Il lui trouvait même à présent un sourire sympathique.

« Attention, dit Bernard à voix basse, il vaut mieux ne pas faire l'affaire ici. Je ne sais pas ce qui se passe, mais ce soir c'est bourré de flics et d'indics. Viens, Roger – il s'appelle Roger – nous attend. »

Ils marchèrent de conserve le long de l'Escaut, le visage fouetté par l'aigre bise d'octobre. Comme ils sortaient de la zone éclairée par les réverbères, Deleau regretta de ne plus avoir son Luger. « T'inquiète, dit Bernard d'une voix rassurante. On y est, c'est là, juste derrière la baraque. »

Derrière la baraque, ils étaient deux dans l'ombre qui les attendaient.

« Vous avez les papiers ? demanda Deleau.

— T'as le fric ? » rétorqua le plus grand des deux hommes.

Il tendit l'enveloppe qui contenait les deux mille dollars. L'autre tira de sa poche un gros revolver qu'il lui mit sous le nez. « Désolé, dit assez piteusement Bernard, je ne suis que l'intermédiaire. » Pendant que « Roger », si tant est que ce fût son nom, tenait Deleau en respect, son acolyte le fouillait avec dextérité. Il le délesta de son portefeuille, l'ouvrit, il y en avait encore pour cinq mille dollars.

« Mazette ! En voilà un qui ne se mouche pas du pied !

— Aboule, dit Roger. Alors, Ducon, ajouta-t-il à l'adresse de Deleau, tu te berlurais qu'il y a des gens assez caves pour risquer dix ans pour les beaux yeux d'un collabo ? T'es vraiment un minable. Allez, décarre. Si t'es pas heureux, te gêne pas, adresse-toi à la police. Si tu préfères, on s'en occupera nous-mêmes.

— Vous n'allez pas me laisser comme ça, balbutia Deleau. Je n'ai plus un sou.

— Tiens, ramasse », dit Roger, et il jeta dans la boue un billet de cinquante francs belges.

Deleau coucha sur un banc dans le hall de la gare, sans pouvoir dormir. Il craignait à tout moment d'être interpellé. Sans papiers, sans le sou... N'y avait-il donc personne au monde qu'il pût appeler au secours ? Aucun endroit au monde où il pût se cacher ?

Fouillant désespérément ses poches à la recherche d'un billet ou d'une pièce – mais il savait bien qu'il n'y trouverait rien de ce genre –, ses doigts rencontrèrent un petit bout de papier qu'il transportait sur lui depuis dix-huit mois comme une amulette ou un fétiche. Il y avait noté un numéro de téléphone. Il se présenta dès l'ouverture à la Grande Poste d'Anvers.

« Est-ce que vous pourriez m'appeler le 153 à Neuville, en France ? »

La guichetière toisa sans aménité ce pauvre hère mal rasé, aux vêtements froissés, mais elle jongla avec des fiches rouges et bleues, dialogua avec des interlocuteurs lointains qui maniaient des fiches semblables dans d'autres bureaux de poste. « Il y a deux heures d'attente, qu'est-ce que vous faites ? — J'attends. » Le temps lui parut d'autant plus long qu'il n'osait pas demander si elle ne l'avait pas oublié. Enfin, elle lui lança d'un ton rogue : « Vous avez demandé Neuville. Cabine n° 3.

— Je voudrais parler à l'abbé Legrandier. » Une voix inconnue lui répondit : « Ah, Monsieur, Monseigneur sort à l'instant même. C'est à quel sujet ? — C'est urgent. Est-ce que vous pouvez encore le rattraper ? Je vous en supplie. Dites-lui que c'est une question de vie ou de mort. — Je vais voir ce que je peux faire. Ne quittez pas. » Son ton avait dû être convaincant. Il était décidé à se constituer prisonnier si sa démarche échouait. Sa vie ne tenait plus qu'à un fil.

La voix de la postière résonna dans l'appareil : « Monsieur, si vous ne parlez pas, je vais être obligée de couper. » Elle pouvait donc écouter les conversations. Il faudrait être prudent. Il récita le premier texte qui lui venait à l'esprit, le *Notre Père*. Il continua avec *Je vous salue Marie*. Il allait enchaîner avec le *Credo* quand il reconnut une voix familière, légèrement essoufflée : « Legrandier. Qui est à l'appareil ? — Je vous ai rendu visite en mai 1944 ; je suis reparti avec votre paquet de Camel. » Un temps. « Oui, je vois. Où es-tu ? — À Anvers. Je comptais partir à l'étranger. C'est impossible. — Tu ne vas quand même pas rentrer en France ? — Peut-être que si. Je voudrais voir ma mère. Je ne sais même pas si elle vit toujours à Neuville. — Ta mère a quitté Neuville. Tu vois où habitait ta tante ? — Oui, à Va... — Pas de noms propres, nous sommes peut-être sur écoute. Tu comptes vraiment lui rendre visite ? — Je ne sais plus. Oui, je pense. Je suis au bout du rouleau. » Il avait envie de se laisser glisser le long de la paroi de la cabine, de pleurer tranquillement. « Mais tu es fou, c'est se jeter dans la gueule du loup. Tu sais ce qui t'attend ? — Au point où j'en suis, tout m'est égal. Je n'en peux plus. Que me conseillez-vous ? — Voilà une demande qui vient un peu tard. Enfin... Si tu veux seulement la rencontrer, je ne pense quand même pas qu'elle soit surveillée jour et nuit. J'ai un ami sûr, là-bas, qui est en mesure de tâter le terrain. Laisse-moi le temps de me retourner. Rappelle-moi après-demain sans faute, avant midi. J'aurai du nouveau. »

Quand il alla régler l'appel, la guichetière n'était pas moins revêche que trois heures plus tôt. Mais pas plus. Il en conclut qu'elle n'avait pas eu le loisir d'écouter la conversation. Il en eut pour quarante-cinq francs. Il lui restait cent sous.

Il mangea les deux jours suivants à la soupe populaire de l'Armée du Salut et dormit une seule nuit chez les salutistes : ceux-ci avaient pour principe de ne pas héberger les sans-logis plus d'un soir, de peur que ceux-ci s'amollissent dans les délices de Capoue. De même refusèrent-ils de lui donner de l'argent, qui doit être gagné par le pauvre à la sueur de son front. En mendiant sous le porche de la magnifique cathédrale d'Anvers, il parvint à amasser quarante francs avant de devoir céder la place à un autochtone plus ancien que lui dans le métier. Heureusement, Mgr Legrandier fut extrêmement concis. Il se borna au message suivant : « Chanoine Goffrand, G-O-F-F-R-A-N-D, 12, rue Jeanne-d'Arc, dans la ville que tu sais. Impérativement demain. Bonne chance ! » Du coup, il s'en tira avec huit francs. La postière n'était pas la même. Il voulut y voir un signe favorable. Il était maintenant à la tête de vingt-sept francs. La fortune. Il dormit de nouveau dans la gare, put y faire un brin de toilette et monter dans un autocar qui allait à Gand.

Un routier, qui passait par Valenciennes, le prit à la sortie de Gand. L'homme, maussade, n'ouvrit pas la bouche pendant le trajet jusqu'à la frontière. Il regardait de temps à autre Deleau à la dérobée. C'est sûr, il va me donner, pensa le fugitif. De toute façon, s'il y a contrôle à la frontière, je suis fait. Perdu pour perdu, il était si las, si découragé, qu'il était prêt à tout accepter pourvu qu'on lui donnât à manger et qu'on le laissât dormir. Manger et dormir. Soudain, le chauffeur du camion freina brutalement et se rangea sur le bas-côté. Un peu plus loin, on devinait à travers le brouillard des lumières violentes.

« Tiens, fieu, dit l'homme, ici c'est la frontière. Si tu veux passer la douane avec moi, tu restes dans le camion. Mais une supposition que tu aies besoin de te dégourdir les jambes, tu descends, tu prends le petit chemin que tu vois là, tu marches cinq minutes, toujours sur le chemin, droit devant toi, tu rejoins la route et tu te retrouves en France. Par ce temps, tu ne crains rien, les douaniers et les policiers aiment mieux rester bien au chaud dans leur poste. Le temps de remplir les formalités, et je te reprends de l'autre côté. »

Trois quarts d'heure plus tard, Deleau remontait dans la cabine.

« Au fait, tu as mangé ? lui demanda le camionneur.

— Pas depuis hier midi.

— Eh bien, il y a un petit bistrot par ici où on peut avoir de la viande sans ticket. Si ça te dit… »

Il le déposa à l'entrée de Valenciennes. Il continuait sur Maubeuge.

« Pourquoi avez-vous fait ça ? demanda Deleau.

— Quoi, ça ?

— Eh bien, la frontière, le déjeuner…

— J'aime rendre service. Même que les copains me disent que je suis un peu con, qu'un de ces jours ça va me jouer un tour. Mais je suis comme ça : je ne peux pas m'en empêcher. On ne se refait pas. »

Au 12 de la rue Jeanne-d'Arc, la vieille dame qui répondit au coup de sonnette de Deleau ne put d'abord réprimer un mouvement de recul et presque de frayeur qui lui donna pleine conscience de ce qu'il était : un misérable sans feu ni lieu, un vagabond hirsute, transi de froid, recru de fatigue, à bout de ressources. Il se hâta de dire : « Est-ce que je pourrais voir le chanoine Goffrand de la part de l'abbé Legrandier ? » Le visage de la gouvernante s'éclaira alors et se plissa des mille rides de la bonté : « Oui, je suis au courant. Entrez vite, mon pauvre homme, ne restez pas dehors, il y a de quoi attraper la mort. »

Le chanoine, un petit homme replet, tout rose sous ses cheveux blanc, somnolait auprès d'un poêle qui ronflait comme un sonneur. Il se leva et tendit ses deux bras un peu courts en direction de l'arrivant : « Approchez, approchez, venez vous réchauffer auprès de ce bon feu de boulets. » Quand ils furent assis, « Je ne sais pas qui vous êtes, mon fils, lui dit-il, je ne sais pas ce qu'on vous reproche et je ne veux surtout pas le savoir, à moins que vous désiriez que je vous entende en confession. Si vous avez des comptes à rendre à la justice des hommes, c'est une affaire entre elle et vous, qui ne me concerne pas. Vous avez besoin d'aide, mon ami Legrandier se porte garant pour vous, cela me suffit.

« Nous ne sortirons qu'à la nuit tombée. Je marcherai devant, vous me suivrez. Je ne vais pas bien vite, et nous n'allons pas bien loin. Nous sommes en province, ici. La curiosité est toujours en éveil. Si l'on nous voyait ensemble, on se demanderait qui vous êtes, quels sont nos liens, que sais-je encore. Seul, vous passerez inaperçu. Maintenant, je vous laisse vous reposer, vous devez en avoir besoin. »

Il tombe une sorte de neige fondue, visible dans le halo des becs de gaz. Les quelques passants qu'ils croisent, pressés de rentrer chez eux, ne leur prêtent aucune attention. Deleau se tient à dix mètres derrière le chanoine, attentif à ne pas le perdre. Le prêtre, en fait, marche d'un pas de chasseur dans le dédale des rues obscures aux pavés irréguliers. Enfin il ralentit, pointe sa canne en direction d'une petite maison à un seul étage, en frappe d'un coup sec l'humble perron – trois marches de pierre – puis s'éloigne. Arrivé devant le seuil, Jean Deleau hésite, mais déjà la porte s'ouvre et une main l'attire à l'intérieur. « Mutti ! » Étroitement enlacés, ils gravissent dans le noir les marches d'un petit escalier en colimaçon. Ils s'arrêtent sur le palier, elle cherche la serrure à tâtons – « j'aurais dû prendre une lampe électrique » –, ouvre la porte, le tire derrière elle, craque une allumette… Les quatre bougies d'un chandelier éclairent une table ronde où le couvert est mis sur une nappe blanche, pour une seule personne.

« Ce soir, c'est fête, tu dînes dans le salon. Rassure-toi, j'ai fermé les volets et les doubles rideaux. Personne ne peut rien voir de la rue. » Elle se recule pour mieux le regarder : « Mon petit ! Mon Jeannot ! Mon chéri ! Mon grand ! Je te guettais depuis le début de l'après-midi. Mon Dieu, dans quel état tu es ! Tu vas tout me raconter. Mais d'abord, il faut que tu manges. Tu dois mourir de faim. »

Elle s'assoit en face de lui, les deux coudes sur la table, les mains jointes, comme en extase ou en prière, et le contemple, les yeux embués, qui avale gloutonnement sa soupe. « C'est toi ! C'est bien toi ! Je n'en reviens pas. » *Mon Dieu, comme il est maigre, comme il est pâle, comme il a dû souffrir !* « Elle était bonne, ma soupe ? Maintenant, je vais te préparer ton steak, bien cuit comme tu aimes. Tu ne peux pas savoir le mal que je me suis donné pour te trouver un petit bout de viande. Le ravitaillement, c'est pire que pendant l'Occupation ! »

Ce n'est que lorsqu'il est repu qu'il remarque qu'elle n'a pas mangé. « J'ai dîné tout à l'heure pour tuer le temps en t'attendant, assure-t-elle. De toute façon, je suis comblée puisque je te vois. Maintenant que tu as fini, dis-moi tout. »

Il lui fait alors le récit de ses errances qu'elle écoute comme elle suivrait un roman-feuilleton à la radio, en écarquillant les yeux et en poussant des « oh ! » et des « ah ! » aux moments les plus dramatiques.

« Mais toi, maman, qu'est-ce que tu fais ici, à Valenciennes ?

— Oh, ce qui m'est arrivé n'est pas bien intéressant, mais c'est quand même toute une histoire. Il faut que tu saches que huit jours après votre départ, ils sont venus me chercher pour me mettre à la Maladrerie. Ils étaient persuadés que tu te cachais en France et ils voulaient que je leur dise où tu étais. C'est en tout cas ce qu'ils me disaient. Tu penses bien que même si je l'avais su, ils auraient bien pu me battre, même sous la torture je n'aurais pas parlé. Comme je ne savais rien... Ce n'est pas un reproche. Si tu m'avais écrit et qu'ils aient intercepté ta lettre, ils auraient pu remonter jusqu'à toi. Peut-être aussi s'imaginaient-ils qu'en apprenant que j'étais en prison, tu serais assez bête pour te livrer, comme ce pauvre Brasillach. Moi, j'étais bien sûre que tu ne tomberais pas dans le panneau. Je connais mon Jeannot.

« Je suis quand même restée trois mois à la Maladrerie. Ils m'ont interrogée peut-être trente fois. Mais je dois dire qu'ils ne m'ont pas maltraitée. Une fois seulement, ils m'ont mis un revolver sur le ventre pour me faire dire où était le magot. Je leur ai dit : "Quel magot ? À qui croyez-vous avoir affaire ? Nous sommes des honnêtes gens. Mon mari était caissier principal à la Banque de France. En quarante ans, on n'a pas pu lui reprocher d'avoir détourné un centime." Par la suite, ils m'ont laissée tranquille.

« Ce dont j'ai le plus souffert en prison, c'est de la grossièreté des gardiens et de la promiscuité. Nous avons été jusqu'à dix dans une cellule pour quatre, toutes mélangées, la tante d'un sénateur, la femme et la fille des châtelains de la Meilleraie, des miciliennes avec des prostituées, la lie de la société. Enfin tout ça n'est pas bien grave, à côté de ce que tu as vécu...

« J'ai été libérée fin novembre 1944. J'ai retrouvé l'appartement sens dessus dessous. Ils avaient emporté tout ce qui avait de la valeur.

« Après ça, je ne pouvais ni ne voulais plus vivre à Neuville. Ta pauvre tante était décédée en juin. J'ai été trop heureuse de récupérer sa maison dans de bonnes conditions. Seulement j'ai dû prendre des locataires à l'année. C'est un jeune couple très comme il faut. Ils occupent le rez-de-chaussée. J'ai pour moi le premier étage et le grenier. Lui travaille à la perception. Elle est institutrice. Ils étaient de sortie en famille aujourd'hui à cause de la Toussaint. Justement j'y pense, ils vont sûrement revenir d'un moment à l'autre. Tu vas te déchausser. Il faut qu'ils n'entendent aucun bruit au plafond.

— Et tu sais ce que sont devenus les gens de l'équipe ?

— Malheureusement oui. Tu vas voir, ce n'est pas brillant.

« Bruneau, comme tu sais, était resté chez lui le 8 août. Quand il a ouvert ses volets le lendemain matin, les FFI du coin étaient rassemblés devant la maison avec les gens du village. Ils lui ont permis de faire sortir sa femme et ses quatre enfants, qui se sont réfugiés chez le grand-père. Ensuite, ils l'ont obligé à rentrer dans la maison, ils y ont mis le feu, et ils l'ont empêché de sortir. Il est mort dans l'incendie.

« La maîtresse de Carreyras l'a dénoncé. Il paraît qu'elle couchait depuis longtemps avec un capitaine FTP. Il n'est pas arrivé vivant à la Maladrerie. Tu comprends, c'était le premier jour.

« Guastavi a été arrêté à Marseille en septembre. Il avait pris part aux combats de la Libération et se faisait appeler le commandant Gustave. Il a été reconnu au moment où il s'engageait dans la 1re armée. Il a été fusillé en octobre.

— Et Dupic ? On a des nouvelles ?

— Il s'est fait parachuter en février dernier dans la région de Neuville. Il s'est rendu après avoir passé trois jours dans les bois. Il a été fusillé en mars.

« Schnerb a été arrêté en juin en Allemagne. Il avait fait partie des derniers défenseurs de Berlin. Calvignac était avec lui, il paraît qu'il est mort là-bas deux jours avant la capitulation. Schnerb a été fusillé en janvier ou février, je ne sais plus.

« On est sans nouvelles de Lapraye et de Demidov. Pour Demidov, on m'a dit qu'il était agent double depuis le début.

« Mais revenons à toi, mon chéri. Pour moi, il n'y a que toi qui comptes. Est-ce que tu sais que toi aussi, tu as été condamné à mort ?

— Je m'en doutais un peu, figure-toi. Et ça s'est passé comment ?

— Tu as été jugé par contumace le 12 février dernier par la cour de justice de Neuville.

— Est-ce que tu crois que je devrais me constituer prisonnier ?

— Mais tu es fou ! Tu serais immédiatement fusillé toi aussi. Tu ne peux pas imaginer tout ce qu'on t'a mis sur le dos. Si j'en croyais tout ce que j'ai lu dans les journaux et tout ce que j'ai entendu depuis leur Libération, il n'y aurait pas plus grand criminel que toi.

— Mais qu'est-ce que tu veux que je fasse d'autre ? Je n'aurai pas fait trois pas dehors que je serai arrêté.

— Évidemment, il n'est pas question que tu sortes. Mais je ne veux plus te perdre. J'ai tant pensé à toi, j'ai tant prié pour toi. Personne ne t'a vu entrer, personne ne sait que tu es ici. Personne ne doit le savoir. Tu sais, en ton absence, j'ai eu le temps de réfléchir. Maintenant que tu es revenu, tu vas rester auprès de ta maman, bien à l'abri, bien au chaud, bien dorloté. J'ai tout prévu, tu verras comme on sera bien. Mais je parle, je parle, et tu tombes de sommeil, mon pauvre chéri. Ce soir, tu dormiras sur le canapé, dans le salon. Je t'ai mis des draps et des couvertures. Demain, je te dirai comment nous organiser. »

Jean Deleau était entré chez sa mère en fin d'après-midi le 1er novembre 1945. Il en ressortit le 12 novembre 1965.

XXIII

C'est une petite maison, rue des Arbalétriers – rebaptisée rue Jean-Moulin en 1961 – sans vis-à-vis. Une plaque commémorative fixée sur la façade de pierre meulière rappelle qu'ici en septembre 1944 trois FFI sont morts pour la France lors des combats de la Libération. Le rez-de-chaussée sous-loué, Mme Deleau occupe donc les trois pièces du premier étage : un salon, une salle à manger, une grande chambre. Plus une cuisine et un cabinet de toilette avec un lavabo. Elle n'a pas l'eau courante, mais il y a le chauffage central, au charbon. Les W-C sont en bas, dans la cour.

On accède au grenier par une vraie échelle de meunier. D'en bas, quand on ouvre une porte aux planches disjointes qui donne sur la cuisine, on voit un amoncellement de meubles et de cartons couverts de poussière. Rien n'indique qu'il puisse y avoir dans ce capharnaüm une présence humaine. De vieilles toiles d'araignées, scrupuleusement respectées, pendent le long des murs. Une armoire à glace, arrivée là on ne sait comment, interdit tout passage. Qui grimperait là-haut et en aurait la clé découvrirait que l'armoire n'a pas de fond et déboucherait sur une chambre pourvue d'un grand lit, d'une table, d'une chaise, d'étagères et d'une lunette astronomique braquée sur le ciel. Il y a un chauffage d'appoint, au gaz, mais pas l'électricité. Cette chambre sera le domicile, cette maison l'univers de Jean Deleau pendant vingt ans... Vingt ans à vieillir sur place. Vingt ans à se regarder vieillir l'un l'autre, les yeux dans les yeux. Vingt ans hors du monde et du temps.

Les règles de vie, autrement dit les consignes de sécurité, ont été fixées dès le premier jour. Ne pas ouvrir les fenêtres. Ne pas se montrer aux fenêtres. Ne pas chanter. Ne pas siffloter. Ne pas allumer la radio (et à partir de 1960 la télé) en l'absence de Mme Deleau. Ne laisser traîner aucun vêtement, aucun papier, aucun objet. Remonter au grenier, après usage, rasoir, blaireau, savon à barbe. Et bien sûr n'ouvrir à personne. « Nous n'attendons personne, nous ne connaissons personne. Les seuls visiteurs que nous pouvons avoir sont des voisins, mes locataires, le facteur, des représentants de commerce ou les gendarmes. Tout ce monde peut patienter ou revenir. Moi, je ferme la porte à clé toutes les fois que j'ai à sortir. »

Même les repas, ils les prennent à tour de rôle, au cas où. Il s'agit de ne jamais être pris au dépourvu. Le couvert n'est jamais mis que pour une seule personne. Elle le sert, puis le regarde manger, les mains croisées sous le menton, avec adoration. Elle allait jusqu'à lui couper sa viande, au début. Il a dû se fâcher. « Maman, je n'ai plus quatre ans. — Je sais bien, mon chéri, mais tu seras toujours mon petit Jeannot. » Elle ne se met à table qu'une fois qu'il a fini, après qu'elle a lavé, essuyé, rangé son assiette, son verre, son couteau, sa fourchette. Elle expédie son propre repas, indifférente à ce qu'elle mange. Le matin, au risque de faire une mauvaise chute, elle lui monte son petit déjeuner au lit, tout heureuse d'avoir retrouvé sa timbale et sa petite cuiller en argent, « de quand tu étais petit ».

Elle a pris bien soin de ne rien changer à ses habitudes. Il importe que chacun ait l'impression qu'elle n'a rien à cacher. Avant la réapparition du fils prodigue, Mme Boutelleau, l'épicière du coin, venait prendre le café, le mercredi matin, jour de fermeture de sa boutique. Le rite a été maintenu. Été comme hiver, elle attend que le soir tombe pour clore ses volets et tirer ses rideaux. C'est alors seulement qu'il descend au salon et qu'ils peuvent passer la soirée, tranquillement, ensemble. Encore doit-il retirer ses chaussures, de peur que les locataires entendent et reconnaissent des pas d'homme au plafond.

Elle s'occupe de son linge, bien entendu. Mais elle lui a également expliqué dès le soir de leurs retrouvailles que même pour faire ses besoins il ne pouvait se risquer hors du logis. Tous les matins, elle va donc vider le seau doublé de ouate dans les toilettes communes. « Pour mon petit Jean rien ne me rebute, de mon petit Jean rien ne me dégoûte. » Comme il la hait par moments, et comme il se déteste ! Il y a une expression toute faite qui l'horripile et qui lui revient souvent en tête, sans qu'il puisse s'en débarrasser : « Vous habitez toujours chez vos parents ? »

Yvonne Deleau n'est pas dans la misère. Propriétaire de la maison, le petit loyer qu'elle touche s'ajoute à sa pension de réversion. Mais elle doit faire attention, comme on dit, et d'autant que son grand fils compte dans son petit budget.

Par bonheur, et pas uniquement en termes de dépense, mais aussi pour des raisons de sécurité, il est en excellente santé. Pas une fois en vingt ans elle n'aura à se demander si elle doit faire appel à un médecin. Heureusement aussi, il n'use pas. L'hiver, il est presque toujours en pyjama, robe de chambre et pantoufles, à la belle saison en short, sandalettes ou espadrilles, et maillot de corps. Pour renouveler son linge, elle attend la période des braderies et se rend à l'autre bout de la ville, où elle ne risque pas de faire des rencontres. Quand elle doit acheter de la viande, des artichauts ou n'importe quoi qui va par deux, elle va successivement dans deux boutiques différentes et éloignées l'une de l'autre.

Aucune de ces contraintes ne lui pèse, et pas davantage l'obligation d'aller retirer à la poste restante – c'est finalement son plus gros poste de dépenses – les livres qu'il commande sur catalogue, des dictionnaires, des encyclopédies, des traités, des ouvrages savants et onéreux. Car il s'est pris, très vite, d'une frénésie de lecture et d'études, d'une boulimie d'érudition. C'est avec ces pavés qu'il s'évertue à combler le gouffre vertigineux du temps. Seul dans sa barque, il rame sur ce fleuve immobile, sans rives et sans repères, où il n'y a ni jours travaillés ni jours chômés, ni semaine ni dimanche, ni hiver ni été, ni récompense ni sanction, ni promotion ni licenciement. Ainsi apprendra-t-il huit langues, dont le russe, le japonais, le sanskrit, l'anglais, l'espagnol, le portugais. Rien de ce qui est surhumain ne lui est étranger. Il se passionne par toquades pour l'algèbre, l'étymologie, la résistance des matériaux, les origines de la vie. Son télescope d'amateur lui a ouvert de nouveaux horizons sur le monde. Il n'écrira pas moins de trois traités de cosmologie. Il n'y a pas de domaine de la connaissance où il ne se veuille et ne se situe au niveau des plus grands. Il passe par des phases d'exaltation et des crises de désespoir. Il y a des instants fugitifs où, dans un éclair, le monde lui appartient. Il se voit au moment de découvrir la pierre philosophale, la formule mathématique, l'équation ultime qui explique et résume tout. Copernic, Newton et Einstein ne sont pas ses cousins. S'il pouvait rester au moins par quelque grande invention, par quelque découverte fondamentale. « Je suis un génie. Ils seront bien obligés de le reconnaître et de s'incliner devant ma supériorité. Je sortirai d'ici. On me portera en triomphe dans les rues. » Sa vue se brouille. Le sang lui bat aux tempes. Un atroce mal de tête le prend. Ses poings se crispent. Il se jette sur son lit, désespéré. « Je n'y arriverai jamais. Jamais. » Il s'endort sur son échec. À son réveil, il reprend ses recherches, avec l'espoir toujours renaissant et toujours déçu d'aboutir.

Les jours, les mois, puis les années passèrent. La Terre continuait de tourner dans le ciel noir et indifférent, sans lui, en dehors de lui. Les tumultes du monde ne lui parvenaient dans sa retraite qu'assourdis et pour ainsi dire différés, comme les signaux affaiblis qu'il aurait captés d'un astre mort.

Les drames et les péripéties de l'actualité lui semblaient de médiocre intérêt et de faible envergure, pour ne pas dire misérables. L'Indochine, la Corée, l'expédition de Suez, le soulèvement de la Hongrie, le Vietnam, l'Algérie, les secousses de la décolonisation, les poussées de fièvre de la guerre froide, autant de feux de cheminée, de feux de broussailles qui faisaient pâle figure en comparaison du gigantesque incendie qui avait embrasé la planète et dont il avait eu la chance d'être un acteur et le privilège d'être un témoin. « Au moins j'aurai vécu cela. Au moins j'aurai vécu quelque chose de grand. » Du reste, il s'était peu à peu persuadé que l'histoire telle qu'on nous la raconte n'est qu'un théâtre d'ombres et que quelque part, du côté de l'Himalaya ou dans le désert d'Atamaca, un directoire secret et tout-puissant gouverne à notre insu la planète.

Les merveilles du progrès technique qui faisaient se pâmer le monde, le rasoir électrique, le magnétophone, la télévision, le transistor, l'avion à réaction, le kinopanorama, la conquête de l'espace, les missions Apollo, le laissaient de glace ; les grandes réalisations dont s'enorgueillissait la France, la Caravelle, le paquebot France, les robes de Dior et celles de Saint Laurent, la 2 CV, la DS, Françoise Sagan, le tour de France, Robic, Bobet, Anquetil, Poulidor, Bartali, Coppi et même Brigitte Bardot, tout ça passait au-dessus de lui, n'était pas pour lui, ne le concernait pas.

Quant aux jeux byzantins de la politique, aux Républiques, aux référendums et aux élections qui se succédaient, au nom et en vertu de quoi y aurait-il pris un quelconque intérêt, lui qui n'avait ni emploi ni revenus, ni foyer ni droit de vote, ni identité ni aucune des prérogatives d'un citoyen, lui qui était retranché de la communauté des vivants dans son cercueil en forme de cocon, dans sa prison aux parois doublées de ouate ? Tout au plus réagit-il vivement à la résurrection politique du général de Gaulle, en 1958 – « les Français sont décidément des buses. » Bien qu'indifférent à la cause de l'Algérie française, il souhaita ardemment que les tueurs de l'OAS mènent à bien leurs entreprises criminelles et enragea de voir celles-ci toujours déjouées.

Il y avait quand même certains sujets qui touchaient en lui et réveillaient une sensibilité particulière. Il suivit plus qu'attentivement la marche de l'épuration, ses excès, ses rigueurs, ses adoucissements, la loi d'amnistie de 1953, les dernières comparutions. Il put constater que les individus qui avaient suivi un parcours analogue au sien ne trouvaient toujours grâce ni devant l'opinion ni devant les tribunaux.

Les procès et les verdicts de Nuremberg, qu'il perçut comme une manifestation spectaculaire du cynisme et de l'arbitraire des vainqueurs, l'indignèrent sincèrement. Comment l'homme et le régime responsables des grandes purges, des procès de Moscou, des massacres de Katyn, des camps de concentration – on ne parlait pas encore du « goulag » – comment les assassins de Mers el-Kebir, les lâches auteurs des bombardements au phosphore de Hambourg, Cologne et Dresde, comment les criminels de Hiroshima et Nagasaki osaient-ils donner des leçons de morale et s'ériger en juges pour condamner à mort les vaincus de 1945 ?

Sa mère renchérissait. Abonnée à un hebdomadaire spécialisé dont les lecteurs découvraient chaque vendredi de nouveaux crimes masqués du résistantialisme, elle enrichissait sans cesse son répertoire d'atroces histoires d'innocents suppliciés dans les caves de châteaux occupés par des hordes barbares, de prêtres martyrisés, d'amiraux sciés en deux, de jeunes miliciens mis à bouillir dans des chaudières de locomotives ou découpés vivants en fines lanières, touchantes victimes dont les assassins, lorsque la justice s'aventurait à les citer devant ses tribunaux, étaient tout au plus condamnés à des peines symboliques dont ils étaient immédiatement relevés pour faits de résistance avant d'être portés en triomphe par des foules hideuses.

Jean Deleau se départit derechef de son indifférence pour suivre au plus près les débats passionnés qui agitèrent tant autour du problème de la torture une poignée d'intellectuels, de journalistes, d'hommes politiques et de militaires français pendant la période la plus chaude de la guerre d'Algérie. Il jubilait intérieurement en lisant les commentaires réprobateurs et pleurnichards de ceux qui s'indignaient que d'anciens résistants – le ministre-résident Lacoste –, d'anciens combattants de la France libre – Massu, Bigeard –, voire d'anciens déportés – le colonel Godard, le capitaine Sergent – eussent repris à rôles renversés, au service d'un système d'oppression, les méthodes et les pratiques de la Gestapo. Cela n'aurait-il pas dû prouver aux yeux de toute personne de bonne foi que les mêmes causes engendrent les mêmes effets ?

La remise en liberté, en avril 1958, d'Oberg et Knochen, en leur temps chefs suprêmes du SIPO-SD en France, somme toute ses supérieurs hiérarchiques, lui inspira des sentiments mêlés. D'un côté, il se réjouissait de cette décision d'apaisement, de l'autre il y voyait une choquante et injuste inégalité de traitement. Tout ce qu'il avait fait et qui lui avait valu d'être condamné à mort, qui le contraignait à vivre terré comme un animal nuisible, il l'avait fait sous leurs ordres et par leurs ordres. Et eux, on les graciait, on les relâchait même, faute de pouvoir leur appliquer le terrible article 75, celui qui réprimait l'intelligence avec l'ennemi. Évidemment : l'ennemi de l'époque, d'ailleurs devenu l'ami, c'était eux. Trop facile !

L'enlèvement par les services spéciaux israéliens, puis le procès d'Adolf Eichmann à Jérusalem, en violation du droit international et du droit des gens, lui flanquèrent une sainte frousse et le scandalisèrent. Les Juifs avaient la mémoire longue et la rancune tenace, on le savait. De là qu'ils s'arrogent tous les droits et que le monde, pusillanime ou complice, s'incline devant le fait accompli, il y avait une marge. Mais où allait-on ?

Le nom de Deleau n'avait jamais accédé à une célébrité nationale. Aussi bien n'y avait-il guère que *Le Courrier du Centre* (le journal qui, en 1944, avait hérité de l'immeuble et de la clientèle de *Centre-Éclair*) pour revenir de temps à autre sur son cas. C'était la principale raison pour laquelle Yvonne Deleau était restée abonnée à ce quotidien local (l'autre raison étant qu'après tout elle avait passé plus de vingt ans de sa vie à Neuville et n'en conservait pas un trop mauvais souvenir). Au fil des années la fréquence des articles consacrés à son fils s'espaça, bien qu'ils fussent toujours rédigés dans la prose inimitable et vengeresse réservée depuis la Libération à ces sujets-là (« *Le sinistre Jean Deleau qui paradait aux côtés des occupants... Comment se fait-il que le sinistre Jean Deleau échappe toujours aux recherches ? L'ancien chef de la Gestapo de Neuville, qui paradait aux côtés des nazis, bénéficierait-il de protections occultes ? Révélations exclusives : L'Internationale brune en voie de reconstitution ? Jean Deleau, le sinistre chef du SD de Neuville aurait été vu à Marbella* – variante : *au Caire* ou *à Damas – en compagnie d'Otto Skorzeny* – ou *Léon Degrelle* ou *Aloïs Brunner*. ») Elle releva dans le journal cinquante-deux occurrences entre 1945 et 1950, seize de 1950 à 1960, deux entre 1960 et 1965.

Les visites de routine des gendarmes chez Mme Deleau durant le même laps de temps se faisaient elles aussi plus rares : elles passèrent de six à deux contrôles par an. Convaincus dès le premier jour que cette bicoque était le dernier endroit où le contumax pût être assez fou pour y chercher refuge, et constatant aisément qu'il n'existait aucun indice d'une tierce présence dans ce modeste logis, les militaires se bornaient à rappeler rituellement à l'occupante des lieux qu'il était de son devoir comme de son intérêt bien compris de leur communiquer toute information concernant le fugitif et que, si celui-ci entrait en contact avec elle, elle devait le convaincre de se constituer prisonnier et de purger sa peine. « Hélas, soupirait-elle avec un accent de sincérité auquel l'écoulement du temps conférait une vraisemblance accrue, je n'ai plus aucune nouvelle de lui depuis août 1944. S'il était encore vivant, il ne m'aurait pas laissée ainsi. » Elle alla même, un jour qu'elle avait reçu la visite d'un gendarme particulièrement corpulent, jusqu'à ouvrir la porte qui donnait sur l'escalier presque vertical et le grenier censément à l'abandon : « Si vous voulez vous rendre compte par vous-même... » Le gardien de l'ordre public s'esclaffa, vida son verre de rosé, et salua : « Allez, au revoir, Madame Deleau, et jusqu'à la prochaine ! »

De temps en temps, Jean parlait de tenter de nouveau sa chance par la Belgique ou par les Pyrénées et, plus souvent, de se rendre. Elle pâlissait, portait la main à son cœur et suppliait : « Tu veux me faire mourir ? C'est trop tôt encore. S'ils t'arrêtent, ils te tueront ! » Il n'insistait pas, content de son effet.

Le 3 novembre 1965, Maurice Papon, préfet de police, instituait à Paris une zone bleue pour le stationnement. Jackie Kennedy, veuve depuis deux ans, était retournée pour la première fois au bal. Jean-Paul Belmondo, acteur, tribulait en Chine en compagnie d'Ursula Andress. Il y a des voyages plus désagréables. Christophe, chanteur, criait « Aline », pour qu'elle revienne, et Aline ne revenait pas. Jacques Laurent, écrivain, était jugé pour offense au chef de l'État. Lucien Léger, étrangleur, était déféré aux Assises. Paul VI, pape, qui étonnait le monde en multipliant les voyages, revenait de New York où il avait pris la parole devant l'assemblée générale de l'ONU, en apôtre de la paix. Mehdi Ben Barka, opposant marocain, avait été enlevé six jours plus tôt devant la brasserie Lipp, à Paris, et les rebondissements quotidiens de ce feuilleton politico-criminel mettaient en évidence, avec d'étranges complicités, la face barbouzarde et honteuse du régime.

À un mois de la première élection présidentielle française au suffrage universel depuis 1848, François Mitterrand, candidat unique de la gauche, battait l'estrade avec un succès croissant. M. Pinay, vieux jeune homme de soixante-treize ans sollicité de toutes parts, avait décliné l'honneur de représenter le centre droit. Jean Lecanuet, à qui personne ne demandait rien, avait relevé le défi et posait au Kennedy français. La France, médusée comme un petit Chaperon rouge, admirait que l'on pût avoir les dents si blanches et si longues.

Et le Général ? Le Général ferait-il aux Français la grâce de se représenter ou les abandonnerait-il sans pitié à eux-mêmes et à leurs démons ? Le Général, mystérieux et majestueux, avait promis de mettre un terme dans les vingt-quatre heures à ce terrible suspense de Polichinelle. La France ne vivait plus…

C'est dire que la dépêche AFP datée de Valenciennes, 17 h 15, passa inaperçue. Elle était ainsi libellée : « Jean Deleau, qui fut agent français des services de police allemands à Neuville, a été arrêté hier au domicile de sa mère. Condamné à mort par contumace le 12 février 1945, il était recherché depuis plus de vingt ans. »

C'est en posant son litre de lait sur la table de la salle à manger qu'Yvonne Deleau s'était aperçue qu'elle avait oublié d'acheter le croissant pour le petit déjeuner de son fils. Elle était aussitôt redescendue en laissant les clés sur la porte. Pour cinq minutes. Elle rentra sur les pas du gendarme Molinier. Trop tard.

Ayant trouvé les clés sur la porte, le gendarme Molinier s'était permis d'entrer après avoir frappé discrètement. Il aperçut une silhouette derrière la vitre dépolie d'une porte-fenêtre. « C'est toi, maman ? » Madame Deleau rentrait précipitamment. « C'est la femme de ménage », dit-elle tout essoufflée. Mais les femmes de ménage ne disent pas « maman », d'une voix mâle, à leur patronne. Le gendarme poussa la porte. Un homme moustachu prenait un bain de pieds dans une cuvette. Les femmes de ménage ne portent pas, sauf exception, la moustache. « Qui êtes-vous ? » demanda le gendarme. « Je suis le plombier. » Les plombiers débouchent éviers et lavabos mais ne se lavent pas les pieds dans les ustensiles de ménage de leurs clients. « Je suis Guy Delterme, un ami de la famille, dit l'homme. — Je peux voir vos papiers ? — C'est bon, je suis Jean Deleau, je suis recherché par la police. » Le gendarme Molinier s'assit et sortit de sa sacoche un calepin : « Je vais vous poser quelques questions pour mon rapport. »

Il devait s'écouler dix jours entre le moment où Jean Deleau déclina sa véritable identité au gendarme Molinier et celui où des policiers se présentèrent rue Jean-Moulin en exécution d'un mandat d'amener émis par le Parquet de Lille. Lenteurs de la machine judiciaire déstabilisée par le cas de ce justiciable anachronique ? Mauvaise communication entre deux administrations ? Connivence secrète, quelque part dans la hiérarchie, d'un magistrat rétif à l'idée de rouvrir les vieilles plaies et allant jusqu'à laisser sa chance à un homme enfermé depuis vingt ans ? On ne l'a jamais su.

Cent fois, sa mère le pressa de mettre à profit ce sursis providentiel. Elle était prête à retirer de la banque ses modestes économies et à les lui remettre. Qu'il tente sa chance, au moins. Les frontières de la Communauté étaient si poreuses. Il pouvait passer sans difficulté en Allemagne, en Italie, et de là... Il refusa. Ce n'était pas qu'il débordât d'envie de payer à la société une dette qu'il ne reconnaissait pas. Mais il était secrètement soulagé. Il allait renouer le fil, retrouver une identité, renouer avec la communauté humaine.

À l'instruction, Yvonne Deleau ne craignit pas de dire : « Ce furent les plus belles années de ma vie. » Il confiera pour sa part : « Je n'en pouvais plus de solitude. Mille fois, j'ai cru devenir fou. »

XXIV

« Ah, c'est vous, docteur. Entrez... »

Le juge Dreyer se détacha du gros dossier dans lequel il était plongé. « Merci d'être venu aussi vite. Je sais que votre temps est précieux. Nous en sommes tous là avec nos métiers de fou. » Il soupira : l'âge de la retraite approchait, et il ne pouvait s'empêcher de rêver de plus en plus souvent, même pendant les heures de bureau, d'une maison blanche à volets verts, une petite maison de pêcheur, les pieds dans l'eau, sur l'île de Ré, à Rivedoux, par exemple, loin du monde et du bruit. Il s'y voyait déjà, par une matinée lumineuse d'été, sous ce ciel vaporeux des Charentes où le soleil, si rarement implacable, se voile de douceur, assis dans sa chaise longue, dans l'ombre voluptueuse d'un figuier, bercé par le clapot de la mer toute proche, s'adonnant à son passe-temps favori, la lecture d'un roman policier...

« Venons aux faits et à la raison de mon coup de fil. Jean Deleau, ça vous dit quelque chose ?

— Attendez, oui, ce n'était pas le chef de la Gestapo de Neuville ?

— C'est cela même. Cet homme qui, pour échapper à la guillotine, est resté vingt ans cloîtré chez sa mère. Il paraît qu'il y a dix-huit mois, lors de son arrestation, il a tenu des propos incohérents. Vous étiez commis pour l'examiner, et vous avez estimé qu'il était parfaitement accessible à la sanction. Or, après quelques vicissitudes judiciaires – le cas étant suivi de près par quelques ministères, et même, m'a-t-on dit, piloté de plus haut –, c'est la Cour de sûreté de l'État qui a été saisie du dossier et je suis en charge de l'instruction depuis trois mois. J'ai donc procédé la semaine dernière, ou tenté de procéder, au premier interrogatoire de Deleau, et son comportement m'a paru, disons, déroutant. Je vous fais juge…

— C'est trop d'honneur. »

Sans relever la boutade, le juge s'empara d'une épaisse chemise toilée fermée par des sangles et y saisit une feuille dactylographiée sur papier bulle dont il entreprit de donner lecture à son interlocuteur :

« Voyons : *Procédé aux demandes habituelles, nom, âge, etc. À cette dernière question a répondu :* “J'ai quarante-sept ans à l'horloge du temps, mais cela ne correspond pas à ma réalité intérieure. J'ai vécu en dehors du temps. D'ailleurs, le temps au sens occidental du terme n'existe pas. Je voudrais consulter l'annuaire du Bureau des longitudes de 1943 pour faire le point cosmique et rétablir l'isochronie.” Il s'en est tenu là et n'a voulu répondre à aucune autre question. J'ai donc mis fin à l'interrogatoire. Qu'en pensez-vous ?

— C'est curieux, évidemment, dit le docteur Brutelle, et on ne peut rien exclure. Par exemple qu'il se paye votre tête…

— Nous sommes bien d'accord. Et vous imaginez bien, vu l'enjeu – il risque sa tête, après tout –, que ma première hypothèse a été qu'il simulait. Mais voici la copie de trois lettres qu'il a adressées à sa mère. Tenez, lisez :

24 septembre 1943 – 24 septembre 1493
de l'autre ère (jour de la falaise)

J'aurais aimé recevoir un peu d'acide désoxyribonucléique avec une légère addition de dichloro-

diméthyl-trichloroéthane et une pincée d'OAS (oxygène azote soufre). Comme cette requête est restée sans résultat, j'ai voulu en demander ici à l'infirmerie et l'on m'a textuellement répondu que j'étais fou. Il n'y a aucune raison que l'on me refuse les moyens de poursuivre des recherches de la plus haute importance dans le domaine de la topologie galactique et dont les résultats sont susceptibles de bouleverser la face du monde, n'ayons pas peur des mots.

J'ai la quasi-certitude de pouvoir démontrer qu'il y quarante-deux millions de siècles le rayon de l'univers n'était que de six cent vingt-cinq millions d'années-lumière. Plus j'y réfléchis – j'y ai passé les trois dernières nuits presque sans interruption –, plus je suis certain d'être à la veille d'arriver à des conclusions irréfutables qui bouleverseront les notions habituelles de cause et d'effet.

J'aurais besoin d'une table de logarithmes et d'une calculatrice électronique.

Jean Deleau, cosmologue. Tous droits réservés. Copyright à la maison d'édition.

*
* *

Je n'ai eu ni aumônier ni Épanal. Je serais bénache d'avoir le catalogue des étymologies dont je t'ai parlé.

Cette nuit, j'ai vu un homme qui fumait une pipe à tête de chat. J'ai hâte de contempler les eaux grises qui chantent le long des drèves, de respirer l'odeur poivrée des tilleuls et de vibrer à la langueur provocante d'un crépuscule flamand.

J'ai aussi entendu un tas d'avions. Un gardien est même venu me voir et m'a dit que les avions n'étaient rien et qu'il fallait surtout se méfier de l'hélicoptère qui tire sur tout ce qui bouge.

J'ai repris mes calculs sur les origines de la Lune. Je n'ai à cette théorie nouvelle de penser m'empêcher pu.

Mes conclusions bouleverseront tout ce que l'on pensait savoir de la structure de l'univers sans que nous en éprouvions la moindre gêne.

J'espère une veste de la Kriegsmarine. J'avais pensé à un blouson en peau d'ocelot ou de léopard avec un col en velours vert émeraude et une doublure de satinette rose. Ce serait inutile, je dirais même redondant. En revanche point ne me déplairait un béret basque de couleur vert amande car je n'ai point d'autre couvre-chef.

Ne me parle point de poste. J'ai déjà la tête cassée.

« Eh bien, demanda le juge, qu'en pensez-vous ?

— Ma foi, c'est assez troublant. Ces lettres présentent des signes évidents de dérangement mental. Mais justement, un peu trop évidents. Ou c'est vrai, ou c'est bien imité.

— Et ceci, qui me vise. C'est moi-même, docteur, sans nulle vanité :

"C'est un homme robuste encore, presque sexagénaire. Sa pensée est un océan de lumière. Son visage présente cette coloration parcheminée que les gens d'études gagnent souvent comme premier salaire de leurs veilles laborieuses, à moins que ce ne soit comme le pensent les médecins le symptôme d'un cancer du poumon à l'état évolutif. Maman, prie pour le juge Dreyer, magistrat de 3e classe. Il en a plus besoin que moi."

— Là, mon cher, ça me paraît clair : il se fout carrément de vous.

— Je suis assez de cet avis... J'ai encore ce petit poème qui a été saisi sur lui lors d'une fouille :

"Un oiseau sur le gazon V
Un képi sous le caisson N
La salade du juge d'instruction R
La grève des jardins est un oiseau ailé B

La rumeur des étoiles tient les chats éveillés V
Courage on les aura (les pieds gelés) N
La route du fer est coupée R
Dominus vobiscum B
La bombe à uranium Z"

— Oh, ceci n'est pas de la même force. Ce méchant petit bout-rimé n'est ni plus ni moins extravagant que le premier cadavre exquis venu. La seule chose qui m'intrigue, ce sont ces lettres capitales en bout de ligne.

— C'est bien pourquoi j'ai transmis l'original de ce texte aux spécialistes du SDECE, qui m'ont rassuré. Il n'y a ni trou ni pointage, ni marquage ni code qui amène à envisager un message chiffré. Mais je soumets à votre sagacité un dernier écrit. C'est une lettre, à l'origine rédigée en allemand qui a été saisie dans sa cellule au cours de la même fouille. Deleau s'est refusé à en indiquer le ou la destinataire. J'en ai fait faire une traduction, que voici :

"Ai-je besoin de vous dire que je conçois l'extrême gravité de votre situation et que je mesure parfaitement l'extrême gravité des conséquences qui peuvent en résulter pour Mlle Helga von M. ? On dit qu'elle a été une sacrée putain et que même aujourd'hui encore elle a la cuisse légère, qu'elle a quatre ou cinq enfants issus de pères inconnus et différents. Tout cela, ce sont des arguments et des faits qui ne reposent que sur des affirmations dont vous savez parfaitement qu'elles sont fausses et sans fondement. Je vais vous dire une chose. Donner un baiser à une jeune fille sous le toit de son père n'est pas un crime. Lui donner un baiser dans sa propre maison est un crime. Alors que la communauté, la grande communauté des peuples du Nord persiste à demeurer dans le monde magique de l'immoralité, de l'aurore populaire et de la chasse aux chats sauvages, c'est dans le Japon impérial où la morale populaire et la sémiologie sont liées organiquement que semble

atteint le plus haut degré de conscience. Les principes du droit civil, de la loyauté et en général de l'amour chrétien du prochain sont bafoués en Occident. Le diable ne savait comment enrayer les progrès du christianisme, alors il a inventé le football et le tiercé.

Honore ton père, ta mère et ton juge. C'est la loi de la nature, c'est la loi de Dieu que connaissent tout homme et tout chat. Si une comète heurtait la Terre, plus de juges d'instruction, de greffiers, d'hommes. Seules quelques races primitives d'humains et de chats pourraient rester en vie en poussant des cris persans et en miaulant dans ces régions fertiles des tropiques où l'homme a pu se développer à l'origine, grâce à de la marmelade, du lait concentré sucré, des sardines à l'huile, du chocolat, du pain d'épices, du pâté de foie jusqu'à ce qu'ils aient constitué lentement et peu à peu un nouvel héritage social. Ces personnes élues – le cas échéant des juges d'instruction –, à qui est destiné ce paradis, ont déjà été choisies par Dieu dès avant la création du monde il y a environ quatre milliards d'années.

Dans la hiérarchie des joies nouvelles, le plaisir d'atteindre par exemple la volonté personnelle et inconsciente sera beaucoup plus grand que le plaisir de manger par tonnes même du miel turc ou des fraises des bois à la crème forestière.

On ne peut pas attendre des hommes et des chats qu'ils deviennent des anges sous l'influence de l'esprit. Mais ils peuvent mettre de la chaleur dans leurs yeux (les chats) et dans leur âme (les hommes). Aucun chat ne doit être arrêté, incarcéré, privé de ses biens ou, ce qui est encore pire, de sa façon de vivre. D'ailleurs, je ne connais aucun chat membre des GA du PPF ou de l'axe hitléro-nippon.

Empêchez ceci de paraître dans le journal. Le faire connaître aggraverait considérablement votre situation."

— Eh bien, s'exclama le docteur Brutelle, il ne manque pas de talent, l'animal, ni de souffle, ni même par moments d'une certaine pertinence. Mais là, nous avons affaire à un texte parfaitement et littéralement délirant. Cela dit, je ne saurais émettre le moindre diagnostic sur cette seule base. Il faudrait que je puisse réexaminer l'auteur.

— C'est bien entendu ce que j'avais l'intention de vous demander. Je vous requiers donc, dans les formes, de procéder dans les meilleurs délais à l'expertise psychiatrique du nommé DELEAU Jean, élisant actuellement domicile à la prison de la Santé, rue de la Santé, Paris 13e. Voilà... »

Quinze jours plus tard, le docteur Brutelle rendait ses conclusions au juge Dreyer :

« Vous lirez mon rapport à tête reposée mais si vous voulez je vous en résume dès à présent les grandes lignes : le monsieur dont il est question n'est évidemment pas le grand savant qu'il prétend être. Nous avons affaire à un individu complètement égocentrique, et qui est affecté d'une considérable surestimation de son moi, à commencer par celle de ses capacités intellectuelles. Cela dit, notre homme possède un QI de 130, ce qui le place dans la catégorie des intelligences dites supérieures. Il est cultivé et même, dans certains domaines, mieux que cela, érudit. Il a des facultés d'acquisition cognitive tout à fait exceptionnelles. Je lui en ai fait compliment, en évitant de mettre l'accent sur ses manques, et il en a été démesurément flatté. Dès lors, je n'ai éprouvé aucune difficulté à lui faire baisser sa garde. Il a renoncé à un rôle qui lui pesait et qu'il n'avait endossé, si j'ai bien compris, que sur les pressantes instances de sa mère.

« Bref, Jean Deleau n'est pas plus fou que vous et moi. Ou à peine, car on ne saurait sous-estimer le retentissement sur sa personnalité et de ses actes passés et des vingt années de claustration qu'il a vécues. Mais l'ébranlement psychique n'est pas tel qu'il ait oblitéré sa perception du réel, comme ses lettres le donneraient à croire, ou aboli son discernement. Cependant, s'il est bien plus équilibré qu'il n'a voulu en avoir l'air, il l'est beaucoup moins qu'il le croit lui-même.

« D'abord, c'est ce que nous appelons dans notre jargon un sujet castré. Sa mère l'a conçu, l'a couvé, l'a élevé comme une fille. Elle l'a châtré et l'a infantilisé. Rendez-vous compte qu'il a passé les vingt premières années de sa vie, ce qui est beaucoup, puis vingt autres années, ce qui est tout à fait anormal, sous les jupes de maman. Quand il était sous sa coupe, il redevenait le tout petit garçon qu'elle souhaitait ne jamais voir grandir. Quand elle n'était pas là, il s'affirmait, il se libérait avec excès, par compensation. Mais il n'a jamais réussi à couper le cordon. Même absente, il avait toujours l'image de sa mère devant les yeux. Il devait lui rendre compte de sa conduite. Il revenait toujours au bercail, voire au berceau. Je lui ai demandé si, à son avis, sa mère l'avait empêché d'avoir des relations faciles, et même tout simplement normales, avec les femmes. Il s'est récrié : "Elle n'a jamais rien fait pour me retenir, elle m'a toujours laissé totalement libre." Je lui ai demandé : "Avez-vous déjà envisagé de vous marier ?" Il m'a répondu : "Peut-être. Je ne sais pas. Je ne crois pas. — Et si l'occasion se présentait ? — J'en référerais immédiatement à ma mère. Si elle dit que je dois le faire, c'est oui tout de suite. Sinon, il n'y a absolument rien à faire. Au Japon, depuis des siècles, les mariages sont arrangés par les familles et se font sans amour, et tout le monde s'en trouve très bien : cuisine chinoise, maison anglaise, femme japonaise, c'est le secret du bonheur."

« Deuxième faille. Son sens moral est profondément altéré, j'irai jusqu'à dire nécrosé. Il semble littéralement ne pas voir où est le mal. Sa rigidité apparente masque une fragilité réelle. Il s'est forgé au fil des années une armure mentale qui le tient debout. Il me fait penser au bernard-l'ermite. Il est invertébré moralement. Si l'on brisait sa coquille, il s'effondrerait.

« Il fuit de deux manières ses responsabilités. D'abord en niant ou en minimisant les faits. C'est une attitude classique, que nous rencontrons fréquemment chez les prisonniers de droit commun, et là nous sommes dans le rationnel le plus banal. Mais quand les faits sont avérés, il nie qu'ils soient criminels. Il ne faisait que soutenir le gouvernement légal, concourir au maintien de l'ordre, prévenir des actions subversives, riposter en légitime défense. L'initiative ne venait jamais de lui. Il refuse de s'assumer car, s'il voyait les choses en face, il serait le premier à se juger et à se condamner. Le fardeau qu'il porte est trop lourd pour ses épaules.

— En somme, ses prétendus troubles mentaux n'étaient qu'un système de défense ?

— C'était sa première ligne, en quelque sorte.

— Donc, il simulait. Eh bien, voyez-vous, docteur, j'étais arrivé aux mêmes conclusions que vous par des voies différentes. Je me suis fait communiquer copie des lettres qu'il a reçues de sa mère. J'aurais dû y penser plus tôt. C'est une femme énergique et rouée, qui ferait tout pour sauver son fils, qui sait parfaitement que la correspondance des détenus, aussi bien celle qu'ils expédient que celle qu'ils reçoivent, est ouverte et lue par l'administration, et qui a essayé d'en jouer.

« Ces lettres sont fort instructives. Il n'y est question que de la méningite qu'il aurait faite enfant, d'une opération du cervelet qu'il aurait subie, de sa pauvre tête malade, de ses facultés intellectuelles émoussées, de son point faible, le cerveau. Elle lui écrit : *"Je revois toujours tes pauvres yeux hagards lorsqu'on est venu t'arrêter."* Elle lui rappelle sans cesse, d'autre part, les risques qu'il aurait pris, les services qu'il aurait rendus, les lettres de dénonciation qu'il aurait brûlées par centaines, au péril de sa vie, les gens qu'il aurait sauvés, de sa conscience qui ne peut rien lui reprocher. Écoutez-moi ça : *"Ton père disait toujours qu'une conscience nette est le meilleur des biens. S'il voit ce qui se passe, il doit se retourner dans sa tombe."* Et cette perle : *"On dit que Dieu éprouve ceux qu'il aime. Alors, nous devons être ses chouchous !"* Bref, elle lui fait la leçon, elle lui dicte sa ligne de conduite. J'ai eu affaire à une tentative de manipulation orchestrée par la mère et concertée avec le fils. S'il ne tenait qu'à elle, il plaiderait à la fois irresponsable et non-coupable, donc deux fois innocent. C'est mettre la barre un peu haut. »

L'instruction fut menée par la suite sans autres incidents, au rythme propre à la justice. Entre juillet 1966 et septembre 1967, Deleau subit vingt auditions au cours desquelles il fut confronté à plus de deux cents témoins, rescapés, veuves, orphelins, parents ou proches de ses victimes. Ces confrontations obéissaient presque toutes à un scénario immuable : les témoins identifiaient et accusaient le prévenu ; celui-ci niait tout ce qu'il n'était pas contraint de reconnaître, et avouait tout ce qu'il était dans l'impossibilité de contester.

Jean Deleau avait renoncé à simuler la folie et se montrait coopératif, du moins sur un plan formel. Une seule fois, il se rebiffa. « Pourquoi êtes-vous entré au SD ? lui avait demandé le juge.

— Pour ne pas laisser ma mère seule et sans ressources.

— Pourquoi ne pas vous être constitué prisonnier en 1945 puisque, à vous en croire, vous n'aviez rien à vous reprocher ?

— Ma mère avait vécu les drames de la Libération. On avait le coup de pistolet facile à l'époque. La justice était hâtive et partisane.

— Pourquoi avoir revêtu l'uniforme allemand en 1944 ?

— La Wehrmacht me l'a imposé.

— Pourquoi être resté vingt ans caché au domicile de votre mère alors que la justice, à supposer qu'elle l'eût perdue, avait retrouvé toute sa sérénité ?

— Pourquoi ? Pourquoi ? Et vous, Monsieur le juge, vous savez toujours le pourquoi de ce que vous faites et de ce que vous dites ? »

L'instruction fut close et le dossier transmis au Parquet le 17 septembre 1967. L'audience de la Cour de sûreté de l'État fut fixée au 22 mars 1968.

Cependant Yvonne Deleau, inlassable, faisait flèche de tout bois. Peu avant Noël 1967, elle adressa au président de la République la supplique que lui avait dictée un amour maternel aveugle et insensé :

Mon Général,

C'est une vieille maman éprouvée, à bout de nerfs et de résistance, qui prie tous les jours pour que Dieu vous garde à la France et qui vous écrit aujourd'hui avec tout son cœur. Je ne vous demande pas pitié mais justice. Pour ne pas me laisser seule dans une ville de refuge où je venais d'avoir la douleur de perdre mon mari, mon fils, requis par le STO, a accepté un poste d'interprète. Ainsi pouvait-il rendre de grands services en déformant des traductions, en faisant disparaître des pièces accusatrices, en brûlant des centaines de lettres de dénonciation. J'en connais beaucoup qui sont décorés et qui n'ont pas fait la moitié de ce qu'il a fait.

L'instruction menée contre mon fils est une véritable curée. On s'y rend comme à la ducasse. Tous les méfaits commis par les Allemands lui sont imputés. Peut-on, vingt-trois ans après, identifier un homme qu'on a vu quelques minutes ? Peut-on juger un homme de quarante-huit ans sur des faits reprochés à un jeune de vingt-deux ans ?

Chef du SD à vingt-deux ans ? Allons donc ! D'un côté, il y a un pauvre violon désaccordé qui a traîné vingt ans dans un grenier, de l'autre un orchestre bien synchronisé qui a eu le temps de répéter pendant vingt ans et couvre de son fracas ses sanglots.

Mon Général, mon père est mort à Verdun en 1916, un de mes beaux-frères est tombé sur la Marne en septembre 1914, l'autre à Ypres en décembre 1914. Mon demi-frère et mes deux neveux, allemands, sont morts à la dernière guerre. Vous qui avez fait l'œuvre admirable de la réconciliation franco-allemande, accordez-moi la liberté de mon fils. Épargnez-nous la honte d'un procès. Ne laissez pas mourir le dernier descendant, élevé chrétiennement et honnêtement, de toute une lignée d'honnêtes gens.

Sans doute le Général ne pratiquait-il pas le vieil adage : « Un mauvais arrangement vaut mieux qu'un bon procès. » On ne sait pas s'il avait pris la peine de répondre à cette folle requête.

XXV

Le procès de Jean Deleau s'ouvrit comme prévu le 22 mars 1968 au Palais de justice de Paris sous les ors et les lambris du plafond à caissons de la Grande Chambre, prêtée pour l'occasion à la Cour de sûreté de l'État. La France avait la tête ailleurs. L'Université était en ébullition. Une centaine d'étudiants de Nanterre, emmenés par un certain Daniel Cohn-Bendit, réclamaient la mixité dans les cités universitaires et, accessoirement, la fin de la guerre du Vietnam. Casqués et masqués, les militants d'Ordre nouveau et de la Ligue communiste révolutionnaire faisaient de la barre de fer l'*ultima ratio* du débat politique. La jeunesse de ce vieux pays sclérosé se soulevait.

Autant l'émotion avait été grande dans toute la région qui avait été sous la coupe du SD de Neuville à l'annonce de la réapparition et de l'arrestation de Jean Deleau, autant on y attendait avec impatience l'épilogue judiciaire de ce feuilleton dont le premier épisode remontait à un quart de siècle, autant, dans le reste de la France, la masse du public et la presse se désintéressaient du cas atypique de cet obscur petit Gestapache provincial.

Vingt ans plus tôt, l'affaire eût été réglée en une seule audience : un après-midi de débats et le lendemain douze balles dans la peau vite fait bien fait. Vingt ans plus tard, la justice aurait monté à grands frais et à grand bruit un barnum couvert par six cents journalistes venus du monde entier pour assister à travers l'accusé à une grandiose mise en scène et en cause de Vichy, du système policier nazi et de l'empire du Mal avec, pour finir, la perpétuité.

Mais un peu plus de vingt ans après la fin de la guerre, les survivants du drame étaient encore nombreux et leur sensibilité toujours à vif. Les faits leur étaient encore trop proches pour relever déjà de l'histoire. Ils n'attendaient de la justice rien d'autre que le jugement et la condamnation, à mort de préférence, d'un criminel. Le procès était assez tardif pour paraître anachronique aux plus jeunes générations mais pas encore assez pour que la société y trouvât l'occasion d'en faire une leçon d'instruction civique à grand spectacle à l'usage des masses ignorantes et notamment des élèves des lycées et collèges.

Les rares spectateurs du procès Deleau, journalistes ou simples curieux, qui n'y étaient pas amenés par un intérêt personnel, y éprouvèrent une impression et en gardent un souvenir de malaise.

Une rumeur s'éleva de la salle, dès l'ouverture de la première audience, lorsque l'accusé fit son entrée dans le box. Le teint blafard des enfermés, détenus ou religieux, une petite moustache taillée en balayette, sanglé dans un trench-coat blanc à larges revers, il s'était consciencieusement fait la tête d'Arturo Ui tel que l'avait campé Jean Vilar quelques années plus tôt. Un Hitler stylisé.

Ses deux avocats échangèrent des regards consternés.

« Mais qu'est-ce qui vous a pris ? lui demandèrent-ils en chœur.

— À force de m'entendre répéter que je suis un tortionnaire, un monstre et un traître, j'ai décidé de me faire une gueule de tortionnaire, de monstre et de traître. Comme ça, je ressemble à ce qu'on veut que je sois. Qu'est-ce que ça change au point où j'en suis ? J'ai suivi assez de procès depuis vingt ans pour savoir comment ça se passe. Je connais la chanson. Si je reconnais ce dont on m'accuse, je suis effectivement coupable. Si je nie, je suis un menteur. Si je dis que je ne regrette rien, quelle arrogance, quel cynisme, je n'ai décidément pas changé. Si je déclare que je suis tenaillé par le remords, quelle hypocrisie, c'est trop tard, il fallait y penser avant ! Si je dis que j'avais besoin de gagner ma vie, on me tiendra pour un infâme mercenaire. Si je dis que j'ai agi en conformité avec mes idées, c'est encore pire, j'aggrave mon cas. Quoi que je dise, je suis d'avance jugé et condamné. Les jeux sont faits. Alors, autant me faire la tête de l'emploi ! »

Le bilan de Jean Deleau s'était encore enrichi depuis l'époque où Krebs l'avait complimenté sur son efficacité. Il était terrible, il était effroyable. Les chiffres parlaient toujours, mais plus en sa faveur. À l'issue de l'instruction, sa responsabilité personnelle avait été retenue dans six cents arrestations, trois cent dix déportations, dont deux cent trente s'étaient soldées par la mort, et soixante-sept exécutions.

La cause était entendue. La comédie judiciaire n'en déroula pas moins son rituel et n'en suivit pas moins son cours lent et majestueux. La durée du procès avait été fixée à dix audiences, échelonnées sur quatorze jours. Ce calendrier fut respecté.

Deux cents témoins avaient été cités par l'accusation. Vingt-huit ne se présentèrent pas, retenus par l'âge, leur état de santé ou des occupations astreignantes. Cent soixante-douze se succédèrent à la barre.

Ils prêtaient serment, ne le regardaient pas, confirmaient : « C'est bien lui ! » et faisaient leur déposition. À quoi bon le regarder, du reste ? Ils l'avaient déjà « reconnu » à l'instruction, et identifié ce presque quinquagénaire blanchâtre et moustachu avec un jeune homme imberbe, frais et rose qui s'appelait aussi Jean Deleau. Ils parlaient sans crainte, conformément à leur serment, mais pas sans haine, et ils n'étaient certes pas amis de l'accusé. Lorsqu'ils n'avaient pas eux-mêmes subi des sévices infligés par Deleau ou quelqu'un des siens, ils avaient un mort à pleurer et à venger. Les plus péremptoires, les plus diserts et les plus acharnés n'étaient forcément pas ceux qui avaient souffert dans leur chair, mais les porte-parole de ceux qui avaient disparu.

Presque tous dévidaient la même et fastidieuse litanie, passaient sans en sauter une par toutes les cases du jeu de l'oie de l'horreur, avec passage obligé par la matraque, la schlague, les injures, les menaces, les sarcasmes, les coups, la baignoire. Leurs récits se ressemblaient étrangement, avec les mêmes mots convenus, les mêmes descriptions stéréotypées, soit que les tortionnaires eussent été singulièrement dépourvus d'imagination, soit que les témoignages eussent été mis en forme et affinés dans un moule commun.

Il y avait ceux qui se souvenaient parfaitement de lui, et dont il se souvenait aussi. Ceux qu'il n'avait fait qu'entrevoir, et qu'il avait oubliés. Ceux qui croyaient avoir eu affaire à lui, et faisaient erreur sur la personne. Ceux qui disaient n'avoir pas été maltraités et ceux qui décrivaient avec l'accent et les précisions de la vérité les souffrances endurées. Ceux qui en traînaient encore les séquelles et ceux qui déformaient, inventaient ou en rajoutaient.

Parfois, on soupçonnait une mauvaise foi égale de part et d'autre. D'un côté, un bloc de haine compacte, une soif de vengeance bien compréhensible et bien humaine, des accusations systématiques, même infondées. On en tenait un, on n'allait pas le laisser échapper. De l'autre, un instinct animal de survie, les vains sursauts d'un animal pris au piège et se heurtant aux barreaux de sa cage, un système de dénégation confinant au déni.

Face au déferlement des témoins de l'accusation, les rares témoins qu'était parvenue à mobiliser la défense firent pâle figure, l'abbé Legrandier excepté. Quelques amis de la famille, deux camarades d'études se rappelaient quel gentil garçon il était avant guerre. Sa petite « fiancée » de Ouistreham déposa dans le même sens, par écrit. Deux anciens du service, agents subalternes, et la femme Volvert, réchappés de justesse du peloton d'exécution, firent plus de tort que de bien à l'accusé. Gênés et peu bavards, ils déclarèrent sous la foi du serment et les murmures du public que s'ils avaient accablé Deleau lors de leur propre comparution, c'est qu'à l'époque il était en cavale. Mais ils s'étaient trompés, chargèrent sans vergogne tous les membres de l'équipe fusillés ou restés introuvables depuis 1945 et dédouanèrent Deleau au-delà de toute vraisemblance. À les en croire à présent, celui-ci n'avait jamais joué qu'un rôle secondaire. Krebs, Laprayе et Carreyras étaient les véritables patrons.

« En somme, persifla l'avocat général, le chef tout-puissant du SD de Neuville n'était qu'un tout petit employé de bourreau. »

Il se rassit, content de son bon mot.

En dépit de ses efforts et des assurances qu'il avait multipliées lors de l'instruction, Deleau ne réussit pas à produire un seul survivant qui citât un geste significatif, une intervention positive de sa part. Il eut des mots amers, qui n'émurent personne, sur l'ingratitude humaine.

La déposition d'Yvonne Deleau, curieusement prise en sandwich entre deux témoignages à charge, fut écoutée dans un silence absolu. Elle conclut : « Tout ce qui est arrivé est de ma faute.

— Madame, ce n'est pas vous que nous jugeons », observa le président.

Jean Deleau n'était pas défendable. Il se défendit pourtant, âprement et avec une extrême maladresse.

Les aspects de sa personnalité qu'il laissa transparaître le rendirent d'emblée antipathique aux moins prévenus. Il apparut pédant, prétentieux, pompeux et sentencieux.

Un témoin déclarait l'avoir reconnu dans le cabinet du juge d'instruction ; il l'avait entendu employer les vocables « septante » et « nonante », comme un quart de siècle plus tôt. Deleau se gaussa : « La plaisante démonstration que voilà ! Cette prétendue singularité, je la partage avec six ou sept millions de francophones. N'oubliez pas que vous parlez devant un des plus grands linguistes d'Europe occidentale. »

En désaccord sur les faits avec un autre témoin, il martela, doctoral : « Avant que d'expliquer les faits, il est nécessaire de les constater. On évite ainsi le ridicule d'avoir découvert la cause de ce qui n'est pas. »

Il va de soi qu'il rappela à plusieurs reprises aux ignorants qu'il ne fallait pas confondre SIPO-SD et Gestapo. Méritoire souci de pédagogie qui ne fut pas plus couronné de succès que ceux qui l'avaient précédé et ceux qui l'ont suivi.

Il fit rire, mais à ses dépens, lorsque son langage révéla malgré lui à quel point son horloge intérieure continuait de battre à l'heure allemande. Il niait, contre l'évidence de témoignages nombreux, précis et convergents, avoir été présent lors du massacre de Précy-le-Sec le 21 juillet 1944. « C'est impossible, dit-il. Ce jour-là, la garnison de Neuville avait été consignée comme toutes les garnisons de France. C'était le lendemain de l'attentat contre le chancelier. » Le chancelier ? De qui diable pouvait-il bien s'agir ? Que venait faire Kurt Kiesinger dans cette galère ? Les gens se regardaient interloqués. Puis il y eut un chuchotement, un frémissement qui courut de travée en travée, et pour finir une houle de rires incrédules. « Le chancelier », c'était Hitler, bien sûr. Il n'y avait guère que vingt-trois ans que nul ne désignait plus le défunt Führer par ce titre protocolaire. Deleau enchaîna, sans comprendre le pourquoi des rires : « D'ailleurs, il n'y a qu'à demander au général Oberg. Il confirmera. »

À propos du débarquement, il continuait à parler, mécaniquement, de « l'invasion ». Il disait toujours « terroristes » pour « résistants » et, dans sa bouche, Cherbourg, Caen ou Paris n'avaient pas été libérées, mais étaient « tombées ».

Il lui échappa de dire : « Ce jour-là, nous étions quatre cents Allemands. » Et, à propos de témoins dont les affirmations étaient contradictoires : « Ça ne fait rien, nous les interrogerons quand nous les aurons sous la main. » C'était comme les paroles gelées de Pantagruel, comme sa silhouette de spectre, des mots qui surgissaient, tels quels, du passé.

Il eut aussi une phrase sibylline, que personne ne releva, et qui prend un éclairage singulier à la lumière de la tardive comparution en justice, quarante, cinquante et jusqu'à près de soixante ans après la guerre, de personnages alors exilés, cachés ou honorés : « En plus de ceux qui ont été identifiés et poursuivis, dit-il, il y avait à Neuville une trentaine d'agents français du SD. Je ne cite pas leurs noms. Je ne voudrais pas qu'on leur fasse un procès maintenant ou dans vingt ans. »

Peu à peu poussé dans ses retranchements et contraint de reconnaître sa culpabilité globale, il en vint au fil des audiences à se contenter de la contester dans le détail en tentant d'exploiter les confusions de noms, de personnes, de dates, de lieux et autres failles dans les témoignages qui l'accusaient. Il est vrai qu'il connaissait, et pour cause, le dossier mieux que personne. Il admettait plus facilement, en définitive, avoir infiltré un maquis qu'avoir porté une veste pied-de-poule et des culottes de cheval. Il déployait toute son énergie à démontrer qu'il ne pouvait être

« le petit brun à la peau visqueuse », « le gros homme grisonnant » ou « l'homme au visage boutonneux » que décrivait tel ou tel témoin. « J'en appelle à toutes les personnes de bonne foi, je n'ai jamais eu d'acné. » On le présentait comme « blond aux yeux bleus ». « Si j'ai été blond, dit-il, c'était dans une vie antérieure. Il y a prescription. » Il triomphait, satisfait d'avoir rétabli la vérité quand on lui en donnait acte, perdant de vue qu'en ergotant sur des points secondaires, il avouait implicitement ne pas être à même de porter la discussion sur les points essentiels de l'accusation.

Il rappela ainsi à maintes reprises, quand on le dépeignait ivre et violent, qu'il ne buvait pas, qu'il n'avait jamais bu. Il attachait également une grande importance au fait que, contrairement à certaines assertions, s'il lui était arrivé de prendre place dans une traction avant, il n'avait jamais tenu le volant. « Je n'ai pas le permis. » Excédé, le président finit par lui rappeler qu'il n'était pas poursuivi pour conduite en état d'ébriété.

Son système, poussé à son terme, le conduisait à prendre des positions absurdes. Un témoin l'accusait d'avoir emporté un livre et dérobé une petite somme d'argent lors d'une perquisition effectuée le 27 juin 1944 à Château-Gontier. Fautes vénielles, et déposition qui lui fournissait un alibi inespéré sur un des crimes les plus graves qui lui étaient reprochés. « Impossible, dit-il, ce jour-là, à la même heure, j'étais aux Borderies. »

Le président Romerio l'invita à plusieurs reprises, paternellement puis fermement, au-delà de faits qui, pour la plupart, étaient établis, à s'expliquer sur ses motivations, à revenir sur les cheminements qui avaient abouti à son engagement aux côtés des Allemands, bref à exposer son point de vue. Il se levait, se dandinait d'un pied sur l'autre. Les mots ne venaient pas.

« Vraiment, vous ne trouviez pas anormal, vous, un Français, d'obéir à un officier allemand et de l'aider à traquer les patriotes ?

— Il y avait des dizaines de milliers de Français qui, comme moi, participaient à la lutte contre les terroristes. Des terroristes qui obéissaient à des mots d'ordre venus de l'étranger. En Algérie aussi, les musulmans qui avaient choisi le camp français luttaient contre ceux de leurs compatriotes qui appartenaient à une organisation subversive et interdite. »

La salle murmura.

« Ces situations n'ont rien de comparable. L'Algérie était française depuis cent trente ans, et jamais la France n'y a autorisé ou cautionné le recours aux méthodes abominables qui étaient les vôtres, jamais elle n'a mis ses armes au service d'une idéologie qui nie l'humanité.

— Monsieur le président, les méthodes du général Massu ou du colonel Godard n'étaient pas si différentes de celles du SD. »

La salle gronda. L'avocat général se leva :

« Monsieur le président, vous n'allez pas laisser un individu qui s'est déshonoré en se mettant au service de la barbarie nazie salir notre armée.

— Ça suffit. Asseyez-vous, Deleau.

— Monsieur le président, vous m'avez demandé de parler. Est-il normal que l'on ait amnistié à Évian tous les faits, quels qu'ils soient, ayant eu un rapport avec les événements d'Algérie et que l'on me poursuive en vertu d'un contentieux remontant à la dernière guerre ?

— Si vous ne vous étiez pas soustrait à la justice de votre pays, vous auriez été jugé depuis longtemps et nous ne serions pas ici, vous, moi, et vos victimes.

— Moi, en tout cas, je n'y serais plus.

— Ça suffit. Votre attitude est parfaitement indécente. Vous n'avez plus la parole. Asseyez-vous. »

Lorsque le président lui demanda, rituellement, s'il avait un mot à dire ou une dernière déclaration à faire, Deleau déclara d'une voix blanche, celle que les élèves, en France, ont pour réciter un texte :

« J'admets que ma volonté a été paralysée. Sinon, j'aurais pris le maquis ou je serais parti à l'étranger. J'ai frappé et fait des choses que je regrette amèrement. Je n'ai jamais tué personne. Depuis vingt-trois ans, j'ai beaucoup changé. Je me suis rejeté moi-même. J'ai été privé de tout pendant vingt ans. Mon cœur me dicte des remords que je vous exprime publiquement. »

Des mots qui ne convainquirent personne. Il avait eu ce cri du cœur pendant les débats : « Vous m'obligez à me rappeler des choses que j'essaie d'oublier depuis vingt ans. »

L'avocat général avait la tâche aisée. Il conclut ainsi son réquisitoire :

« Vous avez renié votre patrie. Vous avez livré des hommes et des femmes à la torture et à la mort. Vous vous êtes mis corps et âme au service de l'occupant, c'est-à-dire non seulement d'une puissance étrangère momentanément victorieuse et occupante, mais d'une idéologie barbare.

« Vous avez commis directement ou vous avez participé comme complice à d'innombrables crimes. Vous avez pratiqué la torture, niant la qualité humaine de vos victimes, renonçant vous-même à votre part d'humanité. Vous vous êtes retranché de la communauté nationale. Vous vous êtes retranché de la communauté humaine. Elle ne vous considère plus comme l'un des siens.

« C'est dans la paix de ma conscience, en toute sérénité, sans esprit de vengeance, mais dans un esprit de justice, au nom de tous ceux qui, de votre fait, ont été arrachés à leurs proches, à leurs amis, à leur femme, à leurs enfants, de tous ceux qui, à cause de vous, ne reviendront plus, que je requiers contre vous, Jean Deleau, le châtiment suprême. »

Maître Enesco, psychologue venu sur le tard au barreau, et Maître Matheron, ancien bâtonnier de Valenciennes, défendaient Jean Deleau. Ni l'un ni l'autre n'étaient des spécialistes du pénal. Demeurant l'un à Paris, l'autre dans le Nord, ils ne s'étaient guère concertés entre eux et pas davantage avec leur client. Ils en voulaient d'ailleurs à celui-ci d'avoir en cours de route cherché à les remplacer par l'illustre Maître Floriot que Mme Deleau avait sollicité en vain. Ils l'avaient laissé se défendre seul, et mal.

Maître Enesco plaida sans conviction la relation à la mère et regretta que l'on n'eût pas procédé à de nouveaux examens psychologiques. Maître Matheron plaida sans flamme la jeunesse et le temps écoulé.

Le délibéré fut bref. La Cour répondit « oui » à toutes les questions. Jean Deleau était condamné à mort pour la deuxième fois. Son pourvoi en cassation fut rejeté le 30 avril 1968.

XXVI

« Monsieur le Premier ministre », annonça l'huissier.

Sans lever la tête, de Gaulle invita son visiteur d'un geste à prendre place et resta plongé dans la lecture de la toute dernière synthèse des Renseignements généraux. La fenêtre du bureau était entrouverte sur le parc de l'Élysée et une légère brise de printemps agitait les rideaux de tulle. On percevait dans le lointain un bruit vague, multiple, continu, toujours recommencé comme celui de la mer, et qui, pour une fois, n'était pas le grondement stupide de la circulation sur la grande avenue, mais la rumeur humaine d'une foule immense.

Le Général enleva enfin ses grosses lunettes à monture d'écaille et, les coudes écartés, redressa le buste en prenant appui sur ses deux mains posées bien à plat sur son bureau. Il fixa alors son vis-à-vis :

« Eh bien, Pompidou, lança-t-il de cette voix traînante et railleuse, si souvent imitée, où l'accent gouailleur, disparu au plus fort des "événements" de mai, avait fait sa réapparition, vous les entendez ? La police m'assure qu'il y a au moins un million de manifestants. Ne seraient-ils que la moitié que ce serait déjà très beau. Et savez-vous ce qu'ils crient ? Ils ne crient pas "De Gaulle au musée !" mais "Vive de Gaulle !", ni "Dix ans ça suffit !" mais "Mitterrand, c'est raté !" ou "Mitterrand tu ne seras pas président !"

Qui l'eût cru il y a seulement vingt-quatre heures ? Eh bien, je m'en vais vous le dire : pas moi ! »

C'est vrai, songea Georges Pompidou. Le voilà tout requinqué. Quand je pense à l'état dans lequel il était, à l'état de l'État avant ce mystérieux voyage : « C'est l'effet de votre discours, mon général. La partie saine du pays s'est ressaisie. La France profonde, en vous retrouvant, s'est retrouvée.

— Alors, il faut croire aux miracles, et que mon discours avait produit son effet avant même d'avoir été prononcé. En tout cas, les organisateurs de ce carnaval ont bien travaillé. Vous les féliciterez de ma part. Bravo à Frey et à ce marchand de pastis de Marseille, Pasqua je crois. Nous allons gagner les élections, et haut la main, je vous en fiche mon billet. Seulement, ne nous y trompons pas. Même s'ils crient “De Gaulle ! De Gaulle ! De Gaulle !” en agitant leurs petits drapeaux, ce n'est pas pour de Gaulle qu'ils sont venus. De Gaulle, ils s'en foutent comme de l'an quarante. Ils sont venus parce qu'ils ont eu la trouille, c'est tout. Pour leur bagnole, pour leur maison, pour leurs économies, pour leurs week-ends. Il y a plus de gens dans ce pays, Dieu merci, qui possèdent quelque chose et ont peur de le perdre que de gens qui n'ont rien à perdre et qui n'ont donc peur de rien. De Gaulle aura la majorité de la peur, comme Pétain en juin 1940. Les patrons, les propriétaires, les paysans, les curés, les chaisières et même l'OAS voteront pour nous. Mais la jeunesse, nous ne l'avons pas avec nous. Pour la jeunesse, je suis d'un autre temps. Quant aux autres, aux braillards, là, dès qu'ils n'auront plus les chocottes, ils me jetteront comme une vieille pelure d'orange. Ils trouveront bien quelqu'un pour me remplacer, et de préférence, ce sera n'importe qui, Lecanuet, ou Pinay, puisque Pétain n'est plus disponible. Les prétendants ne manqueront pas, vous verrez…

— En tout cas, la question n'est plus d'actualité.

— Elle a été posée. Elle se reposera, et plus tôt que vous ne pensez, croyez-moi. Enfin, on ne peut pas être et avoir été. »

Il retombait dans ses humeurs moroses...

« Quoi qu'il arrive, mon général, vous êtes dans l'histoire.

— Oui, bien sûr, de Gaulle est dans l'histoire. C'est bien pour ça qu'ils sont si nombreux à se demander ce qu'il fait encore dans la politique. J'ai remis la France sur les rails et elle ne rêve que de me diriger sur une voie de garage. Bien, revenons à nos moutons. »

Il prit une chemise sur laquelle était calligraphiée l'inscription : *Jean DELEAU. Recours en grâce.*

« Vous connaissez le dossier, je suppose. Drôle d'affaire. Joxe me conseille de laisser la justice suivre son cours. Et vous, Monsieur le Premier ministre, quel est votre avis ?

— J'accorderais la grâce. Vous n'allez pas... ?

— Non, je vais le gracier. Et savez-vous pourquoi ?

— Parce que le temps s'est écoulé. Parce que vous êtes grand et qu'il y a de la grandeur à pardonner. Parce que l'heure est venue de tirer un trait sur ces années où les Français ne s'aimaient pas. Parce que tout cela n'est plus que de l'histoire.

— Ouais, je connais vos idées sur la question. Pour vous, c'est de l'histoire parce que vous n'étiez pas dans le coup. » Il ne manquait jamais une occasion, sur ce sujet, de taquiner son Premier ministre dont les états de service dans la Résistance avaient été moins que modestes, inexistants. « Mais pour des dizaines de milliers de braves gens, cette histoire est encore inscrite dans leur mémoire et dans leur chair. Ce Deleau est un salopard qui mérite cent fois la mort. Français, il a vendu des Français, il a traqué des Français, il a torturé des Français, il a tué des Français. Il ne mérite ni ne m'inspire aucune compassion. Seulement, il faut être logique. Quand les chefs échappent au châtiment, les subalternes doivent en être exonérés. J'ai gracié Jouhaud, vous vous en souvenez, je crois, parce qu'on m'avait refusé la tête de Salan. Oberg et Knochen sont libres, ce Deleau ne sera donc pas exécuté. Seulement, je vais le laisser mijoter encore deux ou trois mois. Ça lui fera les pieds. »

Il sonna. L'huissier apparut.

« Monsieur, voulez-vous bien fermer cette fenêtre, s'il vous plaît. Avec ce boucan, on ne s'entend plus ici. »

XXVII

D'abord incarcéré à Clairvaux où il ne côtoya que quelques semaines les derniers détenus de l'OAS amnistiés pour cause de révolution et d'élections, Deleau fut transféré en 1970 à la centrale de Melun pour y purger le reste de sa peine. Classé « non dangereux, non susceptible de récidive », il fut bientôt affecté, compte tenu de son niveau d'instruction, à la bibliothèque, où il s'acquitta de sa tâche à la satisfaction générale. Les rapports de l'administration pénitentiaire le qualifiaient de prisonnier modèle. « Ah, si je n'avais affaire qu'à des gens comme vous », soupirait le directeur. Perpétuellement plongé dans ses livres ou ses écritures – il mena à bien la réalisation de deux catalogues, par ordre alphabétique et par matières –, il acquit le respect de ses compagnons de captivité, comme lui condamnés à de longues peines, qui le surnommèrent gentiment Prof. Violeurs, gangsters, tueurs en série, ils étaient nombreux à requérir ses services. Ils appréciaient qu'il fût également capable de remplir des formulaires administratifs, de rédiger des courriers adressés à la direction de la centrale ou des mémoires en défense et de trousser des lettres d'amour. Aussi fut-il dispensé de la taxe exigée et perçue par les caïds aux dépens des plus faibles. De lui, on savait seulement et vaguement qu'il était « politique » et l'on constatait que, comme d'autres, il ne tenait pas à s'épancher sur un passé qui, du reste, intéressait médiocrement la plupart de ses codétenus.

Au début de mars 1973, Mme Deleau réexpédia à son fils la lettre suivante, rédigée en français :

Überlingen, le 15 février 1973

Monsieur,

Je suis dans le regret de vous informer une nouvelle bien triste. Votre cousine Helga est morte la semaine dernière après avoir souffri d'une longue et cruelle maladie. J'étais sa meilleure amie et je lui ai apporté jusqu'à la fin mes soins le mieux que je pouvais en tant que je suis comme elle infirmière. Elle me parlait souvent de vous et regrettait beaucoup de rester sans savoir ce que vous avez devenu ni où maintenant vous vivez. Je me rappelle que je vous ai rencontré avec elle en 1942 quand vous étiez un jeune homme à la promenade sur les bords du Bodensee. Je ne crois pas que vous vous souvenez de moi.

Helga me disait souvent que vous avez travaillé avec les Allemands pendant la dernière guerre et elle était inquiète que vos compatriotes vous ont puni. Elle-même avait perdu son fiancé et ses deux frères dans ce grand malheur de la guerre. Ma chance a voulu que j'étais une fille unique. Mais mon mari qui était soldat a disparu en Normandie il y a vingt-neuf ans. Enfin je ne veux pas vous assommer avec des détails de ma personne qui ne vous intéresseront pas. Cependant, je peux vous parler encore de votre cousine et vous adresser des lettres que vous lui avez écrit et des photos qu'elle m'a laissées pour vous.

Avec mes pensées les meilleures,

Renata Grussenmeyer

Je vous envoie cette lettre à l'adresse que j'ai trouvée dans l'agenda de votre cousine. Mais j'ai peur que vous avez déménagé depuis tout ce temps.

Jean Deleau ne sut jamais par quel miracle la poste de Neuville avait fait suivre ce courrier chez sa mère à Valenciennes. Se pouvait-il qu'on y eût gardé la trace d'un changement d'adresse vieux de presque trente ans et que sa mère avait voulu discret ? Un postier particulièrement zélé avait-il joué les détectives avec l'espoir que son exploit lui vaudrait les honneurs de sa direction et peut-être les honneurs d'un entrefilet dans la presse locale ? Ou tout simplement s'agissait-il de quelqu'un qui avait suivi de près son procès et avait saisi cette occasion de lui manifester sa pitié ou sa sympathie ? Plusieurs fois depuis sa condamnation, il avait reçu des lettres d'anciens camarades de classe, de vagues amis de la famille, ou d'inconnus. Certaines contenaient un peu d'argent, d'autres s'indignaient de la lourdeur de la condamnation encourue si longtemps après les faits incriminés et mettaient en balance la sévérité de la justice gaulliste à son égard et l'impunité de tant de faux résistants vrais assassins. Il avait même reçu deux déclarations d'amour qui émanaient visiblement de toquées. Cette fois, ce n'était pas le cas. Il revit Überlingen, le lac de Constance dans le soleil couchant, des rires frais de filles chatouillées, le sourire de Helga. Il croyait enfuis à jamais ces quelques jours heureux, ces jours de l'innocence et voilà que ce passé revenait et qu'il portait le nom d'une jeune fille d'autrefois. Pour la première fois depuis des années, il ressentit une sensation de chaleur. Une femme – une femme qui n'était pas sa mère – se souciait de lui. Il répondit aussitôt, en allemand :

Maison centrale de Melun, 13 mars 1973

Honorée Madame et, si vous me le permettez, chère Renata,

Je préfère vous écrire dans la langue qui est la vôtre et qui était celle de ma grand-mère maternelle. J'ai souvent pensé à Helga, sa disparition me touche profondément et je vous suis reconnaissant d'avoir été à ses côtés et d'avoir adouci ses derniers jours. Si pendant toutes ces années je n'ai pas cherché à revoir ma cousine, si je ne lui ai pas écrit, la faute en revient aux circonstances. Il faut que vous sachiez que je vous écris de l'intérieur d'une prison. J'ai en effet été condamné à mort, en 1968, par un tribunal français. Gracié, ma peine commuée en réclusion perpétuelle, je ne sais ni si ni quand je retrouverai la liberté.

Je n'ai pourtant commis aucun crime et, quand j'interroge ma conscience, elle ne me reproche rien. Engagé comme interprète auprès de la Kommandantur de Neuville, puis versé dans la police auxiliaire allemande, je me suis strictement cantonné à mes fonctions, que j'ai remplies du mieux qu'il m'a été possible. Les Français ne supportent toujours pas d'avoir été battus par les Allemands. Ils se sont vengés de leur défaite de 1940 sur moi et sur bien d'autres. Pour ce qui me concerne, j'ai été condamné sur la base de témoignages inspirés par la haine, la rancune ou la passion politique. Privé de toute possibilité d'appel ou de recours, je me suis réfugié dans le travail. Je puise le courage de survivre dans la patience, la prière et l'étude. Elles me font oublier les barreaux de ma prison. D'ores et déjà, je me suis senti moins seul, un moment, grâce à vous…

La réponse de Renata ne tarda pas. Il ouvrit l'enveloppe, le cœur battant, et fut aussitôt rassuré. Elle ajoutait entièrement foi à sa présentation des faits. Elle était bien placée pour savoir comme on avait travesti l'histoire après 1945 et les horreurs qu'on avait racontées, y compris sur des gens qui, après tout, n'avaient fait que leur devoir. Dans la dernière lettre qu'elle avait reçue de son mari, Helmut, lettre datée du 10 juillet 1944, « quelque part sur le front de Normandie », celui-ci lui disait à quel point la remontée de sa division, la fameuse « Das Reich », du sud-ouest de la France vers les côtes de la Manche, avait été lente, pénible, et même exaspérante, sous le harcèlement incessant des bandes terroristes. Il avait vu de ses yeux, à Tulle, les cadavres atrocement mutilés de ses camarades de la Wehrmacht, victimes de la barbarie communiste. Des représailles avaient évidemment suivi, mais qui n'avaient jamais enfreint les lois de la guerre. Helmut lui disait sa satisfaction d'en avoir terminé avec les francs-tireurs et de pouvoir enfin affronter en soldat, dans un combat loyal, des adversaires en uniforme. Il avait trouvé la mort trois semaines plus tard, d'après ce qu'elle en avait su, sous un bombardement américain, du côté de Falaise. Elle unirait désormais dans ses prières son mari mort et son ami – « vous voulez bien que je vous appelle mon ami ? » – prisonnier, espérant en obtenir le salut de l'âme du premier et la libération du second.

Une correspondance s'ensuivit, d'abord simplement amicale puis chaleureuse, de plus en plus. Renata, par délicatesse, s'abstint de questionner plus avant Deleau sur son passé. Il lui parlait des conditions de sa détention, de ses occupations, des menus incidents de sa vie quotidienne. Elle s'inquiétait de ce dont il pouvait avoir besoin, de ce qu'elle pouvait faire pour lui. Elle était à sept ans de la retraite. Elle lui décrivit sa grande maison, en bordure de forêt, avec vue imprenable sur le lac de Constance, où elle menait une existence tranquille et même retirée, et comptait bien l'accueillir un jour.

En juillet 1974, Renata sollicita et obtint une autorisation de visite.

L'un comme l'autre redoutaient cette première rencontre, chacun craignant plus encore de décevoir que d'être déçu. Il n'était plus, et depuis bien longtemps, le jeune homme au visage d'ange, au rire facile, au regard candide, dont elle disait avoir gardé le souvenir. *Me verra-t-elle comme je me vois ?* Il n'y a rien de gracieux dans ce front dégarni, dans ces rides creusées par l'amertume et le temps. De quoi ai-je l'air, chaussé d'espadrilles, fagoté comme l'as de pique dans ce pantalon avachi et ce pull-over à damiers, amoureusement tricoté par maman ? Elle fut frappée par sa pâleur, consécutive à trente ans d'enfermement et sensible à la grande douceur de sa voix. *Mon Dieu, faites que je puisse lui faire mener une vie saine, le soigner, le gâter, lui faire oublier cet horrible endroit.*

Se voit-elle comme je la vois ? se demandait-il à présent. Sous son chapeau vert agrémenté d'une plume de paon et dans son manteau vert sans forme, Renata était sans grâce et sans coquetterie. *Elle pourrait être ma mère,* se dit-il avant de se rappeler que lui aussi aurait pu être le père du jeune homme qu'il lui semblait être encore, et qu'il n'était plus. Le chapeau enlevé révéla une masse de cheveux blonds mêlés d'un peu de gris. Elle avait de beaux yeux bleus. Sans être jolie, elle était fraîche et saine. Et surtout, il sentait sur lui, comme celui de sa mère, un regard qui n'était ni indifférent ni accusateur mais empreint de bienveillance et de douceur. Un rayon de soleil au fond d'une cour profonde et lugubre comme un puits. *Est-ce que même je la mérite ?* « Quoi que vous ayez vécu, lui dit-elle, il ne faut plus y penser. C'est le passé. C'était la guerre. Regardons l'avenir. » Ils se séparèrent contents l'un de l'autre.

Elle demanda un permis permanent de communiquer. Elle lui rendait visite tous les deux mois et tous les jours pendant ses congés annuels. Elle lui devint insensiblement une chère habitude. Il avait eu tendance à se laisser aller. Pour elle, il se remit à la gymnastique.

C'est justement à l'automne de cette même année 1974 que l'âge et son cortège d'infirmités interdirent définitivement à Mme Deleau, sans ressources, sans ami qui pût lui servir de chauffeur, de faire le déplacement de Melun. En vain écrivit-elle aux présidents de la République, Georges Pompidou puis Valéry Giscard d'Estaing, pour solliciter de leur haute bienveillance le transfert d'un condamné dans une prison qui lui fût plus accessible, à Valenciennes ou à Loos-lez-Lille. Elle ne reçut aucune réponse. Le ministère de la Justice, auquel elle s'adressa, fit valoir que la nature des faits reprochés à Jean Deleau et la condamnation qui lui avait été infligée excluaient toute dérogation comme tout régime de faveur et qu'au demeurant, parmi les maisons centrales réservées aux « longues peines », celle de Melun, sans être proche de son domicile, était des plus commodes d'accès par le chemin de fer.

Il va de soi que Jean Deleau avait scrupuleusement rendu compte à sa mère de sa rencontre puis des progrès de sa relation avec Renata. Désormais contrainte à garder la chambre, Mme Deleau tint à rencontrer cette femme qui s'intéressait à son fils et qu'elle ne pouvait sérieusement soupçonner d'être une aventurière, une gourgandine, une voleuse d'enfants. Renata fit donc le voyage de Valenciennes et reçut l'agrément maternel. De son lit de malade, la vieille dame donna sa bénédiction au couple et à ses projets. « C'est la femme qu'il te faut quand je ne serai plus là. » Elle mourut en juillet 1976, inconsolable de n'avoir pas revu son fils chéri. Elle partit cependant rassurée de le savoir en de bonnes mains, face à la méchanceté du monde. Jean Deleau parut curieusement peu atteint par la mort de sa mère. C'est bien sûr que l'événement était prévu. C'est surtout que la suite était organisée. De là-haut, sa mère continuait de veiller sur lui et de le protéger. Il n'était plus seul. Privé de la chère et tutélaire présence, il avait sur qui s'appuyer. Au directeur de la prison qui, ayant mesuré à l'abondance et à la régularité de leur correspondance la force de leur lien, s'étonnait qu'il n'eût pas sollicité la permission de suivre les obsèques de sa mère, il se borna à répondre : « Vous me l'auriez refusée. »

Trois mois plus tard, il épousait Renata dans la chapelle de la prison. Leurs témoins à la cérémonie civile furent le vice-consul de la République fédérale à Paris et ce même directeur qui tenait Deleau en haute estime. Les nouveaux époux, qui n'eurent pas droit à un parloir rapproché – cela ne se faisait pas à l'époque – n'en parurent pas autrement affectés.

Neuf années s'écoulèrent encore, paisibles, laborieuses et grises. Le temps passait, sans à-coups, sans surprise, si parfaitement semblable à lui-même qu'il faisait penser à ces rivières indolentes dont le promeneur, sur la rive, serait bien incapable de dire, si de temps à autre ne passait quelque branchage, noir débris flottant à la surface de l'eau, dans quel sens va leur courant.

Les péripéties de la vie politique française ne troublaient pas la sérénité de la cellule individuelle – rare privilège – que lui avaient value ses fonctions de bibliothécaire. Tout au plus la mort du général de Gaulle lui avait été l'occasion – lui qui ne buvait jamais, n'est-ce pas – de déboucher une bouteille de champagne depuis longtemps mise de côté pour ce jour et d'en faire profiter ceux des matons qui acceptèrent, toute honte bue, de noyer leur chagrin dans les bulles. Pour le reste, Pompidou après de Gaulle, Giscard après Pompidou, Mitterrand après Giscard, c'était du pareil au même, du Guignol. Et peu importait que les marionnettes fussent de gauche ou de droite, l'alternance était le nom politicien de la continuité. À peine s'il ressentit un petit frisson de peur lorsque les communistes entrèrent au gouvernement.

En revanche, le feu vert donné à la contraception, a fortiori la légalisation de l'interruption volontaire de grossesse l'avaient fait sortir de ses gonds. Sa mère, de son lit, et lui, de sa prison, avaient rivalisé d'indignation contre la pilule et l'avortement : c'était la porte ouverte à la licence et à l'irresponsabilité, au dérèglement des mœurs, à la débauche, la négation du caractère sacré de l'acte sexuel et de sa seule finalité : la perpétuation de l'espèce, sous l'œil et suivant le dessein de Dieu ; c'était le symbole d'une société sans âme, oublieuse de toute transcendance, uniquement dominée par la recherche du plaisir, le massacre des innocents. L'abolition de la peine de mort ne lui arracha qu'un ricanement amer : trop tard. Non que le sort de Buffet et Bontems l'émût particulièrement. Il pensait à d'autres morts, à Dupic, à Calvignac, à Schnerb. Et à lui-même. C'est en 1945 qu'il aurait fallu... Ça aurait tout changé.

Les conflits en cours ici ou là le laissaient de glace. Après le Vietnam, l'Afghanistan, encore une guerre en modèle réduit, où les deux soi-disant grandes puissances ne s'engageaient qu'à regret, comme un baigneur qui trempe un bout d'orteil dans l'eau froide et se met à sautiller sur place en poussant des petits cris de femme effarouchée. Il revoyait comme si c'était hier le petit homme au pied bot, au brassard à croix gammée, aux chaussures à semelle compensée, martelant du poing la tribune ou, les deux bras tendus, scandant d'une voix métallique devant des auditoires galvanisés : « *Wollen sie den totale Krieg ?* » C'était une époque de géants. Nous ne sommes que des dégénérés. La petite guerre des Malouines l'amusa un moment. Pour une fois que les Anglais sont en première ligne. Il souhaitait la victoire de l'Argentine. Évidemment. Perdu, encore une fois. Naturellement.

Il se toqua un moment de géopolitique. Il rédigea même une sorte d'essai où il déclinait toutes les raisons – démographie, décadence des mœurs, idéologie, sens de l'histoire, répartition des ressources naturelles – pour lesquelles l'Occident, la civilisation judéo-chrétienne, la démocratie étaient condamnés et voués à disparaître, submergés par le déferlement des hordes communistes. Le dernier acte de l'histoire verrait l'affrontement de l'URSS et de la Chine, et la victoire de celle-ci, qui dominerait le monde.

Il lui semblait évident que la force et la ruse, au service de la supériorité du nombre et de la volonté, ne pouvaient que l'emporter et que le triomphe des peuples barbares et jeunes sur les vieux peuples amollis par le confort et le progrès était inéluctable. Il s'avisa que d'autres l'avaient dit avant lui et que leurs prophéties ne s'étaient pas exactement réalisées. Il se demanda, poursuivant sa réflexion critique, si la distinction entre peuples « jeunes » et peuples « vieux » était fondée et, dans le cas où elle le serait, sur quels critères. La Chine, par exemple, devait-elle être considérée comme « jeune » ou comme « vieille » ? La dimension technique des guerres contemporaines, et plus encore des guerres à venir, ne constituait-elle pas un facteur nouveau et décisif qui bouleversait la donne de l'histoire ? Il se découragea, et revint à des choses plus sérieuses.

Chez sa mère, il avait étudié le sanskrit pour le plaisir. Il se mit au magyar, au finnois et finalement au basque dans l'espoir de résoudre l'énigme de ces langues orphelines, de démontrer leur parenté, et par là même l'existence d'un idiome et d'un peuple premiers, d'un tronc commun sur lequel auraient poussé ces branches. Cette recherche l'occupa longtemps sans le mener nulle part. La physique quantique était sa dernière marotte, et il se flattait déjà des progrès qu'il accomplissait dans cette discipline, annonciateurs des gigantesques pas en avant qu'il ne manquerait pas de lui faire faire, lorsqu'on vint l'avertir d'avoir à boucler ses bagages dans les vingt-quatre heures. Il avait beau s'y attendre plus ou moins, ce fut un choc. Il écrivit sur un petit carton blanc qu'il serra dans son portefeuille : « *22 + 20 + 20 = 62. Pour moi la vie va commencer.* » « 22 », c'étaient les années d'enfance, puis d'études, déjà derrière des barreaux : le parc, la voiture d'enfant, donne la main pour traverser, c'est l'heure de dormir, puis sur des rails, l'école, le lycée, passe ton bac d'abord, HEC. « 20 », c'étaient les vingt années passées chez sa mère. « 20 », c'étaient les vingt ans de prison qui prenaient fin. Total : 62 ans. Il en avait soixante-cinq. Il y avait trois années à part, trois années qui lui apparaissaient désormais comme un rêve, ou un cauchemar, une aventure hors du temps, sans équivalent, sans signes précurseurs, sans suite, un épisode inexplicable à ses propres yeux. Il eut une dernière pensée pour la « fine équipe. » Tous morts. *Et moi, je suis vivant. Je vais commencer à vivre.*

Le 10 novembre 1985 à neuf heures du matin, vingt ans presque jour pour jour après son arrestation, les portes de la centrale de Melun s'ouvrirent devant Jean Deleau. Aucune publicité ne fut donnée à cette libération qui résultait du jeu normal des remises de peine. Pas de journalistes. Pas de comité d'accueil, ni amical ni hostile. Pas d'avocats. Des deux défenseurs de Deleau, l'un, Maître Matheron, était mort, l'autre, Maître Enesco, se désintéressait de son client.

Rien ne le retenait plus en France, ni parents, ni amis, ni souvenirs, surtout pas les souvenirs, ni sentiments ni intérêts. Il avait appris par les journaux la mort de l'abbé Legrandier. Renata avait vendu dans de bonnes conditions la maison de Valenciennes et liquidé le petit portefeuille d'actions que lui avait légué sa mère. Elle était également venue à bout de démarches administratives compliquées qui lui avaient permis de faire valoir les droits de Jean Deleau à pension en tant qu'auxiliaire de la police allemande. Elle-même venait de prendre sa retraite. Ils auraient de quoi mener une vie simple, et même frugale, mais décente.

Toutes ses affaires personnelles, vêtements, livres, photos et papiers divers, tenaient dans deux valises. Il s'engouffra dans le taxi, stationné en face de la prison, où l'attendait Renata. Pendant le trajet jusqu'à la gare de l'Est, ils n'échangèrent que quelques mots, exclusivement en allemand, au vif désappointement du chauffeur qui aurait bien voulu savoir de quoi il retournait exactement. Ils traversèrent Paris. Il regardait sans la voir cette ville qu'il ne connaissait et n'aimait décidément pas.

Renata avait retenu deux places dans le train. À Bâle, ils prirent une correspondance pour Stokach. Un taxi, de nouveau, dans la nuit. À dix heures du soir, ils étaient arrivés. « Voilà, c'est chez nous », dit-elle. Et ce fut comme si rien de ce qui avait précédé jamais n'avait existé.

C'était la fin du voyage.

XXVIII

C'est Renata qui conduit la voiture, qu'ils n'utilisent guère que pour faire les courses au supermarché ou pour descendre au centre-ville. Ils prennent rendez-vous ensemble chez le même médecin qui les félicite rituellement de leur excellente santé. Elle l'aide à choisir ses vêtements. Ils ont les mêmes goûts et se mettent aisément d'accord sur une veste grise à parements verts, un confortable loden, un chapeau avec une cordelière et un petit plumet. Elle lui coupe les cheveux. Elle lui fait régulièrement la surprise attendue de ses plats et de ses desserts préférés : la truite meunière à la confiture d'airelles, le Kaiserschmarren, le Palatschinken, les îles flottantes, un souvenir d'en France, « comme quand tu étais petit ». Elle n'a jamais oublié les paroles de la vieille Mme Deleau. « Je vous le confie. Prenez bien soin de lui. C'est encore un enfant. » Elle le traite comme tel. Il la laisse faire. Il se laisse faire. Il se laisse toujours faire. Il s'est toujours laissé dorloter. Sans qu'ils en aient jamais décidé, il a pris insensiblement le pli de l'appeler maman, « Mutti ». À l'un comme à l'autre, cela a semblé très vite tout naturel.

Après le déjeuner, arrosé de jus de pommes, il se retire dans son bureau, « pour travailler », et prie qu'on ne le dérange plus. Elle n'a pas besoin d'entrer pour savoir qu'un profane, trompé par les apparences, parlerait plutôt de sieste. Elle en sourit toute seule, attendrie. Elle respecte son sommeil. Elle respecte son silence. Elle ne pénètre jamais dans cette pièce qu'il ne l'y ait invitée. Elle l'y laisse en tête à tête avec ses pensées, avec ses souvenirs, avec lui-même. Les murs sont tapissés de rayonnages garnis de livres en allemand, en anglais, en français, en russe, ayant exclusivement trait à la Deuxième Guerre mondiale. Le soir, ils mangent des sandwichs au pain de mie, puis elle lui prépare une infusion. Ils font sagement depuis le premier jour chambre commune et lit à part. Le soir, tôt couchés, ils rêvent parallèles en écoutant de la musique. Ils se sentent bien. Ils échangent un baiser conjugal. « Bonsoir, Monsieur Wassermann. — Bonsoir, Madame Wassermann. » En 1990, cinq ans après en avoir fait la demande, Jean Deleau a simultanément obtenu la nationalité allemande et l'autorisation de changer ses nom et prénom pour ceux de Wassermann, Hans. Ils s'endorment côte à côte. Ils vieillissent ensemble.

Ils n'ont pas et ne veulent pas avoir la télévision. « Si c'est pour les nouvelles, il y a la radio. Tout le reste, ce ne sont que des idioties. » Il est d'ailleurs persuadé que le poste émet non seulement des messages subliminaux qui conditionnent le cerveau, mais des rayonnements dangereux. C'est pour cette dernière raison, outre qu'il n'en voit pas l'utilité, qu'il est également hostile au téléphone portable.

Que sait-elle au juste de son passé ? À peu près tout, sans lui en avoir jamais demandé le récit, et moins encore le détail. Ce passé n'en est pas moins le ciment de leur rencontre, de leur union et de leur entente. Il leur arrive bien entendu d'évoquer tête à tête la prison où ils se sont connus et les visites que lui a rendues Renata pendant douze ans. Elle n'ignorait alors ni sa condamnation par la Cour de sûreté de l'État, ni les motifs de cette condamnation. Au reste, Mme Deleau n'avait pas craint, au contraire, d'aborder avec sa future belle-fille un sujet qu'elle traitait sous le jour le plus favorable à son fils. Il a bien fallu, quand Renata, au nom de la continuité de l'État, a fait valoir les droits de son mari à une pension de la République fédérale, qu'elle prenne connaissance de ses états de service, et l'acte d'accusation comme le réquisitoire du procureur ont fourni de précieux éléments pour la reconstitution de sa carrière. Lorsque l'ex-Kommandeur et de nouveau professeur Krebs est mort en 1995 à Cologne et que le couple s'est rendu à l'enterrement, il lui a seulement dit qu'il avait connu le défunt en France et que celui-ci avait de l'affection pour lui. De fait, lorsqu'il s'est présenté à la veuve, celle-ci s'est souvenue d'avoir entendu parler de lui avec éloge par son mari. Il n'a pas cherché à faire ou refaire plus ample connaissance avec les vieux messieurs de son âge qui assistaient à la cérémonie et dont il avait sans doute croisé certains à une époque où ils n'étaient pas toujours en civil.

Sans famille, sans amis, les Wassermann mènent une vie qu'on peut qualifier de discrète, mais certainement pas de sauvage. On échange quelques mots par-dessus la haie du jardin en taillant ses rosiers, on se salue à la sortie de la messe, on se reçoit tantôt chez l'un tantôt chez l'autre, à goûter, à dîner, ou simplement pour vider un pot de bière en échangeant des considérations prudentes sur des sujets qui ne fâchent pas.

Les voisins des Wassermann imaginent bien, vu son âge, que, comme tous les hommes de sa génération en état d'être mobilisés, il a porté l'uniforme, ce que confirment les photos aperçues lorsqu'il entrouvre la porte de son bureau, et de rares confidences qui lui échappent comme à regret. On comprend que, comme la plupart des anciens combattants, il n'aime pas trop s'appesantir sur cette période de sa vie, d'où l'on déduit que tout n'y a pas été rose. On croit savoir, vaguement, qu'il a servi en France. Il n'est pas du genre à conter ses exploits sur les bords d'un Don peu paisible ou sur les plages du Débarquement, sous un déluge de feu. Mais il laisse entendre avec une certaine coquetterie qu'il pourrait bien y avoir été. Pas mythomane, mais... Quand il y repense ensuite, il a un peu honte, ça lui rappelle l'époque où il faisait gober aux naïfs qu'il avait fait la guerre d'Espagne ou qu'il était quelqu'un d'important dans les hautes sphères de la direction occulte du Francisme. *Je suis vraiment incorrigible*. En revanche, il a toujours veillé à ne pas tomber dans le panneau tentant du négationnisme. Il a eu l'occasion, comme n'importe qui, de rencontrer de ces redoutables illuminés à l'accent péremptoire, à la voix métallique, aux démonstrations rodées, qui démontraient scientifiquement l'impossibilité, donc l'inexistence des chambres à gaz. Des fous dangereux, des agents provocateurs ? Il évitait de se compromettre. Tout au plus concédait-il du bout des lèvres, comme par politesse : « Oui, vous n'avez pas entièrement tort. Je ne dirais pas comme vous que ça n'a pas existé, mais on a peut-être exagéré. » Il n'a jamais fait partie de ces nostalgiques qui se réunissaient dans des caves pour y entonner en chœur de la bière et des chants nazis ou qui se retrouvaient le week-end en Bavière dans des propriétés privées, le jour du solstice d'été, pour y endosser des uniformes et y saluer des drapeaux interdits.

Avec les interlocuteurs de son âge, qui se font hélas de plus en plus rares, on se demande bien pourquoi, il se sent en confiance. Ce sont des gens qui savent de quoi il retourne, à qui on ne la fait pas. Il lui arrive, dans ce genre de compagnie, secouant le fourneau de sa pipe sur le rebord du poêle en faïence, de lâcher prudemment des pensées sentencieuses et inodores : « Des crimes finalement, il y en a eu des deux côtés. » Tout le monde hoche alors silencieusement la tête. C'est le moment de glisser, mine de rien, une remarque un peu moins anodine comme : « Ah, s'il n'y avait pas eu la guerre. Il n'y avait pas que du mauvais... » Pas plus. Chacun, de nouveau, opine en silence, et puis on passe à autre chose.

Récemment, il s'en est voulu d'une imprudence. Il était question de Guantanamo et des curieuses pratiques, là-bas, du pays des héros et de la liberté, que chacun autour du poêle condamnait à l'envi, d'un air pénétré. « C'est vrai, a-t-il ricané, filmer la torture, en voilà une idée ! Est-ce qu'on garde la mémoire de ce genre de choses ? Est-ce qu'on met les preuves à la disposition de la justice, de la presse et du public ? Ces gens sont vraiment des enfants ! » Plus encore que ce qu'il disait, le ton sur lequel il le disait, avec le sérieux du professionnel qu'irritent des maladresses d'amateur, a gêné et surpris. Un froncement de sourcils de Renata lui a indiqué qu'il faisait fausse route. De lui-même il a rompu les chiens.

Il y a des terrains moins scabreux sur lesquels il s'aventure sans crainte et sans retenue. Pour lui comme pour tout le monde depuis quelque temps, les questions liées du gaspillage des ressources naturelles, de la pollution, de la dégradation de l'environnement, des énergies renouvelables, du réchauffement climatique et du développement durable sont devenues primordiales et obsessionnelles. *Quelle planète laisserons-nous à nos enfants* ? comme on dit même quand on n'en a pas. Sommes-nous à ce point égoïstes et irresponsables que nous disposions ainsi de ce qui ne nous appartient pas et que nous dilapidions l'héritage que nous ont transmis nos parents ? Et de stigmatiser les dirigeants politiques et les grands groupes multinationaux – des inconscients, des criminels –, qui renâclent, toutes affaires cessantes et toutes querelles enterrées, à lancer la grande croisade de la vie. Il se fait plus véhément encore, et intarissable, lorsqu'il est question de la défense des animaux. Il condamne sans nuances et sans réserve la chasse, la corrida, la vivisection, mais aussi bien l'élevage en batterie, les conditions d'abattage du bétail, d'une manière générale toutes les manifestations de la cruauté et de l'arrogance humaines. Comment l'homme ose-t-il s'arroger un droit de vie et de mort sur des êtres innocents, comme lui créatures de Dieu ? Ceux qui infligent des sévices ou des tortures aux animaux mériteraient tout simplement qu'on leur en fasse autant. Peut-être comprendraient-ils. Quant à lui, la vue du sang l'écœure, il ne peut même pas voir saigner un poulet. Affaire de sensibilité, mais aussi question de principes.

Il est totalement sincère. Dans son bureau de mignonnes petites souris grises trottinent tranquillement le long des plinthes. Il a condamné une fenêtre contre laquelle une gentille araignée avait tissé sa toile. Dernièrement, il a renoncé à la viande. Ce n'est pas qu'il n'aime pas ça, ni, grâce à Dieu, qu'il ait perdu l'appétit. Mais ça le dégoûte. Faut-il ajouter que Hans Wassermann est adhérent de la Ligue de défense des animaux, qu'il milite au Rassemblement anti-chasse et qu'il cotise à Greenpeace ? Inutile de dire qu'il vote pour les *Grünen*.

À quatre-vingt-huit ans, Hans Wassermann est encore alerte et dispos, pour un homme de son âge. De son fauteuil, il regarde Renata qui s'active derrière ses fourneaux. Elle est encore robuste, elle aussi, et droite. Elle coiffe toujours en une tresse qu'elle enroule autour de sa tête ses lourds cheveux devenus tout blancs. Elle se retourne et lui sourit. *Chère femme, sois bénie. Puisses-tu bien te porter et vivre encore longtemps, toi qui m'as fait une vie sans histoires.* Pour son dernier anniversaire, Renata lui a offert un nouveau portefeuille. Quand il a vidé l'ancien, il en est tombé un bristol aux coins arrondis et éraillés par le temps. Il a pris une carte vierge et de son écriture la plus appliquée – sa main tremble quand il ne se surveille pas – il a actualisé son équation personnelle. « *22 + 20 + 20* » à gauche, « *23* » à droite, et « *3* » entre les deux. La tranche de sa vie qu'il a partagée avec Renata est désormais la plus importante de son parcours sur terre. Jamais il ne se serait attendu à bénéficier d'une telle rallonge. *Et si finalement j'avais eu de la chance ?* Il y a deux photos dans leur sous-verre, qu'il aime entre toutes et sur lesquelles souvent son regard s'attarde, dans le silence de son bureau. Sur la première, une jeune fille rit aux éclats, ses deux bras nus passés autour du cou de deux jeunes gens en uniforme, qui sourient : Helga et ses deux frères, celui qui croyait à Hitler, celui qui n'y croyait pas. Tous les trois éternellement jeunes, tous les trois morts depuis si longtemps. Ce qui fut, ce qui aurait pu être et n'a pas été. Sur la deuxième photo, une demi-douzaine de soldats allemands ont pris la pose devant un camion dont la bâche est recouverte de feuillages entrecroisés, camouflage supposé faire croire aux aviateurs alliés qu'ils ne survolent pas un convoi militaire en déplacement, mais une forêt en marche. Deleau se reconnaît, nonchalamment appuyé à la portière, parce qu'il sait que c'est lui. Il est le seul aujourd'hui à savoir que les camarades *feldgrau* qui l'entourent, les pouces négligemment passés dans le ceinturon ou faisant avec leurs doigts le V de la victoire allemande, ne s'appellent pas Hans, Werner ou Dietrich, mais René, Marcel, André, Théodore. Seul sans doute aujourd'hui il peut mettre un nom sur chacun de ces visages promis à la mort : Poincheval, Lapraye, Schnerb, Calvignac et celui-là, le grand au visage en lame de couteau, comment déjà, ah oui, Dupic, le joyeux Dupic et son éternel : « Tu connais la dernière ? » *La fine équipe !* Des criminels, des traîtres, gibier de potence, d'échafaud, de peloton d'exécution, voués à l'exécration, à la fosse commune, au mieux à l'oubli. *Mais moi qui les ai connus, moi qui les ai côtoyés, moi qui les ai vus de près, moi qui les ai entendus parler, rire, se plaindre, râler, moi qui ai partagé leurs vies et leurs dangers, je sais mieux que personne qu'ils étaient aussi, qu'ils étaient d'abord des gens ordinaires, de pauvres bougres et même des braves types avec leurs bons et leurs mauvais côtés, leurs problèmes de cœur, d'argent et de fin de mois, leurs femmes, leurs maîtresses, leur famille, leurs enfants, leurs histoires drôles et leurs petites misères.*

Une chanson en français, entendue un jour par hasard, l'avait profondément impressionné. Il lui semblait que le chanteur s'adressait à lui, personnellement, et à quelques autres comme lui. Il n'a eu de cesse d'en trouver les références et de s'en procurer un enregistrement. Il peut l'écouter en boucle pendant des heures. La chanson dit :

Et si j'étais né en 17 à Leidenstadt
Sur les ruines d'un champ de bataille
Aurais-je été meilleur ou pire que ces gens
Si j'avais été allemand ?

Et moi, ai-je été meilleur ou pire que d'autres ? Allemand, j'imagine que j'aurais servi mon pays, comme tout le monde, là où le sort m'aurait placé, et personne ne m'en aurait fait le reproche. Et s'il n'y avait pas eu la guerre ? Et si mon père avait vécu ? J'aurais débuté à la succursale de la Banque de France à Saint-Omer. J'aurais terminé ma carrière de directeur d'une des grosses agences, à Lille, à Bordeaux ou peut-être même au siège. Je serais retraité, décoré, le président du tribunal de grande instance ou de la cour d'appel me saluerait dans les rues de Neuville et à la Toussaint j'irais au cimetière fleurir la tombe de maman.

La suite de la chanson, à laquelle d'abord il n'avait pas pris garde, lui plaît beaucoup moins :

On saura jamais vraiment ce qu'on a dans nos ventres
Cachée derrière nos apparences
L'âme d'un brave ou d'un complice ou d'un bourreau

Un bourreau, un bourreau, c'est facile. Est-ce ma faute si j'ai eu vingt ans dans un pays vaincu ? Est-ce qu'on m'avait demandé mon avis ? Qu'ai-je été en vérité qu'un fétu de paille emporté par la tempête ?

Il y a maintenant près d'un quart de siècle qu'il vit dans ce pays qui ne l'a pas rejeté, et que sa vie ressemble à la vie. Parfois, il en viendrait à douter de ses propres souvenirs, qui lui semblent tissés dans l'étoffe des rêves. Il doute d'avoir jamais été ce jeune homme français qui par un jour sans fin de l'été 40 a rêvé un instant de mourir pour la patrie. Avec le temps, les contours et les couleurs de sa propre vie lui semblent s'effacer. Et pourtant, tout au fond de lui-même, *bien cachées derrière les apparences,* il ressent encore ces trois années dont il ne parle jamais, ces trois années inoubliables comme une braise, comme une brûlure, comme une énigme.

Il se lève tôt en toute saison, mais c'est l'hiver qu'il préfère faire sa promenade quotidienne. Il s'est habillé sans bruit pour ne pas réveiller Renata. La nuit est encore profonde, mais déjà Biondi s'impatiente et gémit. Biondi, troisième du nom, c'est une magnifique chienne de berger – on ne dit pas une bergère – allemande. Un coup d'œil aux photos familières dans leurs cadres, et il pousse la barrière à claire-voie qui donne directement sur la forêt. L'herbe givrée crisse sous ses pas. Il ramasse une branche, l'agite devant le museau de la chienne, la jette loin devant lui. *Je suis vivant.* Biondi se précipite. *Je suis vivant*. Il marche à grandes enjambées. *Je suis vivant*. Plus rien ne compte que l'instant.

L'histoire peut s'arrêter là.

Bréviaire des sigles

AS : Armée secrète, organisation de Résistance « gaulliste », orientée à droite.

FTP : Francs-tireurs et partisans, organisation de la Résistance armée, d'obédience communiste.

GMR : Groupe mobile de réserve. Section spéciale de la gendarmerie.

LVF : Légion des volontaires français contre le bolchévisme.

MILITÄR BEFEHLSHABER IN FRANKREICH : Le commandant militaire pour la France.

OKW : *Oberkommando Wehrmacht*, haut commandement de l'armée allemande.

PPF : Parti populaire français, le « parti de masse » de la collaboration, dirigé par Jacques Doriot, ancien n° 2 du Parti communiste français.

PQJ : Police aux questions juives.

CQJ : Commvissariat aux questions juives.

RNP : Rassemblement national populaire, organisation collaborationniste dirigée par Marcel Déat, transfuge de la SFIO, passé du socialisme au fascisme.

SIPO-SD : *Sichereit Polizei – Sichereit Dienst* : Police de sécurité – Bureau de sécurité. Police politique chargée de la prévention, du renseignement et de la répression dans les territoires occupés. Communément et improprement confondue avec la Gestapo (police secrète d'État).

9450

Composition
NORD COMPO

Achevé d'imprimer en Espagne
par ROSES
le 12 décembre 2010.

Dépôt légal décembre 2010.
EAN 9782290017715

ÉDITIONS J'AI LU
87, quai Panhard-et-Levassor, 75013 Paris

Diffusion France et étranger : Flammarion